GW00983055

La Cortesana

de Buenos Aires

JOSÉ M. MARTÍNEZ VIVOT

La Cortesana
de Buenos Aires

Javier Vergara Editor
GRUPO ZETA

Barcelona / Bogotá / Buenos Aires
Caracas / Madrid / México D. F.
Montevideo / Quito / Santiago de Chile

Diseño de tapa
Raquel Cané

Diseño de interior
Cecilia Roust

ISBN 950-15-2079-X

Impreso en la Argentina / Printed in Argentine
Depositado de acuerdo a la Ley 11.723

Esta edición se terminó de imprimir en
VERLAP s.a. Comandante Spurr 653
Avellaneda - Prov. de Buenos Aires - Argentina,
en el mes de enero de 2000.

Esta novela está basada en hechos y personajes reales. Pretendo con ella mostrar de modo entretenido el desarrollo de la vida en Buenos Aires y su historia durante el siglo XVII. Que a través de su lectura se reviva esa época en la que, en contra de muchas creencias, no existió el hambre gracias a la fecundidad de sus tierras, y durante la cual florecieron grandes fortunas.

Nada mejor entonces que contarla a través de la historia de doña María de Guzmán Coronado. Esta dama criolla perteneció a la alta clase porteña. Nadie duda de que fue mujer de grandes dotes. A través del amor cautivó a los más importantes personajes de la época. La reseña de su vida ha llegado hasta nosotros a través de su juicio sucesorio, conservado en el Archivo General de la Nación. Las descripciones de alhajas, ornamentos y trajes han sido tomadas de éste y otros documentos del período que aquí se trata.

El lenguaje utilizado en los ficticios diálogos procura parecerse al utilizado entonces, pero adaptado a nuestro estilo actual. Se utiliza el "vos" para el trato formal y el "tú" para el coloquio de confianza. De la mezcla de ambos surgió nuestro peculiar modo de hablar.

La investigación de muchos años en distintos archivos, conjuntamente con la lectura de apasionantes relatos de la historia de Buenos Aires, me han ayudado a escribirla.

Espero haber logrado este objetivo.

Capítulo

1

La casa, suntuosa para este año de 1652 en la ciudad de la Trinidad, Puerto de Santa María de los Buenos Aires, es de ladrillo cocido y techo de tejas. En el cuarto de dormir que da al patio interior, la tenue luz de las velas y la lumbre de los braseros de cobre iluminan los tapices de Flandes que cuelgan de las paredes y producen un efecto mortecino sobre la tez blanca de doña María de Guzmán Coronado, su dueña.

La mujer agoniza en su cama de columnas torneadas, bajo un dosel de madera de Castilla con colgaduras de terciopelo de exquisito bordado. Su madre, doña Francisca de Rojas, con el rosario en las manos, no se mueve de su lado esperando el momento final.

El perfume de los braseros de plata del Perú se mezcla con aromas de muerte.

Don Alonso Garro de Aréchaga, el principal médico de la ciudad, acaba de retirarse. Antes de partir ha dicho a doña Francisca:

—Es inminente el fin de vuestra hija. Encomendadla a Dios, que aquí se ha hecho, sin resultados, lo imposible por salvarla.

En los patios interiores se escuchan los pasos sigilosos de los esclavos que circulan por la casa. Se preguntan entre ellos si conocen algún remedio o hechizo que pueda curar a su ama.

La negra Pascuala seca el sudor de la frente de doña María. Tal es la fiebre que la tela de damasco que recubre su almohada se encuentra empapada.

—Madre, haced llamar al señor cura... —dice de pronto doña María, entreabriendo sus ojos y con voz queda—. Necesito perdón y consuelo.

La casa linda con la Catedral y con la residencia del clérigo don Lucas de Sosa y Escobar, a quien doña Francisca ha mandado llamar adelantándose al pedido de su hija.

Se oyen golpes en la puerta de la recámara.

—Está aquí el señor cura don Lucas —dice el negro Cipriano.

—Que pase sin demora —contesta doña Francisca, casi gritando por la emoción. Por un momento, se había sentido asaltada por el temor de que el clérigo se resistiera. Si bien sabía que era una persona conocida por su recogimiento, rectitud y don de gentes, no podía dejar de pensar que este sobrino del gobernador Hernandarias de Saavedra había sido uno de los discípulos del obispo Aresti. Y no olvidaba cómo se había encarnizado el prelado contra el gobernador don Pedro Esteban Dávila. Le constaba que el motivo principal de la ira del obispo, habían sido los amores que el gobernador tuviera con su hija, a la que hoy don Lucas tendría que asistir.

Por esa razón el sacerdote se había santiguado y encomendado a Dios al entrar en esa casa, a la que consideraba morada del pecado.

Al ingresar en la habitación precedido por dos monaguillos, el clérigo recuerda las veces que viera en los servicios religiosos a doña María, "la cortesana". Revive los momentos en que la había tenido ante sus ojos. Inmutable, sentada en su alfombra y rodeada de sus esclavas, ella sabía que era el centro de las miradas. Miradas de odio y, a la vez, de admiración por los vestidos y las magníficas joyas que usaba. Si hasta a él mismo le había impresionado ese estupendo y enorme diamante engarzado en forma de corazón que sabía lucir en sus manos.

Quién podría creer —se dice para sus adentros— que esta mujer de cara aniñada, tez blanca y pelo color miel, fuera la protagonista de grandes escándalos con los personajes más importantes de la gobernación, de quienes además tuvo hijos.

Doña María parece recuperar sus fuerzas cuando ve a don Lucas de pie bajo el dintel.

—Pasad, señor cura —dice—. Dejadme a solas con él.

Con una cruz de oro que le regalara uno de sus amantes entre las manos, doña María se confiesa. Los rapaces que auxilian al sacerdote, arrodillados junto a la puerta, fingen que rezan. En realidad, tratan de oír algo de lo que pueda decir esa mujer, de quien se cuentan tantas historias amorosas.

El cura la bendice, y se retira inmediatamente después de administrarle los Santos Óleos.

Doña Francisca de Rojas ingresa en la habitación seguida de tres esclavas y acaricia la frente de su hija, que casi sin aliento pide:

—Llamad al escribano. Quiero redactar mi testamento.

Doña María no puede oír la respuesta de su madre.

—Dios mío recíbeme en los cielos. Sé que soy una pecadora. ¡Perdóname! —Y se encomienda a Nuestra Señora de la Limpia Concepción, a María Magdalena y a los ángeles para que aboguen por ella en el juicio celestial.

Casi sin fuerzas, ve aparecer figuras del pasado y piensa: "Sí, soy una pecadora, pero mi paso por esta vida no fue tan fácil como creen los que me rodean. Aunque no puedo negar que adopté para mi existencia una conducta ligera y sensual".

Los recuerdos transitan por su mente. Los vividos, y los que le contó su madre...

Capítulo

2

La ciudad está de fiesta. Se espera la llegada del navío Espíritu Santo que trae nada menos que al nuevo gobernador del Paraguay y del Río de la Plata. El Cabildo ha comunicado que el gobernador don Diego Marín Negrón arribará al puerto de Buenos Aires antes de la Navidad de este año de 1609. Los cabildantes y miembros del clero se ocupan de los arreglos para la recepción.

En casa de sus tíos, la joven doña Francisca de Rojas prepara sus mejores vestidos para las fiestas que se realizarán. Ha pasado un año desde que murieron sus padres, dejándole unos pocos bienes y a la negra Catalina.

Se oyen pasos apurados que se acercan al cuarto de doña Francisca.

—Amita, amita —grita la esclava.

—Despacio Catalina, que no quiero que molestes a mis tíos.

—Amita, es que acabo de saber en la calle que ha arribado el navío del gobernador. Dicen que desembarcará hoy mismo.

—Santo Dios —grita esta vez doña Francisca—. Ayúdame a vestir que quiero llegar a tiempo para la recepción.

—Dicen que en la comitiva vienen gallardos jóvenes. ¿A eso se debe su apuro? —contesta socarronamente la esclava.

—Pocas zonceras como ésta he oído —replica Francisca mientras sus mejillas se encienden—. Asísteme como te he dicho.

La negra la ayuda a ponerse el vestido compuesto de saya y jubón de seda azul. Doña Francisca adorna su largo cuello con una cruz de oro que fuera de su madre, al igual que la sortija de topacios que luce en las manos. Sus grandes ojos negros contrastan con su tez blanca. Esta niña descendiente de conquistadores nada tiene que envidiar a una belleza española.

—Debemos apurarnos, acompáñame —dice a Catalina—. Veo que mis tíos partieron sin avisarme.

Francisca sabe que no puede contar con ellos. Sólo esperan que encuentre un marido. La habían recibido únicamente para que la ciudad no murmurara. Si sus padres le hubieran dejado una herencia mayor, el trato sería diferente.

Ama y doncella corren hasta llegar a destino. El gobernador ha desembarcado. El Cabildo en pleno, junto con los clérigos y la gente ilustre de la ciudad, se encuentran en las primeras filas. Francisca se abre paso entre la multitud y logra ubicarse junto a las mujeres principales, lugar que a ella le corresponde.

Del gobernador Marín Negrón se sabe que, además de buen cristiano, es un discreto y valeroso caballero. Sus palabras son escuchadas con entusiasmo por los presentes. Habla de su disposición al mejoramiento de la ciudad y de su felicidad al pisar estas tierras.

Su comitiva es brillante. Doña Francisca de Rojas no puede dejar de mirar a ese hombre joven, ubicado casi a espaldas del gobernador, cuyo rostro y elegancia hacen que se destaque de los otros. Luce una capa corta, galoneada de seda bordada, que deja ver la golilla de fino encaje. Su mano se apoya en la empuñadura de la espada y lleva en su cabeza un aludo sombrero con plumas, sujetas con un valioso joyel de pedrería.

Los ojos de doña Francisca no se separan del caballero. La comitiva avanza y, al llegar junto a ella, el mozo se detiene. Se quita el sombrero, le hace una reverencia y dice:

—Señora, a vuestros pies. Soy el capitán Luis de Guzmán Coronado. Ante vuestra belleza palidece el sol que ilumina esta costa. Espero volver a veros.

Doña Francisca agradece con un movimiento de cabeza y no repara en las miradas de envidia de las mujeres que la rodean.

❧ ❧

Las fiestas continúan. Doña Francisca está invitada a la recepción de esta noche en el fuerte. Mientras se dirige a su casa con la negra Catalina no piensa más que en su reencuentro con el capitán. Se ha enterado de que es el sobrino del gobernador.

Al llegar al umbral de la morada se encuentra con sus tíos. Los saluda con una alegría que desborda. Su tía, doña Leonor, la ataja.

—No os ilusionéis con el capitán Guzmán Coronado. Recordad que sois pobre y sin familia que pueda dotaros. En estos momentos el caballero ya debe conocer vuestra situación.

—No te preocupes niña —replica su tío Martín con magnanimidad—. Seguramente no será tu marido, pero conseguirás alguno con oficio, que mujeres con tu gracia faltan en estos Buenos Aires.

Demudada, corre a su cuarto y se tiende a llorar sobre la cama. Poco dura su tristeza. Recuerda las palabras que tantas veces le dijera su madre: "Ten presente que aunque la pobreza te cubra, eres de sangre hidalga, descendiente de conquistadores. Mantén siempre alta tu cabeza".

Debe prepararse para la recepción de la noche y no quiere que su cara se vea hinchada por el llanto. Algo tiene claro: no pondrá sus esperanzas en el capitán Guzmán Coronado, pero tampoco se casará con un patán.

❧ ❧

El griterío de la gente que avanza hacia la Plaza Mayor es cada vez mas fuerte. Ocurre que la gente del pueblo, aunque no está invitada a la fiesta, festeja desde afuera poniendo notas de brillo. Pocas son las oportunidades de diversión en esta pobre ciudad. Esta vez, doña Francisca va acompañada por sus tíos.

Se sorprende ante la profusión de luces. Cantidad de velas iluminan el salón. Da gusto ver a la gente con la que se cruza todos los días, vestidos hoy con sus mejores galas. Los negros y negras, bien trajeados, pasan bandejas con refrescos que son placenteramente recibidos en esta calurosa noche estival.

Se reúne con las demás niñas presentes y comentan "la buena compañía" que ha traído el gobernador. Mientras conversan ven acercarse al capitán Juan Gil de Zambrano, también pariente de don Diego Marín Negrón. Sabían que don Diego lo había nombrado su teniente de gobernador, con lo que se convertía en el segundo en el mando.

—Niñas, quiero felicitaros por vuestra gracia y encanto —las elogió el capitán—. Nuestros soldados no hacen más que hablar de la hermosura de las mujeres de Buenos Aires.

Las niñas le agradecen sus palabras, y el capitán continúa su camino. Se detiene de grupo en grupo y a todos dice unas palabras. Indudablemente, se esfuerza por captar la simpatía de los presentes.

Las horas pasaron, y aunque había saludado al nuevo gobernador, doña Francisca no había logrado ver al capitán Guzmán Coronado. "¿Tendrán razón mis tíos? Válgame Dios, poco me importa", se dijo a sí misma. Mientras pensaba esto, notó que la buscaban para retirarse.

—Es tarde, nos vamos.

—Como quiera usted, tío Martín.

Camino a su casa, no puede dejar de inquietarse por un comentario de su pariente sobre la salud del nuevo gobernador: se espera mucho de él. La entristece saber que sufre del mal de cuartanas.

❧ ❧

Al día siguiente, y para continuar con las fiestas de bienvenida, se celebraría en la Plaza Mayor el juego de "las cañas". Doña Francisca, que nunca había asistido a estos juegos, preguntó a su tío en qué consistían. Entusiasmado con la pregunta, don Martín le explicó que se trataba de un simulacro de batallas y torneos. Las armas eran inofensivas. Sólo cañas flexibles. Lo importante era el ojo avizor del caballero y su saber en el arte del manejo y de la brida. Los hombres se dividían en cuadrillas de cristianos y moros. Los que hacían de moros se presentaban trajeados a la morisca y como caballeros castellanos los del bando contrario.

Casi no pudo dormir pensando en lo agradable de estos días que la alejaban del hastío de la vida cotidiana.

❧ ❧

Partió temprano, acompañada de la negra Catalina, pues la habían invitado a presenciar el juego desde el colgadizo de la Casa Capitular.

Una vez allí, y rodeada de la gente principal de Buenos Aires, pronto vio llegar a los primeros caballeros. Sus ojos no podían creer lo que veían. Los que lucharían por el bando morisco lucían albornoces blancos, turbantes con plumas de colores y caballos bien arreados con silla moruna. Qué decir del bando de los caballeros castellanos. Ricamente ataviados, imponían respeto en sus ligeros corceles.

—¡Que espectáculo! —se decían los presentes. Realmente impresionaba ver los variados lances del ataque y la defensa. En su vuelo, las cañas engalanadas con gallardetes y cordones eran atajadas por los escudos y broqueles. El lucimiento de los jinetes con el acometer, el picar, el sofrenar y los giros, era animado por el griterío del los asistentes, el revoleo de divisas y los aplausos de las damas.

Mientras conversaba con otras mujeres de su edad, doña Francisca advirtió que un caballero del bando de los castellanos se acercaba hacia ellas en su corcel. Al llegar al pie del balcón estiró la caña, adornada como las otras con divisas y lazos, y la acercó hacia ella. Francisca tomó uno de los lazos en sus manos. No podía creer lo que ocurría. El caballero se quitó el yelmo empenachado. No era otro que el capitán Luis de Guzmán Coronado.

❧ ❧

Han pasado varias horas; la tarde está cayendo y doña Francisca comprende que el capitán no pasará por la Casa Capitular. Busca a su esclava y juntas emprenden el camino de regreso. Lleva el lazo sujeto a su cuello. No termina de entender en qué consisten las atenciones de ese caballero.

En su casa, comenta con su familia los momentos vividos. Su tío Martín les informa que se ha enterado de que don Diego iniciará inmediatamente, como es de norma, el juicio de residencia al anterior gobernador, Hernandarias de Saavedra. Comenta que son varios los que presentarán denuncias contra él.

—No le perdonan las ordenanzas de indios de 1603 —dice, compungido.

—¿De qué tratan esas ordenanzas? —pregunta doña Leonor.

—¡Por Dios, mujer! Son las que regulan las relaciones entre los encomenderos y los indios, favoreciendo a los naturales —contesta, irritado—. Confío en el buen tino de Marín Negrón. No se dejará llevar por falsas denuncias contra nuestro primer gobernador criollo.

La mente de doña Francisca está en otro lado. Pide permiso para retirarse, y agradece al cielo que los comentarios de las futuras acciones del gobernador desviaran la conversación del lazo y el capitán.

Ya en su cuarto, se desnuda rápidamente; con aquella cinta que considera su trofeo entrelazada en sus manos, no tarda en quedarse dormida.

Doña Francisca de Rojas se prepara para asistir a misa. Es el primer domingo desde la llegada del gobernador.

—Debemos apurarnos —dice la negra Catalina—. Amita, deje ese lazo y salgamos.

—Tienes razón —contesta ella. Besa la cinta y la guarda en el cofre de madera de la India en el que atesora sus pertenencias más valiosas. La mayoría de ellas, de valor sentimental. Esconde la llave y sale con paso rápido.

Cuando están llegando a la puerta de la Iglesia Mayor, ve acercarse al capitán de sus sueños. Luis se aproxima, se inclina frente a ella y, sacándose el sombrero, lo revolea a modo de saludo.

—Doña Francisca. Habéis notado que mis ojos no pueden apartarse de vuestra persona.

—Fugaces son vuestros arrebatos —contesta ella, sintiéndose halagada como nunca.

—Doña Francisca, os pido que me dejéis acompañaros a un paseo después de la misa.

—Me sentiré honrada —dice Francisca, y acompaña sus palabras con un movimiento afirmativo de cabeza. Turbada por el rubor que comienza a encender sus mejillas, ingresa rápidamente en el templo. Intenta ocultar su emoción cubriendo su cara con la mantilla sevillana y, para no ser vista, se acomoda en un lugar de costado.

Los presentes están más preocupados en mirar al gobernador y su comitiva que en oír la misa concelebrada. Ella tampoco presta atención. Su pensamiento vuela. No puede apartarlo de la imagen de Luis.

Concluida la ceremonia, doña Francisca se dirige a la salida acompañada por Catalina, que porta su alfombra de iglesia.

Está a punto de ganar la calle, cuando siente que le toman el brazo.

—Aquí estoy —dice el capitán con una sonrisa encantadora—. Esperando gozar de vuestra grata compañía.

Francisca siente que todas las miradas se posan sobre ellos.

Después de atravesar la Plaza Mayor llegan hasta el río. El capitán le cuenta las aventuras que vivió como soldado en Lombardía y la agitación que sintió cuando su tío, el gobernador, le pidió que lo acompañara en su viaje a estas tierras. Francisca siente que los latidos de su corazón se aceleran cuando lo escucha decir que no puede describir la emoción que sintió al verla a ella por primera vez.

La joven, absorta, no puede imaginar que a los veintitrés años que Luis ha confesado tener, haya recorrido tanto mundo. Ella sólo conoce la ciudad y las chacras de los alrededores.

La conversación la deslumbra. Sus ademanes caballerescos, su pulcritud en el vestir, las enormes plumas de su sombrero y su cara siempre sonriente no son rasgos comunes en los jóvenes que ha conocido hasta ahora.

Cuando emprenden el regreso, doña Francisca no vacila.

—Venid. Quiero que conozcáis a mis tíos —dice.

—Señora, prefiero realizar esa visita a mi vuelta.

—¿Hacia donde os dirigís, capitán? —pregunta, y al hacerlo siente el temblor de su voz.

—Ante todo os pido que me llaméis Luis y que me permitáis llamaros Francisca.

Ella asiente con la cabeza y se cubre nuevamente con su mantilla; se da cuenta de que ha tomado esas palabras como una declaración.

—Francisca... —continúa él—, mi tío me ha pedido que salga mañana hacia Asunción. Me ha encargado recabar ciertos informes.

—¿Tienen que ver con el juicio de residencia a Hernandarias?

—Así es. —Luis la mira sin disimular su perplejidad—. Me sorprende que una mujer tan joven esté al tanto de los temas políticos del momento.

Francisca agradece al cielo el haber asistido a la conversación entre sus tíos la noche anterior.

—Me entristece saber que debéis partir, pero me alegra la noticia de que el gobernador quiera terminar rápidamente el juicio a Hernandarias de Saavedra. Tened cuidado con lo que escuchéis. Ha sido un gran gobernador, pero tiene muchos enemigos que no le perdonan el hecho de ser criollo.

—No temáis. El ánimo de mi tío está a favor de este mancebo de la tierra.

Mientras dialogan, Francisca piensa en cómo hacer para lograr que la conversación se torne más romántica.

Sin darse cuenta, llegan a la puerta de su morada.

—Estaré de regreso antes de treinta días —promete Luis—. Por favor esperadme. A mi vuelta continuaremos viéndonos. Os tengo en mi corazón.

Sin esperar respuesta, toma la mano de Francisca entre las suyas y la besa.

—Te esperaré. —Francisca se aferra a esas manos que no quiere soltar, y es ella quien acerca su cuerpo al capitán y lo besa en la mejilla. Luis la toma de la cintura, acerca sus labios a los de ella y la besa con pasión. Tan ensimismada queda Francisca, que no advierte que un soldado a caballo, arrastrando a otro animal de las riendas, se está acercando a ellos.

—Capitán... Lo necesitan en el fuerte —dice el soldado mientras se apea frente a ellos.

—Estoy yendo —responde Luis con firmeza.

Después, toma nuevamente las manos de Francisca entre las suyas y las besa.

—Volveré a tus brazos, mi Señora —dice con voz empalagada.

Sin esperar respuesta, monta como un rayo su cabalgadura y sale a la carrera.

❧ ❧

Ya habían pasado tres meses desde que el capitán Guzmán Coronado partiera hacia Asunción. Doña Francisca de Rojas no había recibido noticias de él durante ese tiempo. No podía disimular la angustia que ello le producía y poco se ausentaba de su casa, aunque asistía regularmente a misa. Allí revivía el encuentro con su amado.

Una tarde, mientras estaba recostada en su cama, oyó golpes en la puerta.

—Francisca, ven a la sala que tu tío quiere hablarte —la reclamó su tía Leonor sin entrar en el cuarto.

Arregló rápidamente su vestido y se encaminó hacia la habitación en que la esperaban. "¿Que sucederá?", pensó. "No es común que me llamen."

Su tío la aguardaba sentado en un escaño de alto respaldar.

—Ven Francisca, siéntate a mi lado —dijo con seriedad.

Obediente, se sentó a su diestra y esperó que comenzara la conversación.

—He conocido un capitán que hace poco ha llegado de España —dijo en tono agradable—. Es un hombre rico y por lo visto muy religioso —continuó socarronamente—. Dice que te ha visto seguido en la Iglesia Mayor y me ha pedido visitarte en esta casa.

—Pero tío... —dijo doña Francisca, y calló inmediatamente ante un ademán de Martín.

—Silencio —ordenó el tío—. Terminaré lo que tengo que decirte, y sólo entonces tú hablarás. Este caballero, que no es otro que el capitán Pedro Sánchez Garzón, parece tener buenas intenciones. Ten en cuenta que siendo rico no le preocupa una dote. Pocas veces se te presentará una oportunidad semejante.

Pasaron unos segundos.

—Ahora te escucho —dijo por fin Martín.

—Tío, me siento halagada. Pero hice una promesa al capitán Luis de Guzmán Coronado, y no puedo romperla.

—No digas sandeces. Sabes bien que no te ha escrito desde que se fue, y con seguridad tampoco lo hará.

Se produjo un silencio. Francisca intentaba no llorar. Quería decir algo que sonara razonable, pero no tenía palabras. Sabía que estaba dispuesta a defender su posición aunque debiera enfrentarse con su familia.

—Hemos sido invitados a los festejos del bautismo del hijo del capitán Juan de Garay y de doña Juana de Espíndola —continuó el tío—. Vendrás con nosotros. Comprenderás que no se puede rehusar la invitación del hijo del fundador de la ciudad. Además, allí tendrás oportunidad de conocer al capitán Sánchez Garzón.

Doña Francisca agacha la cabeza y pide autorización para retirarse.

—Tienes poco tiempo para vestirte. Salimos en cuanto estés pronta.

Corrió hacia su cuarto. Mientras se cambiaba y arreglaba, pensaba en el modo de manejar la situación.

Antes de que volvieran a llamarla apareció en la sala.

—Veo que te has vestido correctamente —dijo Martín—. Ahí viene tu tía, salgamos.

Caminaron las tres cuadras que los separaban de la casa del capitán Garay sin decir palabra. Al llegar, Francisca miró de reojo a su tío, que no podía disimular su cara de satisfacción. Allí se encontraban los personajes más distinguidos de la ciudad. Saludaron a los dueños de casa, y ella se acercó a conversar con su amiga doña Mariana Bermúdez. Estaban tomando un refresco y comentando la lindura de Manuelito, el niño a quien habían bautizado, cuando de repente notaron que se acercaba a ellas un caballero bien trajeado, que rondaría los cuarenta años.

—Es un gusto el poder saludar a dos mujeres tan bellas. Soy el capitán Pedro Sánchez Garzón —dijo el hombre con simpatía.

Francisca tuvo que hacer un esfuerzo para mantenerse en pie. Sintió que sus piernas flaqueaban. A pesar de ello, saludó cordialmente con una pequeña reverencia al recién llegado.

—A pesar de que poco tiempo hace que estoy en Buenos Aires, he oído de vosotras y vuestras virtudes —agregó Sánchez Garzón.

Doña Mariana agradeció sus palabras, explicó que su madre le hacía señas para que se le acercara y, sonriendo, pidió disculpas por retirarse.

Francisca y el capitán Sánchez Garzón quedaron solos en ese rincón del patio.

—He conocido a vuestro tío —dijo él.

Francisca pensó que convenía terminar lo antes posible con esa conversación.

—Lo sé, me lo ha hecho saber este mismo día —replicó, cortante.

—Entiendo que os habrá puesto al tanto de mis intenciones. —La voz de Sánchez Garzón estaba cargada de preocupación—. Prefiero hablar con vos directamente y explicaros los motivos que me impulsaron a solicitar permiso para visitaros. Siempre os veo en misa. No es común ver tanta devoción en una joven mujer.

"Si supiérais que aunque me encuentre en la iglesia, no dejo de pensar en Luis", se dijo Francisca para sus adentros.

—Debemos conversar. —Su tono era cada vez más glacial.

—Ciertamente es importante. ¿Queréis contarme algo? Lo noto en vuestra expresión.

Francisca asintió. Y, sin más preámbulos, le contó todo lo que había sucedido desde la llegada del capitán Guzmán Coronado. Desde luego, se guardó de mencionar los besos en la puerta de su casa. Sánchez Garzón la oía atentamente.

—Como veis, he entregado mi corazón a otro. Debéis comprenderlo —concluyó, casi suplicando.

El capitán se sintió aún más atraído por esa joven que tan calurosamente le contaba sus cuitas. Se notaba la inocencia en su cara.

—Niña..., ruego a Dios que vuestros sueños se cumplan. No quiero entristeceros, pero tened en cuenta que los soldados llevamos una vida difícil. Os pido que seamos amigos. Dejadme visitaros con ese fin.

Pocas veces había visto doña Francisca una expresión tan sincera. No pudo decir que no.

—Agradezco vuestra amistad. ¿Podríais hacerme un favor?

—Lo que tú quieras —contestó Pedro en un tono de mayor confianza.

—Es posible que vos podáis conseguir noticias sobre Luis y su regreso. Debéis de conocer mucha gente en el fuerte.

—Me comprometo a ello, y te las comunicaré apenas las tenga.

La promesa fue como un bálsamo para Francisca. Pedro comenzó entonces a contarle sus andanzas en España y en el Perú, donde había vivido antes de asentarse en Buenos Aires, y ella lo escuchó con tanta atención que no advirtió el paso del tiempo. Sólo cuando vio que su tío se acercaba, comprendió lo tarde que se había hecho. En ese momento, cruzó una mirada de complicidad con Sánchez Garzón.

—Me retiro, dulce niña. Volveremos a vernos muy pronto —dijo entonces el capitán.

Ya junto a ella, Martín le regala una sonrisa de aprobación.

—Nos marchamos. Me contarás lo sucedido al llegar a casa.

❧ ❧

Los gritos del tío Martín se escuchaban desde la calle. La ira se había apoderado de él al oír de labios de Francisca el relato de su conversación con el capitán Sánchez Garzón.

—No toleraré que en mi casa no se respete lo que yo he dispuesto. —La rabia le encendía la cara—. El portugués que arrendaba los míseros cuartos que heredaste de tus padres, me ha comunicado que los deja. Allí te mudarás lo antes posible con tu esclava.

Francisca no hablaba. Mantenía su cabeza erguida, y pensaba que aunque fuese difícil vivir sola, eso no duraría mucho tiempo. Estaba segura de que en breve se casaría con Guzmán Coronado.

—Retírate de mi vista —gritó don Martín sin controlar su furia—. Quiera Dios que no te conviertas en una perdida.

❧ ❧

Los chismes corren por la ciudad. El capitán Sánchez Garzón se ha enterado de lo sucedido. A través de la negra Catalina, ha hecho saber a Francisca que cuando ella lo disponga le enviará una carreta con gente a cargo, para que traslade sus pertenencias al nuevo hogar.

Francisca ha aceptado su ayuda. No puede creer que el mismo hombre a quien rechazó como cortejante sea quien se pone a su disposición.

"Es una gran persona", piensa Francisca. "Si lo hubiera conocido antes que a Luis, distinto habría sido todo. Tendrá por siempre mi amistad."

❧ ❧

Doña Francisca se ha mudado. El estado de la modesta casa es malo, pero poco a poco ella se encarga de mejorarlo. Ya ha hecho encalar las paredes de las tres habitaciones. El dormitorio era de sus padres y los muebles no se han deteriorado. Los enseres diarios los proveyeron sus amigas, doña Mariana Bermúdez y doña Francisca Hurtado de Mendoza.

Ha dispuesto que alquilará los servicios de su esclava a otras familias. Los dulces y confites que prepara Catalina son famosos. Sabe que podrá subsistir.

Oye pasos en la entrada y corre hacia la puerta.

Es el capitán Sánchez Garzón, que la saluda con ademán caballeresco.

—Tengo buenas nuevas para vos —dice, todavía en la puerta.

Francisca, emocionada, lo invita a pasar. El capitán acomoda su sombrero y la espada sobre una mesa.

—Como veis no tengo estrado para recibiros. Pero ya vendrá con el tiempo... —y lo invita a sentarse en unas sillas de jacarandá.

—Por favor, contadme —pide sin poder contener su agitación.

—Las noticias no pueden ser mejores. El gobernador ha absuelto a Hernandarias en el juicio de residencia y ha enviado al rey un pedido para que lo nombre "protector de indios".

—Me alegra la buena nueva —dice Francisca sin poder ocultar su tristeza—. ¿Eso es todo?

—Por Dios, Francisca. La noticia para vos es que me he enterado de que, habiendo finalizado el juicio, el gobernador ha hecho llamar a su sobrino. Parece que los informes que envió desde Asunción fueron de gran utilidad.

—¿Viene Luis a Buenos Aires? —pregunta, entusiasmada.

—Así es. Arribará mucho antes de lo que os imagináis.

—¡Santo Cielo! —grita. Se pone de pie y comienza a dar vueltas por el cuarto.

—Francisca, os considero una amiga —dice Pedro—. Quiero que seáis la primera en saber que viajo a Potosí. Allí contraeré matrimonio con doña Francisca Ximénez Gudelo. Nos conocimos en esa ciudad. Es una mujer extraordinaria. Salgo en los próximos días.

—¡Qué buena noticia me dais! Cómo alivia mi conciencia.

—Esta señora es poco menor que yo. Su hijo es don Gaspar de Gaete. A pesar de su juventud, ha peleado en Flandes y su historial militar es excelente. Dicen que piensa avecindarse en el Río de la Plata.

—¿Doña Francisca Ximénez Gudelo es viuda? —pregunta intrigada Francisca.

—No. Tuvo a don Gaspar con don Francisco de Gaete y Cervantes, un noble extremeño que nunca quiso casarse. No debéis pensar que por este motivo ella dejó de ser una gran dama. Fue un arrebato de juventud —dice poniendo énfasis en sus palabras.

—Me siento feliz por todas las noticias que me habéis dado. Pronto veré a mi Luis y no dudo de que me convertiré en verdadera amiga de vuestra futura esposa.

—Gracias, Francisca, os veré a mi regreso. Disculpadme, pero debo marchar.

Francisca lo acompañó hasta la calle. Pedro besó su mano antes de montar a caballo. Estaba tan emocionada que no advirtió que el júbilo que el capitán le había demostrado era fingido. La tristeza estaba dibujada en su cara mientras recorría, al galope, las polvorientas calles de Buenos Aires.

Capítulo

4

Las campanas de las iglesias van marcando el pasar de las horas. Desde hace dos días, doña Francisca espera que se produzca su ansiado reencuentro con el capitán Guzmán Coronado.

La casa reluce dentro de su modestia. El cuarto principal, amueblado tan sólo con cuatro sillas de jacarandá y una mesa de madera del Paraguay, parece más grande de lo que es en realidad. En su habitación se destaca, sobre el sencillo lecho, un sobrecama de damasco de la India con borlas de seda en sus esquinas. Un cuadro de la Virgen rodeada de ángeles cuelga de la pared. El cofre de madera con dos cerraduras completa la totalidad del mobiliario.

Ella misma se cuida de no ensuciar la saya y el jubón de terciopelo con pasamanería que lleva puesto.

La negra Catalina ha comprado el vino de Castilla que le encargó y ha preparado confites y torta de roscas.

Por las averiguaciones que ha hecho la esclava en el fuerte sabe que han arribado soldados desde Asunción. "¿Estará Luis entre ellos?", se pregunta.

Se sobresalta al oír fuertes golpes en la puerta y corre hacia ella.

—¡Ha llegado! ¡Es Luis! —grita mientras corre el cerrojo, como para que Catalina escuche y los deje solos.

No puede pronunciar palabra cuando lo ve. Luis la levanta en sus brazos y la besa con fuerza en los labios. Después, ingresa en la casa y arroja el sombrero y la capa al piso de tierra apisonada.

—Por Dios, Luis, no puedo contener mi emoción al veros.

—Mis sentimientos son tan fuertes como los vuestros —contesta él sin soltar su cintura y cerrando la frase con un beso apasionado. Doña Francisca logra separarse un instante de sus brazos. No sabe cómo debe actuar. Tiene nublada la mente, y sin pensar lo que dice le suelta—: ¿Queréis un vaso de vino?

—Ya habrá tiempo para eso. Estoy enterado de que por mi causa estáis viviendo sola. No os preocupéis. Estaré a vuestro lado.

Ella sigue sin poder pronunciar palabra. Cada vez que lo intenta, Luis tapa su boca con la suya.

Por fin, se separa suavemente de Francisca. Se desprende de su daga y de la espada.

Francisca quiere hablar, pero no puede. Está atónita, y al mismo tiempo excitada. Su cabeza no le responde.

Luis la levanta en sus brazos y se encamina hacia el dormitorio. Una vez allí, sin dejar de cubrirla de besos, va quitándole gentilmente sus vestidos, al tiempo que él también se desnuda.

"Esto es demasiado rápido", piensa Francisca. "No es como lo había soñado."

&c &c

Varias horas después, todavía despierta, Francisca contemplaba con curiosidad la sonrisa de Luis. No se borraba de su cara ni siquiera cuando dormía. Estaba confundida. Siempre había soñado que él la cortejaría un tiempo antes de convertirse en su amante. Se sentía feliz, pero habría querido que su primera relación carnal fuera más romántica. Sospechaba que los sentimientos de Luis eran diferentes de los suyos. Ella sentía amor. "¿Es sólo pasión lo de él?", se preguntaba. Y por más que lo intentaba, no conseguía alejar esos pensamientos.

Las campanas anunciaban las siete cuando Luis se despertó.

—Buenos días tenga mi dama —saludó cariñosamente—. ¿Está despuntando el alba?

—Siete campanadas han sonado, mi dueño.

—Ya debiera estar en el fuerte —dijo Luis saltando del lecho.

Francisca salió del cuarto para dejar que él se arreglara.

—Te quiero, Francisquita —gritaba mientras se vestía.

Aunque no podía ocultar su felicidad, Francisca no sabía cómo encarar una conversación más seria.

Luis entró en el salón y recogió sus pertrechos. Después, ya listo para partir, besó en los labios a Francisca.

—Volveré al atardecer —dijo—. Ten preparado el vino que me ofreciste y conversaremos.

—Te quiero —gritó ella desde la puerta mientras él se alejaba a caballo.

❧ ❧

Tal como había prometido, al caer la tarde Luis se presentó en la casa de Francisca.

Esta vez lo esperaba sentada a la mesa, en la que había colocado una jarra de vino con dos rústicos vasos. El encuentro fue cariñoso pero no apasionado. Así había querido Francisca que fuera. Necesitaban hablar.

—Debemos conversar sobre el futuro —dijo ella para comenzar la plática.

—Señora, ante todo os digo que es amor lo que realmente siento por vos. Pero también debo deciros que no estoy preparado para el matrimonio. Mi vida de soldado no me permite pensar en ese sacramento.

—Pero debes pensar en avecindarte en algún lugar —dijo Francisca. A pesar de que un nudo le oprimía la garganta, se esforzó por ocultar su angustia.

—Antes de eso quiero recorrer mundo. Debes disculparme. Estoy dispuesto a no verte más, si es eso lo que quieres. Tu recuerdo siempre estará conmigo.

—Por todos los cielos. No me abandones —dijo ella levantándose de la silla. Se acercó a él y lo abrazó.

Así abrazados, y sin pronunciar palabra, se dirigieron al dormitorio.

❧ ❧

Doña Francisca dormía profundamente. Luis se levantó sigilosamente y se vistió. Salió hacia el cuarto principal y buscó a Catalina.

—Aquí tienes estos doblones. Compra todo lo necesario. A partir de hoy yo me ocuparé del mantenimiento de tu ama.

La esclava, con cara de circunstancias, tomó las monedas.

—Como ordene su mercé —atinó a decir.

El capitán se despidió de ella y se retiró. Catalina sintió que la tristeza la embargaba. "Pobre niña", pensó. "Que esto no sea el comienzo de su desdicha."

❧ ❧

Durante los tres meses que siguieron, las visitas del capitán Guzmán Coronado a lo de doña Francisca se repitieron con asiduidad. Ella esperaba el momento oportuno para decirle lo que desde hacía un tiempo había descubierto. Su cintura se ensanchaba. Esperaba un hijo.

Una tarde, mientras cavilaba acerca del mejor modo de contárselo, su oído atento reconoció de pronto el galope del caballo de Luis, quien un momento después entraba en la casa. La saludó como siempre, con un beso. Se apartó, fue hasta la mesa y se sirvió un poco de vino. Lo bebió de un trago. Luego, comenzó a caminar en silencio por el cuarto.

—¿Qué te sucede Luis? —preguntó Francisca, extrañada.

—Hay serios problemas en la Gobernación. Mi tío está alarmado por el gran número de negros que sin licencia pasan por este puerto y son llevados a Potosí. El contrabando se está convirtiendo en el principal negocio de Buenos Aires, y por si esto fuera poco las incursiones de los mamelucos son cada vez más frecuentes.

—¿Quiénes son los mamelucos? —preguntó Francisca, intrigada.

—Paulistas. Pobladores de San Pablo que cruzan la frontera con Brasil y capturan indios guaraníes. Después, los venden como esclavos para que trabajen en las plantaciones.

—Es terrible. ¿Se puede evitar?

—Justamente. Se preparan tropas en Asunción y Corrientes para perseguirlos. —Calló por unos instantes. Francisca sintió que le temblaban las piernas.

—¿Y tú...? —preguntó, en un hilo de voz.

—Debo marchar nuevamente a Asunción. No puedo decirte por cuánto tiempo. Mi tío quiere que me una a las tropas.

Francisca quiso hablar, pero no pudo. Sintió que la vista se le nublaba y perdía el sentido. Luis pudo sujetarla antes de que cayera. La acostó en la cama y trató de reanimarla con agua fría y perfumes que le alcanzó Catalina.

No tardó mucho en volver en sí. Luis, preocupado, le acariciaba la cabeza.

—¿Estás enferma, mi señora?

—No, Luis —contestó ella tratando de mirarlo a los ojos—. Vamos a tener un hijo.

—Enhorabuena —se entusiasmó él—. ¡Eso no es una enfermedad!

—No lo es. ¿Pero qué será de nosotros?

—Mientras esté allí, nos escribiremos. En cuanto a nuestro hijo, no debes preocuparte, lo tendré siempre conmigo. Seguirá la carrera de las armas.

—Ruego a Dios que no suceda como en el viaje anterior, en que no recibí noticias tuyas —dijo Francisca, más angustiada por el futuro inmediato que por la carrera de su hijo.

—Eso lo tengo resuelto. Enviaré noticias al fuerte. Nuestro intermediario será el capitán Sánchez Garzón, con quien sé que te une una sincera amistad.

Se produjo un silencio. Francisca asintió con fingida serenidad.

—Debo partir hoy mismo. Te amo, Francisca.

Se despidieron en la puerta. A pesar de su empeño por mostrarse fuerte y resignada, Francisca no pudo contener el llanto.

❧ ❧

El capitán Pedro Sánchez Garzón y su mujer, visitan casi a diario a doña Francisca. Cada tanto le llevan cartas de Luis. A pedido de éste, Pedro se ocupa de que nada falte en la casa.

Desde su casamiento con Sánchez Garzón, Doña Francisca Ximénez Gudelo se ha convertido en amiga, confidente y protectora de Francisca. Ella ha pasado por el mismo trance, y no cesa de repetirle que a pesar de tener un hijo fuera del matrimonio, seguirá siendo respetada. Remitiéndose a su caso le confirma que su hijo saldrá adelante ya que es de noble cuna.

Por más consuelos que le acerquen, el alumbramiento está cerca y Francisca sufre al saber que en ese momento Luis no estará a su lado.

La gente principal de Buenos Aires, a pesar de sus chismes, no ha dejado de recibirla. En gran parte, eso se debe al apoyo de su amiga doña Francisca Hurtado de Mendoza, que le sigue siendo fiel, la consuela y la acompaña. Su padre, que ha sido alcalde y alférez real es importante vecino encomendero.

Francisca advirtió que, de pronto, los dolores de vientre que había estado sintiendo en los últimos días no sólo comenzaban a repetirse con más frecuencia sino que eran más fuertes e insoportables. Comprendió entonces que era el momento de enviar a Catalina en busca de sus amigos.

Sin embargo, la negra no alcanzó a trasponer la puerta de calle; un momento después estaba otra vez junto a Francisca.

—Amita, amita, viene el capitán Guzmán Coronado con un acompañante —gritó, con inocultable excitación.

Francisca trató de incorporarse en el lecho, pero le fue imposible. Las punzadas eran terribles.

La puerta del cuarto se abrió y apareció Luis, que corrió a abrazarla.

—Mi querida, me acompaña maese Juan Escalera de la Cruz, médico de mi tío. Quiero que os vea.

Después de revisarla, el médico del gobernador mandó llamar a la esclava. Le pidió que le alcanzara agua caliente y trapos; estaba comenzando el parto.

Doña Francisca Hurtado de Mendoza, que llegó en ese momento, se puso a disposición del galeno.

Nervioso y aturdido, Luis salió del cuarto y se dirigió al jardín del fondo. Caminaba entre los naranjos y limoneros, hundido en sus pensamientos, cuando de pronto oyó el llanto que esperaba. Corría hacia adentro cuando se cruzó con Catalina.

—Su Mercé... —anunció la negra con entusiasmo—. ¡Es una lindísima niña!

El capitán se detuvo bruscamente. Casi no había contemplado la posibilidad de que fuese una hembra.

—¿Cómo se encuentra doña Francisca? —preguntó, tratando de sobreponerse a la sensación de abatimiento que lo dominaba.

—¡Las dos están muy bien! —contestó la esclava, emocionada—. Maese Escalera dice que enseguida podréis verlas.

Luis se sentó en el cuarto principal. Pensó que en realidad era mejor que así hubieran sucedido las cosas. De haber sido un varón lo habría llevado con él. Ahora, su principal preocupación era cómo comunicar a Francisca que abandonaría Buenos Aires, tal vez para siempre.

❧ ❧

Durante los días siguientes, Francisca recibió numerosas visitas. No había dudas: la gente de Buenos Aires había aceptado el nacimiento de su hija. La niña fue bautizada en la casa con el nombre de María de Guzmán Coronado.

Si bien pasaba a verlas a diario, las visitas de Luis eran siempre fugaces.

Una mañana, mientras Francisca atendía feliz a la niña, él hizo su entrada en el cuarto.

—Necesito hablaros —anunció.

Ella presintió una mala noticia. Cuando Luis le hablaba con tanta formalidad algo serio acontecía.

—Francisca, como te he dicho otras veces —dijo el capitán—, mi vida es la de un soldado. Me han llamado para hacerme cargo de una compañía en Chile, y el gobernador ha autorizado mi partida.

Francisca no podía dar crédito a lo que oía.

—¿Me hablas en serio? —preguntó.

—Muy en serio. Es una excelente posibilidad para mi carrera militar. No puedo dejarla pasar.

—Pero... ¿Podemos acompañarte?

—No —contestó fríamente—. Os he dicho que no estoy preparado para el matrimonio, y no podría teneros como mi manceba.

Aquellas palabras la hirieron, pero calló.

—Siempre te recordaré —continuó Luis. Ahora, su voz se había suavizado. Tanteó su cintura, y desprendió de ella una bolsa que tintineó en su mano cuando la puso ante los ojos de Francisca—. Son doblones de oro. Úsalos para tu subsistencia y la de nuestra hija. Puedes comprar otra casa. Igual te quedará un resto para vivir con tranquilidad.

Francisca dudó en recibir aquella pequeña fortuna, pero rápidamente se dio cuenta de que ya no podía pensar sólo en ella. Sin embargo, no abrió la boca. La prudencia le indicaba que era mejor que no hablara.

—Siempre te recordaré —repitió Luis—. Me ocuparé de hacerte llegar mis noticias. Te prometo que no dejaré que nada les falte.

Antes de retirarse, besó a la niña y abrazó a Francisca. Ella intuyó que no volverían a verse.

⁂

Han transcurrido casi tres años desde que nació doña María. En ese tiempo, grandes cambios se han producido en esta ciudad que crece. El gobernador don Diego Marín Negrón se ha ocupado del desarrollo edilicio y de la higiene. Dispuso cavar pozos surgentes para la provisión de agua y organizó un servicio de limpieza de las calles.

Hoy se ha confirmado que Marín Negrón ha muerto en Santa Fe. Se dice que fue envenenado por un sujeto llamado Simón de Valdés, allegado al capitán Juan de Vergara, quien lidera el contrabando en Buenos Aires.

"Cuánto me entristece su muerte", piensa doña Francisca de Rojas. No puede dejar de recordar las muchas veces que el gobernador, a través de terceros, se puso a su disposición para el caso de que su hija necesitara algo.

Las malas noticias la habían sorprendido en pleno trajín. Aquel día arreglaba su nueva casa, a la que acababa de mudarse tras su boda con Antón García Caro. Lo había conocido en casa de los Sánchez Garzón. Era un hombre que la superaba en años, bonachón y con un patrimonio importante, sobrino del escribano de su mismo nombre que fuera procurador general de la ciudad.

No existe amor en ese matrimonio, pero sí seguridad. Además, Francisca se siente bien por las demostraciones de cariño que él dispensa a su hija María, que es su mayor desvelo.

Del capitán Guzmán Coronado, sólo sabía que poco tiempo atrás había contraído matrimonio con doña Luisa de Miranda Jofré, una dama de rancia familia chilena.

De todos modos, nunca podrá olvidarlo. Sus ojos claros, su pelo rubio y su sonrisa están presentes en la cara de su hija.

Capítulo

5

La infancia de doña María de Guzmán Coronado transcurre apacible y tranquila en esta Buenos Aires que pretende ser ciudad y continúa siendo una gran aldea.

Su inteligencia asombra a los mayores. Concurre diariamente a la casa de una beata que, vestida totalmente de negro, cubre su cabeza y parte de su cara con una toca del mismo color. La mujer instruye a las niñas de las principales familias. La enseñanza religiosa es el punto más importante. Además, les enseña a leer y escribir, y completa su instrucción con maneras, costura y bordado.

De todas estas materias, María se destaca del resto en la escritura. Su trazo firme y su interés por la lectura hacen las delicias de su padrastro, que se ocupa de comprar para ella todo tipo de libros de los que llegan de España.

Su imaginación es llamativa, y su alegría manifiesta. Es la organizadora de todo tipo de juegos infantiles. Su favorito es el de la corte. Ella lo ha inventado, y con sus amigas Inés de los Reyes y Tomasa de Espíndola, invitan a participar del mismo a algunos varones de su edad. Siempre consigue candidatos para el juego. No es para menos. Con su gracia y su linda cara, tiene cautivado a más de un mozalbete. Ella siempre ocupa el papel de la reina, y hace que todos le rindan pleitesía. Con cintas, flores, y vidrios de colores, se fabrica coronas, cintillos y brazaletes.

Como tantos otros días, doña Francisca de Rojas conversa alegremente con doña Francisca Hurtado de Mendoza, su amiga de juventud, que hace años se casó con el escribano Jerónimo de Medrano. Junto con los Sánchez Garzón se han convertido en sus aliados incondicionales.

Están sentadas en el estrado de su salón. Consiste en una tarima con balaustrada, y está cubierta de alfombras. Sobre ella se encuentran desparramados almohadones tapizados en damasco y seda de la China, que se mezclan con elegantes muebles. Su marido quiere para ella lo mejor.

Ríen las dos amigas comentando jocosamente que las joyas serán la perdición de la pequeña María. Su charla se ve interrumpida por el sonar de cascos de caballos que se acalla junto a la puerta de la casa. Dos esclavos corren para avisar que ha llegado el capitán Sánchez Garzón acompañado por el alcalde. Ingresan en el salón, y Francisca los recibe en su estrado, reservado sólo para visitas de calidad.

—¿A qué debo el placer de veros? —pregunta, sorprendida por la presencia del alcalde.

—Señora, de vuestro marido se trata. Tenemos malas nuevas —contesta éste.

—Hablad —dice Francisca, tratando de mantenerse tranquila.

—Vuestro marido ha caído de su caballo camino al fuerte.

—¿Cómo se encuentra? ¿Dónde está? —pregunta con ansiedad.

Su amigo trata de demorar la noticia pero el alcalde se le adelanta.

—Al caer de su cabalgadura sufrió un fuerte golpe en la cabeza.

—¿Ha muerto? —grita Francisca con gesto de horror.

44

—Señora –dice el alcalde—. Presto fue el auxilio, pero vanos los intentos. Murió en forma inmediata.

Las dos amigas se abrazan. El llanto de Francisca es sincero. Con los años se había acostumbrado a ese marido. Lo honraba y le tenía verdadera estima. Hoy se daba cuenta de que el cariño que por él sentía era mayor que el que había imaginado.

❧ ❧

El capitán Pedro Sánchez Garzón se ocupó de los arreglos para el funeral.

La misa de réquiem cantada, de cuerpo presente, fue sumamente emotiva. Antón García Caro fue enterrado en su sepultura de la Iglesia Mayor. Todo Buenos Aires estuvo presente. Doña Francisca de Rojas recibió las condolencias, abrazada a su hija María. A pesar de su edad, la niña es más fuerte que su madre.

❧ ❧

Los bienes que heredó de su marido dejaron a doña Francisca en una holgada situación pero debe ocuparse de administrarlos. Pedro Sánchez Garzón se ha ofrecido para manejar o comprar la estancia del Pago de la Matanza, ya que posee tierras cerca de ella. Francisca se siente sumamente agradecida a su querido amigo. Sabe que cuenta con él para todo.

El período de luto ha pasado. Sánchez Garzón, como tantas veces, ha ido a visitarla.

—He decidido que en los próximos días partiré a la estancia —dice doña Francisca—. Antes de tomar la decisión de su venta, quiero ponerme al tanto del manejo. Debo estar segura de si puedo o no administrarla.

—Quisiera poder acompañarte, pero la salud de mi mujer empeora día a día.

Doña Francisca sabe que es así. Casi diariamente visita a su tocaya, que ha perdido de golpe la vista y sufre dolores en el pecho acompañados de fiebre. La asisten los mejores médicos.

—Lo sé —dice—. Me entristece sobremanera verla así postrada.

—Agradezco tus atenciones hacia ella. Es auténtico el cariño que siente por ti y por María —dice el capitán. Y agrega—. Me ocuparé de tu traslado.

—No es necesario —responde Francisca—. He hecho todos los preparativos. Vendrá gente de la estancia para acompañarme.

—¿Llevarás a María? —pregunta Pedro.

—No. Quedará por esos días en la casa de Francisca Hurtado de Mendoza. Sabes bien cómo la quiere.

❧ ❧

En la calle, tres carretas esperan. Han sido acomodados todos los bártulos necesarios para el viaje. En la que viajará doña Francisca se han colocado almohadones y un cómodo jergón.

Sube, acompañada de dos negras. La escoltan los hombres que vinieron de la estancia y uno de sus esclavos.

Intenta dormir durante el viaje, pero es imposible. A pesar de estar envueltas en cuero crudo, las chirriantes ruedas de las carretas producen un ruido terrible.

No sabe con qué se encontrará. "¿Tiene sentido este viaje?", se pregunta. "No debí separarme de María. ¿Qué quiero lograr con esto?" Lo cierto es que se hace mil preguntas sin llegar a ninguna conclusión.

A pesar de las paradas de rigor, el viaje ha sido fatigoso. Ahora, se acercan al casco. Le han dicho que las tierras que atraviesa son suyas, pero todavía le cuesta creerlo. Ve cantidad de vacunos alrededor. Está dispuesta a recorrerla con tranquilidad en los próximos días; hoy necesita descanso.

La casa es de un tamaño regular. Las ventanas principales se cierran con postigos de madera. De las demás, cuelgan solamente gruesos cueros. El piso es de tierra apisonada.

"No esperaba más que esto", piensa. "Mejorará cuando terminen de colocar las cosas que hemos traído de Buenos Aires."

En el cuarto principal hay un escritorio de madera del Paraguay con seis gavetas. Se sienta en la silla y abre los cajones, en los que ve cantidad de papeles. Está oscureciendo. Una de las esclavas se acerca para decirle que la comida y el arreglo de su cama están listos. Come muy poco y se acuesta. Está agotada.

❧ ❧

Han transcurrido quince días desde su llegada a la estancia. Ha revisado papeles y recorrido las tierras, y el encargado se ha esforzado por hacerle notar el estado de la hacienda vacuna y lanar. A estas alturas, quiere regresar a Buenos Aires. A pesar del encanto de los atardeceres del campo y de haberse dedicado con placer al arreglo de las flores y la huerta, extraña a María. Quiere verla. Compartir esa alegría que desborda. Oír los cuentos de sus juegos y su última lectura.

Una de las esclavas la arranca de su ensimismamiento.

—Señora. Hay visitas para vos. Es el capitán Sánchez Garzón.

Corre a recibirlo. Le parece imposible. Debe portar noticias de su casa.

—¡Qué emoción siento al verte! —No puede contenerse y abraza a su amigo—. ¿Me traes carta de María? —pregunta—. ¿Pero qué sucede? Tu cara presagia algo malo —continúa, asustada.

—No te preocupes Francisca, María está muy bien y te ha escrito.

—Pero entonces, ¿a qué se debe tu triste ceño?

—Al día siguiente que abandonaras Buenos Aires, sin que nadie esperara tan rápido desenlace, murió mi Francisca —responde Pedro atribulado.

—¡Por Dios! —exclama ella tapándose la boca y sintiendo que sus ojos se llenan de lágrimas—. Pasa y conversemos.

Hablaron durante horas. Trataban de consolarse mutuamente.

Afuera, se había desatado una fuerte tormenta.

—No puedes marchar con este tiempo —dijo Francisca—. Haré que te preparen una habitación.

Pedro aceptó la invitación. Necesitaba desahogarse. Francisca regresó al salón y anunció:

—Cenaremos juntos. Hay un pellejo de vino de Castilla que tenía almacenado mi marido. He pedido que nos lo alcancen.

Una esclava depositó la bandeja con la jarra y los vasos en la mesa. Doña Francisca lo sirvió, y continuaron con la conversación. El tema principal era la amistad. Siguieron tomando vino. Cuando la jarra se vaciaba era repuesta inmediatamente por la negra Catalina.

Había llegado la medianoche. Las velas iluminaban la humilde sala. Pedro dijo a Francisca las palabras que había evitado hasta ese momento:

—Si lo hubieras querido, hoy seríamos marido y mujer.

—Dios no quiso que así fuera —respondió Francisca—. Pero piensa que gracias a que ello no sucedió, hemos logrado una verdadera amistad. —Terminó de decirlo y tomó las manos de él en un gesto de cariño. Pedro no las soltó.

—Nunca pude querer a nadie como a ti.

Francisca no lo dejó continuar. No sabía qué responder. Buscaba las palabras, pero los efectos del vino en su cabeza no le permitían encontrarlas.

—Debemos retirarnos a nuestros cuartos —dijo por fin, poniéndose de pie. Trastabilló, tropezó con la pata de la mesa y cayó al suelo. Pedro corrió a auxiliarla. Francisca reía pensando en lo ridículo de la situación. Él trató de levantarla, pero el vino también le hizo jugar un mal papel. Cayó a su lado. Ahora rieron los dos.

Pedro la estrechó contra sí mientras continuaban riendo. Besó su mejilla y al no hallar resistencia, buscó su boca. Tampoco hubo oposición. Continuaron los arrumacos; se acariciaron.

El juego amoroso duró un rato. Pedro pudo levantarse y ayudó a Francisca a incorporarse. Los dos cuerpos ardían. Sin decir palabra se fueron acercando a la recámara. Trataron de mantener la compostura. En silencio se quitaron sus ropas y se acostaron. La tormenta arreciaba mientras ellos hacían el amor.

❧ ❧

Cuando Francisca despertó, su pensamiento aún estaba nublado por el vino. Se levantó y abandonó la habitación cargando sus vestidos. Luego, vació la jarra del aguamanil en su cabeza. De algo estaba segura. Aquello no debía continuar. No quería que los sucesos de la noche anterior quebraran su amistad con Pedro, pero no sabía cómo enfrentarlo.

El capitán Sánchez Garzón apareció vestido en el salón. Tampoco sabía qué decir.

Fue ella quien tomó la palabra.

—Querido amigo —dijo con decisión—, nada de esto ha sucedido. Olvidemos la noche y recordemos solamente nuestra charla anterior.

—Pero Francisca... Te quiero.

—Calla, mi buen amigo. Parto hacia Buenos Aires hoy mismo.

Pedro se retiró, embargado de tristeza; a pesar de todo, había abrigado alguna esperanza.

❧ ❧

Francisca se encuentra en su casa de la ciudad. Han pasado casi dos meses desde que llegó de la estancia. Poco es lo que se ha visto con el capitán Sánchez Garzón. Cuando él la visita es solamente para tratar la operación de la venta de sus tierras. Ella se ha dado cuenta de que no podrá manejarlas.

Hoy ha enviado por él. Lo espera sentada en el estrado. La esclava le anuncia que ha llegado.

Pedro besa su mano a modo de saludo.

—Francisca —anuncia—, el escribano me ha dicho que tiene lista la escritura. ¿Por ese tema me llamaste?

—No, el motivo es otro. —No sabe cómo seguir, a pesar de que ha ensayado varias veces sus palabras.

—¿Cuál es entonces? –pregunta él, asombrado.

—Vamos a tener un hijo —responde ella, mirándolo a los ojos.

Pedro no puede ocultar su sorpresa. Sin embargo, su cara irradia felicidad.

—Me alegra la noticia. Nos casaremos cuanto antes.

—No, mi buen amigo. —Francisca remarca la última palabra—. Hasta hoy has sido mi gran aliado, la persona de quien me fío. No quiero que esta situación cambie. La noche en que engendramos a este hijo hablamos sobre el valor de la amistad. El sentimiento de amor es diferente. A ti, por ser mi amigo, no podría engañarte.

—Realmente no lo entiendo. No importa que no me ames. Igual seré feliz teniéndote a mi lado.

—Hoy valoro la amistad más que el amor. Por favor, entiéndeme —suplica Francisca—. Sólo te pido que reconozcas a nuestro hijo, sea varón o hembra. Debes darle tu nombre y protegerlo siempre.

—De eso no dudes. ¿Pero qué dirá la gente?

—Poco me importa —responde ella—. Estoy acostumbrada al chismorreo. Además se sabrá que fui yo quien no aceptó el matrimonio. Nadie duda de que eres un caballero.

❧ ❧

María de Guzmán Coronado es aún muy pequeña para entender lo que está sucediendo. Le han dicho que tendrá un hermano.

El médico está atendiendo a doña Francisca. Como en el parto anterior, se encuentra con ella doña Francisca Hurtado de Mendoza. Se oye un llanto. Es una niña.

Ha llegado el capitán Sánchez Garzón. Besa cariñosamente a María en la frente y en la mano a doña Francisca Hurtado de Mendoza, que le da la noticia.

—¿Puedo ver a la madre y a la hija? —pregunta ansiosamente.

—Enseguida os mostraré a vuestra hija —responde Francisca, que no comprende cómo su amiga ha rechazado nuevamente a este capitán—. En cuanto a la madre, su estado es bueno, pero prefiere veros mañana.

Pedro suspiró. Luego de ver a la niña, se retiró.

❧ ❧

Al día siguiente, doña Francisca de Rojas mantuvo una conversación con el capitán Sánchez Garzón, quien reconoció a su hija y pidió que la llamaran Dionisia Garzón.

Con ese nombre fue bautizada en la casa.

María de Guzmán Coronado está feliz con su hermana. Los pocos celos que sintiera cuando se produjo el nacimiento se han disipado. Doña Francisca llena de mimos a la pequeña Dionisia, pero su atención primordial es para ella. Su preferida.

Capítulo

6

Han pasado varios años. Dionisia Garzón es la niña mimada de su padre. Pedro se ha casado con doña Francisca Hurtado de Mendoza, cuyo primer marido, el escribano Jerónimo de Medrano, había muerto tiempo antes en el paraje de Talina, camino al Perú.

Doña María de Guzmán Coronado se ha convertido en la mujer más deseada de Buenos Aires. Con sus casi veinte años, no hay corazón que se resista a su gracia y belleza.

A la moda de Andalucía, las serenatas se han impuesto en la ciudad. Los jóvenes cantan bajo las ventanas de las niñas casaderas. Los sonidos de sus canciones alborotan las calles alegrando las tediosas noches.

La casa de doña María es la más frecuentada. Ella, detrás de las rejas, alienta a los mozos con risas, aplausos y coqueteos, pero no da esperanzas a ninguno. Si hasta ha desechado propuestas de matrimonio. Doña Francisca de Rojas apoya a su hija. Sólo deberá casarse cuando encuentre el marido que le convenga. Desde luego deberá ser rico. Un caballero que no lo fuese no podría satisfacer su avidez por los mejores vestidos y aderezos.

En la ciudad el contrabando se vuelve cada día más importante. La población lo acepta con beneplácito. Los barcos descargan sus mercaderías para vender en Potosí. Gracias a que Buenos Aires es un puerto de paso, se consiguen telas, vinos y todo tipo de ornamentos a precios muy bajos.

Los capitanes de los barcos quedan impresionados con las mujeres porteñas. Las cortejan. Doña María es de las más solicitadas. Le hacen regalos a cambio de favores que no consiguen. Su figura, elegancia y buen humor seducen a todos. Ella se divierte provocando galanteos, pero sabe poner límites. Se entregará sólo al hombre que elija.

Pero no todas son noticias agradables. Se teme que puedan producirse ataques de los piratas holandeses que han hecho estragos en Brasil. En la corte española hay gran preocupación al respecto. Los navíos al mando de corsarios fletados por la Compañía de Indias Occidentales, han hundido más de cien barcos españoles en los dos últimos años. Los cargamentos capturados les han rendido millones de florines y pretenden instalar una factoría en este puerto.

Buenos Aires necesita un verdadero militar en su gobierno. Por tal motivo Felipe IV ha designado para ocupar ese cargo a un hombre de guerra, don Pedro Esteban Dávila. Ha peleado durante treinta años en Flandes y en Italia, donde ha sido maestre de campo. Amén de eso ha sido gobernador de las Islas Terceras.

Corre el año de 1631. Es el día de Navidad. La alegría en la ciudad es indescriptible. No es para menos. Se ha avistado la flota que trae a Buenos Aires al nuevo gobernador.

El pueblo festeja. Las casas y calles se han engalanado para el recibimiento.

El revuelo en las casas principales es mayúsculo. Preparan los atuendos para las fiestas que se realizarán en su agasajo. Los hombres se sienten seguros. Viene a preparar la defensa de la ciudad, y para ello lo acompañan cantidad de soldados y piezas de artillería. Las mujeres están felices. La llegada de este caballero de Santiago augura fiestas y diversión. Pertenece a la alta nobleza española. Es el hijo del tercer marqués de las Navas y quinto conde del Risco.

El capitán Sánchez Garzón, por su parte, se ha convertido en uno de los pobladores ricos. Su casa es una de las más lujosas de este puerto. Ha partido hacia la costa del río, ya que como linajudo hidalgo no puede faltar. Se ubicará detrás de los cabildantes y del obispo Carranza. Cabalga circunspecto y, a pesar del calor, se cubre con amplia capa. Su empaque es notable. Lo realzan la soberbia espada a la cintura y el sombrero de fieltro de ala ancha adornado con muchas plumas.

Doña María de Guzmán Coronado, acompañada por su madre y por la infaltable doña Francisca Hurtado de Mendoza, está presente para el recibimiento. Su figura y sus vestidos llaman la atención. La seda azul de sus faldellines sobre la basquiña negra, hace juego con el jubón sujeto con franzones de plata. Ni el hidalgo ni el villano dejan de mirarla. Cómo no maravillarse ante esos blancos hombros descubiertos. Cómo no admirar esos pechos insinuantes, en cuyo nacimiento bailotea un medallón, sujeto a su cuello por una cadena de oro.

❧ ❧

El desembarco se ha producido. Suenan los tambores tocados por los soldados de la guarnición y aturde el estruendo de los cañonazos que, desde el fuerte, son disparados hacia el río.

Don Pedro Esteban Dávila impresiona por su distinguido aspecto. Alto y de gran contextura, su canosa barba contrasta con sus rasgos juveniles. Sus elegantes ropas dejan ver en el pecho la roja cruz de Santiago. Lo sigue su hijo, Pedro Dávila y Henríquez de Guzmán.

En breve ceremonia, Dávila presenta su nombramiento a los miembros del Cabildo. Es reconocido como gobernador del Río de la Plata y se le hace entrega del bastón de mando, símbolo de su autoridad. Con gran facilidad de palabra se dirige a los presentes. Los conquista con su fuerte pero agradable tono de voz. Ha dicho que su primera medida de gobierno será la construcción de una fortaleza más segura para la defensa de la ciudad.

Conversa con los caballeros, agita su mano saludando al pueblo y descubre su cabeza cuando se acerca a saludar a las damas. Besa las manos de las mayores y recibe mientras camina la reverencia de las más jóvenes.

Al llegar donde está doña María de Guzmán Coronado se detiene. Sus ojos se deslumbran ante esta joven mujer.

—Señora —dice inclinándose y haciendo girar su sombrero—, en vos saludo a todas las mujeres de esta tierra. Ni el mejor pintor de la corte podría reflejar vuestro encanto.

Aunque debe permanecer callada, como lo exige el ceremonial, doña María hace revolotear sus ojos y contesta:

—Orgullosa agradezco el cumplido que viene de un hombre como vos.

Su madre y quienes la rodean se escandalizan ante su desparpajo. El gobernador camina unos pasos y, dando vuelta su cabeza, mira a doña María y le sonríe. Ella sostiene fijamente su mirada y devuelve la sonrisa.

—Tu actitud no ha sido la de una mujer de familia hidalga, María —la reprende su madre—. Me sorprende tu comportamiento. Además...

—Es sólo una niña —la interrumpe doña Francisca Hurtado de Mendoza—. Así lo entendió el gobernador. No te preocupes Francisca, que María sabe comportarse como una dama.

Ya en su casa, doña Francisca de Rojas, disgustada, continuó con sus advertencias.

—Don Pedro Esteban Dávila goza de fama de galán, María. Debes cuidar que no confunda tu actitud.

—Madre, lo que dices es imposible. —Graciosamente se encorvó simulando que se apoyaba en un bastón y prosiguió—: ¿Olvidas que es un viejo?

María hizo reír a su madre con sus gestos y comentarios. Pero la risa duró poco.

—Resto importancia a lo sucedido por tratarse de un hombre mayor —insistió doña Francisca—, pero cuida en adelante el modo en que te diriges a los demás miembros de la comitiva.

Lo cierto es que temía que pudiera repetir su propia historia con alguno de los tantos oficiales que acompañaban al gobernador.

María besó a su madre y corrió a sus habitaciones. Estaba impresionada por la figura del gobernador. Se sentía atraída hacia él. Ante aquella mirada, su corazón había estallado.

❧ ❧

En los días siguientes a su arribo, don Pedro Esteban Dávila se reúne más de una vez con los miembros más importantes de la ciudad. Cumpliendo su palabra, demuestra que su mayor interés es construir un fuerte para la defensa de la ciudad. El estado de la fortaleza actual es deplorable. Las murallas de la que está rodeada consisten en terraplenes de tierra, que se desmoronan con las crecidas del río y deben ser permanentemente restauradas. Está mal pertrechada, y la Casa

Real, como se denomina a la casa del gobernador que está dentro de su recinto, también necesita arreglos.

El capitán Sánchez Garzón fue de los primeros en entrevistarse con el gobernador. La mutua simpatía que nació entre los dos hombres hizo que pronto comenzaran a verse casi a diario. En una de esas ocasiones, don Pedro Esteban comentó a su nuevo amigo que estaba preocupado. El ingeniero designado por la corona para la construcción del fuerte no había podido embarcarse. Necesitaba contratar a alguien del lugar.

Sánchez Garzón le recomendó a Luis de Villegas, maestre de arquitectura. El gobernador lo recibió, y no tardaron en ponerse de acuerdo en los planos. Los trabajos debían comenzar de inmediato.

El capitán Sánchez Garzón invitó al gobernador a vivir en su casa mientras se realizaban los arreglos en la Casa Real. Don Pedro Esteban aceptó con agrado. Había visitado esa residencia y lo había impresionado en relación con las demás. Entre salas, aposentos y cocinas, constaba de dieciocho habitaciones. El mobiliario era suntuoso. Separada por el jardín estaba la casa que habitaban los esclavos.

El gobernador se mudó allí en cuanto comenzaron las obras. Para su satisfacción, comprobó que doña Francisca Hurtado de Mendoza, la dueña de casa, se había esforzado por que todo fuera perfecto. Los cuartos que le fueron asignados se arreglaron con los mejores muebles. En la habitación contigua al dormitorio se colocó un escritorio de nueve gavetas totalmente marqueteado con marfil. Allí podría trabajar si lo deseaba.

Don Pedro Esteban Dávila pasaba los días en el fuerte. Él mismo controlaba las obras, a la vez que atendía los asuntos de gobierno. Al atardecer llegaba a lo de Sánchez Garzón, donde siempre lo esperaban visitas. Todos querían hablar con él, enterarse de sus proyectos. Y el gobernador, con paciencia infinita, les informaba sobre sus actos. Una de sus primeras disposiciones fue que Buenos Aires tuviera una guardia permanente de soldados pagados por la Real Audiencia. Con esta medida, abría la carrera de las armas a los hijos de la tierra.

En poco tiempo cautivó al pueblo y logró granjearse la simpatía general.

Desde luego, también las señoras frecuentan la casa de los Sánchez Garzón. Una de las más asiduas concurrentes es doña Francisca de Rojas, acompañada por sus hijas doña María y Dionisia, ésta última hija del dueño de casa.

Don Pedro Esteban está fascinado por la liberalidad de estos criollos.

❧ ❧

En el estrado de su casa, doña Francisca Hurtado de Mendoza conversa animadamente con doña María de Guzmán Coronado. Ella se sienta en un importante sillón tapizado en dorada seda. Doña María, recostada en la alfombra, apoya su espalda y su cabeza sobre ricos almohadones. De pronto, se oyen corceles que frenan su galope en las cocheras. Un momento después, hace su entrada el gobernador.

—Señoras, siento real placer al veros —dice con su acostumbrado don de gentes.

—Excelencia, no os esperábamos tan temprano —acota doña Francisca—. ¿Queréis acompañarnos?

—Esperaba vuestra invitación —contesta él con su voz seductora. Y sin más preámbulos, se sienta en una de las sillas de jacarandá.

—Están preparando la Plaza para la corrida de toros de mañana —comenta—. Hay tanto movimiento dentro y fuera del fuerte, que decidí tomarme el descanso más temprano.

—Me encantan los toros —dice María con su tono más natural.

El gobernador no puede dejar de mirarla. Recostada en esos almohadones, los largos zarcillos de granate que penden de sus pequeñas orejas destacan su rubio pelo, y sus ojos brillan más que la mejor gema.

—También a mí me deleitan las corridas —afirma él entusiasmado—. Espero que mañana podáis acompañarme para ver juntos el espectáculo.

—Allí estaremos —dice doña Francisca—. Felices de acompañaros. ¿No es así, María?

Y sin darle tiempo a contestar, se levanta de su silla y anuncia que revisará personalmente el vino y las confituras que hará servir. Después, toma la mano del muleque y baja del estrado.

—Vamos pequeño, acompáñame a la cocina —le dice.

María no puede creer lo que está pasando. De buenas a primeras se encuentra a solas con el gobernador, que ahora, con tono galante le dice:

—Veo que esa brillante sonrisa no se borra de vuestra cara. No he podido olvidarla desde que os vi por primera vez.

—Tampoco yo he podido olvidar vuestra profunda mirada —responde María con admiración.

Se produce un silencio. Por primera vez el gobernador no sabe qué decir. "Vaya con esta niña", piensa mientras nota que el ritmo de su corazón se acelera.

Ella no deja de observarlo.

"Éste no es momento para floreos", se dice él para sus adentros. "En cualquier momento puede llegar doña Francisca."

Pero aunque busca desesperadamente las palabras para transmitir su admiración, no las encuentra. Permanece sentado en la silla y, con gesto cautivante, extiende sus brazos hacia ella con las palmas abiertas. La señala. Espera que su gesto indique lo que quiere expresar. Está deslumbrado.

—¿Cómo van las obras del fuerte? —pregunta María en un tono por demás sugerente, al advertir que don Pedro Esteban la mira obnubilado.

—Progresan. La construcción avanza rápidamente —contesta él, mientras piensa que detrás de esa linda cara se esconde una mujer inteligente. La gracia con la que acaba de desviar la conversación hacia otro tema es una demostración elocuente de ello.

❧ ❧

Al día siguiente, María llega muy temprano a lo de Sánchez Garzón. Juntos asistirán a la corrida de toros. Trabajo le costó hacer entrar en razones a su madre para que no la acompañara. El gobernador no la mencionó en su invitación, le ha dicho. Y ríe para sus adentros recordando la cantidad de recomendaciones que le hizo. De todos modos, ha tenido que aceptar la compañía vigilante de la negra Catalina, que tiene orden expresa de no separarse de ella. A pesar de sus años, la esclava sigue siendo la confidente de doña Francisca de Rojas.

Cuando llegan, la Plaza Mayor bulle de gente. Las carretas han formado un gran círculo que delimita el ruedo, y las bocacalles de acceso también han sido cerradas con carretas, tablas y cueros.

Doña María de Guzmán Coronado y doña Francisca Hurtado de Mendoza avanzan hacia la Casa Consistorial. Allí las espera don Pedro Esteban Dávila.

—Está lo mas granado de la ciudad —dice María al entrar.

—Era de esperarse —replica doña Francisca—. No olvides que sólo los hijos de familias hidalgas pueden lidiar con los toros. Tú conoces a la mayoría. ¡Es un juego de caballeros!

Mientras conversan avanzan hacia el colgadizo que ha sido dispuesto allí para que ellos puedan contemplar la fiesta.

El gobernador se encuentra conversando con un grupo de señorones. Al verlas, se acerca a ellas. Saluda cortésmente, y dice a doña María:

—Veréis el espectáculo a mi lado.

—Me siento honrada, Excelencia —replica ella con desenvoltura—. Podréis explicarme este noble arte a medida que acontece.

—Espero poder hacerlo, aunque temo no poder ver lo que suceda en el ruedo.

—No entiendo vuestras palabras. ¿No es acaso la vista desde el colgadizo la mejor?

—Así es, mi señora. Pero no sé si podré apartar mis ojos de vuestra figura —responde él en tono zalamero.

Doña María ríe. Se toma con fuerza de su brazo y juntos avanzan hacia el lugar de preeminencia.

La gente murmura. Doña María está feliz. Adora este momento.

Los encuentros entre el gobernador y doña María han sido frecuentes, aunque no han pasado de ser conversaciones galantes. Ella visita casi todos los días lo de Sánchez Garzón, y es allí donde se encuentran. A pesar de las murmuraciones, poco pueden decir de ella. Sus visitas a esa casa han sido naturales desde siempre. A veces llega acompañada de sus amigas, doña Polonia de Cáceres y Ulloa y doña Tomasa de Espíndola. Esta última suspira por el capitán Pedro Dávila y Henríquez de Guzmán, el hijo del gobernador.

Esa tarde, don Pedro Esteban Dávila anunció en el salón de doña Francisca Hurtado de Mendoza que las obras del fuerte estaban casi finalizadas. Se mudaría al día siguiente.

—La próxima semana brindaré una fiesta para celebrar su inauguración —dijo el gobernador—. Será bautizado como fuerte de San Baltasar de Austria.

—Un nombre imponente —dijo el capitán Sánchez Garzón.

—En honor del Príncipe de Asturias, don Baltasar, heredero del trono de España —contestó Dávila.

—La idea es magnífica. Aunque no sea necesario, elevará vuestro concepto ante el Rey Felipe IV —replicó el capitán.

—No me mueve ese motivo, pero supongo que mal no viene. A pesar del prestigio de mi familia en la corte, también tengo enemigos. ¿Conocéis el episodio con el comisionado León Garabito?

Sánchez Garzón lo conocía a fondo, pero prefirió no darse por enterado.

—Algo he oído sobre el tema, pero no he prestado atención —contestó.

—¿Cómo fue? —preguntó doña María con curiosidad.

—Alguien que mal me quiere presentó una denuncia ante el Consejo de Indias. Informaron que traía conmigo mercaderías para negociar.

—¡Qué maldad! —dijo doña María sin ocultar su rabia—. Tiene que haberlos guiado la envidia. Sin duda ése fue el motivo.

—Seguramente así fue —contestó el gobernador, mirándola tiernamente—. Pero el Consejo creyó a esos malvados. —Y agregó con desdén—: Nombró pesquisador a este Garabito. Imaginaos que se embarcó en calidad de pasajero en el San Juan Bautista, una de las naves de mi escolta, y sólo en Río de Janeiro se acreditó. Desde luego revisó los barcos de la flota sin encontrar nada que avalara su denuncia.

—¡Por Dios! ¡Qué mal rato! —dijo doña Francisca Hurtado de Mendoza—. ¿Cómo puede ser que este hombre continúe en Buenos Aires?

—Ni lo mencionéis, señora. Es un tema que debo resolver. El hombre ha sido nombrado Visitador de la Real Audiencia y Juez de Residencia para el ex gobernador don Francisco de Céspedes. Es increíble que siga dando vueltas y no haya finalizado su misión.

—¡Con las bondades de don Francisco! —dijo Sánchez Garzón—. El pueblo lo quiere y lo respeta.

Se produjo un silencio. Don Pedro Esteban parecía meditar.

—Hablemos de asuntos más agradables —dijo por fin—. Que problemas hay muchos en la gobernación y quiero despejar mi cabeza.

Continuaron hablando de los preparativos para la fiesta inaugural. Doña María no participaba de la conversación. Sólo pensaba en que sus visitas al gobernador se complicarían. ¿Cómo harían para verse en el fuerte?

❧ ❧

El gobernador Dávila se ocupa personalmente de la decoración de su residencia. Los interiores de la Casa Real superan el lujo de un palacete español. Cantidad de tapices de Flandes cubren las paredes. Los muebles de procedencia europea se mezclan con los de la India, el Brasil y Paraguay. Abundan los candelabros de plata. Terciopelos labrados en oro, sedas y telas de damasco cubren doseles, marcos de puertas y ventanas. Cuadros de arte flamenco e italiano ocupan los lugares principales. Don Pedro Esteban es un exquisito. Ha reunido cantidad de obras de arte en sus treinta años de lucha en Flandes y en Italia.

Esta tarde se celebrará la fiesta de inauguración. En las cocinas preparan todo tipo de manjares que servirán en vajilla de plata. Se eligen los mejores vinos de Castilla y han terminado de desembalar las copas de excelente cristal de Bohemia.

En sus habitaciones, cuatro grandes arcones encierran los lujosos artículos de su uso personal. Guarda los joyeles que usa en un cofre de mediano tamaño, junto con alhajas que admira y atesora.

Comienzan a llegar los invitados, casi todos hidalgos pobres que se sorprenden ante tanta pomposidad. La mayoría vive en casas hechas de adobe con techo de madera y cañas. Eso sí, los interiores de sus moradas no condicen con el aspecto exterior. Han traído el mobiliario peninsular que, sumado a lo adquirido en estas tierras, les otorga cierto esplendor. Pero ante el lujo que presencian, les parecen miserables.

El gobernador dirige unas palabras a los presentes y pide al obispo Carranza que bendiga las instalaciones. Una vez finalizada la recorrida, los sirvientes y los esclavos desfilan entre la concurrencia, ofreciendo los vinos y la comida.

Muchos salen de la casa para observar la iluminación exterior. Se han colocado cantidad de velones con aceite que producen un efecto extraordinario.

Entretanto, don Pedro Esteban Dávila recibe los plácemes en el salón. Le cuesta disimular su enojo cuando se acerca a saludarlo el comisionado León Garabito. A pesar de ello no lo hace manifiesto. Junto a él está el capitán Juan de Vergara, el líder del contrabando en Buenos Aires.

"Este Garabito lo tiene por su hombre de confianza", piensa. "Lo ha nombrado su colaborador. Extiende sus poderes más de lo debido. Esto debe terminar."

Estos y otros pensamientos no le impiden continuar con los saludos. Una vez cumplimentados, inicia un recorrido por los salones. Con todos conversa. Pero, aunque la busca con la mirada, no logra ver a doña María de Guzmán Coronado. Si bien fue de las primeras en acercarse no pudo platicar con ella.

María, junto a sus dos amigas, está rodeada de cuanto mozo y oficial se encuentran en la fiesta. El gobernador la divisa. Como siempre, ríe con todos y llama la atención por su elegancia.

Don Pedro Esteban se acerca al grupo.

—Saludo primero a las señoras —dice haciendo una corta reverencia—. En cuanto a vosotros, caballeros, veo que os gusta la mejor compañía.

—La mejor compañía es la vuestra, Excelencia —dice doña María adelantándose a la respuesta de los demás—. Comentábamos las maravillas que habéis realizado en el fuerte.

—Con semejante guarnición de soldados y toda la artillería dispuesta —dice uno de los jóvenes— los holandeses no se animarán a acercarse a este puerto.

—Aún queda mucho por hacer —contesta, repentinamente serio, el gobernador.

Salvo las tres mujeres, los demás están tensos ante su presencia. Poco a poco van retirándose.

El gobernador no dispone de mucho tiempo. Debe continuar atendiendo a sus invitados. Pero antes de despedirse se acerca al oído de doña María y le pide que lo acompañe afuera por un instante.

La noche comienza a caer. No necesitan alejarse demasiado del umbral para quedar a cubierto de los oídos indiscretos.

—Os enviaré un mensaje para veros. No quiero perder nuestras preciosas charlas.

—Tampoco yo, Excelencia —contesta María, que luego de un breve silencio continúa—. Reverencio las palabras que salen de vuestra boca e idolatro las que me decís con la mirada.

Don Pedro Esteban queda perplejo. Era él quien usualmente lisonjeaba. "¡Qué mujer!", se dice para sus adentros. "No deja de sorprenderme."

La sonrisa con que devuelve sus palabras convence a doña María de que su amor es correspondido. Dávila, seducido, la toma del brazo e ingresan en el salón. Una vez allí, se separan casi inmediatamente.

Ya en su casa, doña María comenta con su madre lo acontecido en la fiesta. Doña Francisca de Rojas no se ha enterado del fugaz encuentro que su hija tuviera con el gobernador. Elogian la magnífica vajilla, los manteles y el mobiliario.

—Te vi muy cortejada, mi querida.

—Madre, son los mismos de siempre —responde María.

—Niña, hay muchos oficiales nuevos. Alguno de ellos puede ser un buen partido.

—Aún no he conocido el que me interese. Quiero que tenga fortuna, linaje, prestancia e inteligencia. Ya vendrá. Por el momento no pienso en el matrimonio.

Doña Francisca suspira. Sólo Dios sabe cuánto desea que llegue el caballero capaz de colmar sus exigencias. Tiene miedo de que María pueda caer en brazos de algún hombre antes de casarse.

—¿Qué opinas del hijo del gobernador? Ese mozo tiene todo lo que deseas.

—Por favor, madre. Se interesa solamente por las armas. Sueña con enfrentarse a los indios rebeldes.

—Pero se parece a su padre —dice doña Francisca, asombrada—. Por él suspiran todas las niñas casaderas.

—Es imposible compararlos —replica María, exaltada.

Doña Francisca la mira, sorprendida. ¡Qué respuesta! ¿Acaso se fijaría su hija en un hombre tan mayor?

—Le falta recorrer mundo —continúa doña María, suavizando el tono de voz—. Tal vez con los años se le parezca.

No quiere que su madre sospeche sus intenciones. La besa, pide la bendición y se retira a sus habitaciones.

El gobernador trabaja en su despacho del fuerte. Aunque han pasado varios días desde la fiesta inaugural, no ha tenido tiempo de salir del recinto. Entre otras cosas, se ha entrevistado con los más importantes vecinos, los mismos que a su llegada le comentaran que en las reducciones de indios existían minas de oro y plata. Le habían dicho que eran explotadas en secreto por los jesuitas. Él se había hecho eco de esos comentarios y los había comunicado a la corona.

Pero no está seguro, y hoy ha recibido un despacho mediante el cual le ordenan poner en claro ese tema. Por otro lado, su amigo Sánchez Garzón le ha explicado que no existen yacimientos en esas tierras. Ahora necesita confirmarlo. Por eso, ha mandado a llamar a su hijo, que no ha tardado en acudir.

—Buenas noches, padre —saluda el joven.

—Hijo, eres un buen soldado. Lo has demostrado luchando contra los holandeses en las costas del Brasil. Mas ahora te necesito para que dirijas una investigación.

Don Pedro Dávila y Henríquez de Guzmán lo mira intrigado.

—Debes partir para las tierras de arriba. Visitarás las misiones jesuíticas y redactarás un minucioso detalle sobre el modo en que están siendo manejadas.

—Partiré de inmediato. Explícame con precisión.

El gobernador lo pone al tanto del informe que envió a España y de la respuesta recibida. Consciente de la importancia y urgencia de su misión, el joven abandona el escritorio de inmediato para comenzar a organizar la salida.

Dávila sabe que lo extrañará. Vivían juntos en la Casa Real y por las noches comentaban los sucesos de la gobernación. "Mas todo tiene su parte buena", piensa. "Es una buena oportunidad para tener un encuentro con doña María."

Toma papel y pluma y escribe una nota informándole que al día siguiente pasará por lo de Sánchez Garzón. No indica nada más. "Ella entenderá el mensaje", se dice para sus adentros.

❧ ❧

Doña María de Guzmán Coronado ha regresado a su casa, después de su diaria caminata por la Plaza Mayor. Varios días hace que la recorre a distintas horas, a la espera de que allí se produzca el encuentro con el gobernador. El mensaje prometido no ha llegado aún. La idea de que él haya podido olvidarla da vueltas en su cabeza, mas la desecha. No es posible. Ella sabe que lo ha conquistado.

Está sumida en sus dudas, cuando una de sus esclavas le alcanza una carta.

—Gracias —dice besando el papel—. Nadie debe enterarse de esto.

—Amita. No os preocupéis. Yo mismita la recibí en la calle —contesta la negra con mirada complaciente—. Me gusta veros contenta.

Doña María, que tiene un trato muy cordial con la servidumbre, está segura de la fidelidad de la esclava. Sabe que la quiere.

Abre la carta y lee las pocas líneas que contiene. Entiende el mensaje. No necesita más palabras.

❧ ❧

Al día siguiente, María parte rumbo a lo de Sánchez Garzón acompañada por su madre. Fue doña Francisca quien propuso a su hija realizar esa visita, y María se alegró por ello. "El cielo está conmigo", pensó. "No necesito inventar explicaciones. En algún momento quedaré a solas con él."

Llegan temprano. La amigable conversación con los dueños de casa se prolonga. Las horas pasan, el gobernador no aparece, y la ansiedad de María va en aumento. El desaliento parece haberse apoderado de ella cuando, por fin, una esclava anuncia la presencia de don Pedro Esteban Dávila. El rostro de María se ilumina.

Tras el saludo de rigor a las señoras, el capitán Sánchez Garzón propone:

—Dejemos a las mujeres y vayamos a tomar un buen vino en el otro salón.

—No, Pedro —contesta Dávila—. Será un placer conversar con las damas.

—Lamentablemente, nosotras debemos retirarnos —dice doña Francisca.

—Señora, os pido que nos acompañéis. Hace días que no os veo. Ni a vos, ni a vuestra hija.

—Es imposible, excelencia. He prometido a Dionisia que regresaría temprano. Debéis disculparnos.

—Pues entonces señora, dejad con nosotros a doña María. Me comprometo a escoltarla hasta vuestra casa.

Doña Francisca trata de no mostrar su desagrado. No puede negarse y tampoco desdecirse.

—Si María está de acuerdo, no veo inconveniente —concede, a su pesar.

La joven no duda un instante en aceptar. La sonrisa que se dibuja en su cara no hace más que aumentar la preocupación de doña Francisca. Conoce esa expresión.

El mismo gobernador la acompaña hasta la calle, y una vez allí pide a su guardia que la trasladen en su carruaje, junto con sus dos esclavas.

De regreso en el salón, se ubica en el estrado. Se ha sentado frente a doña María y no puede dejar de emocionarse al verla. "Parece una dama de la corte", piensa mientras mira

71

esos dorados bucles que, sujetos por dos moños en la frente, destacan la perfección de sus rasgos.

—¿Cómo van las cosas por la gobernación? —La pregunta de Sánchez Garzón lo aparta bruscamente de sus pensamientos.

—Con cantidad de problemas a resolver. No he podido salir del fuerte en varios días.

La conversación deriva luego a distintos temas de actualidad. Entretanto, don Pedro Esteban no ve el momento de retirarse para quedar a solas con doña María.

—Vais a tener que disculparme —dice después de un rato, mientras se pone de pie—. Todavía me espera un arduo trabajo. El de hoy ha sido un día complicado, pero no quería dejar de visitar a mis amigos.

—Os agradezco de todo corazón vuestra visita —dice Sánchez Garzón con su habitual cortesía—. Puesto que lleváis prisa, no os preocupéis por María. Yo mismo la llevaré a su casa.

—De ninguna manera. —El tono del gobernador es imperativo—. Me he comprometido con su madre. Además de ser un honor, siempre cumplo mi palabra.

Dicho esto, María y don Pedro Esteban se encaminan hacia la puerta, donde el carruaje los espera.

María está feliz. Él la ayuda a subir y parten.

Dávila se ha sentado junto a ella. Su instinto le dice que ha llegado el momento; sin la menor vacilación, toma las manos de la joven entre las suyas.

—Estáis muy bella, María —dice—. Hubiese deseado veros antes. Sabe Dios cómo he pensado en vos.

—No os preocupéis —contesta ella con voz seductora. Y acercando su cara, agrega—: Sé que lo habéis deseado.

El gobernador la mira fijamente a los ojos. Luego de un momento, le toma la cara con las manos, busca ávidamente su boca y la besa.

María responde apasionadamente. Dávila la estrecha en un fuerte abrazo y vuelven a besarse con vehemencia.

De pronto, el ruido de los cascos se acalla. Han llegado a destino. Embriagado de amor, don Pedro Esteban susurra:

—Mi hijo viaja al norte en los próximos días. Quedaré solo en la casa. Allí podremos encontrarnos. Os avisaré.

—Sé que lo harás —responde María con una seguridad pasmosa—. Esperaré con ansiedad. Ahora, ayúdame a bajar. Mi madre ha de estar espiando detrás de las rejas.

Capítulo

8

Las campanas de las iglesias y conventos de la ciudad tocan a réquiem. Ha muerto el primer Obispo de Buenos Aires, fray Pedro de Carranza. Diez años estuvo a cargo del obispado; diez años durante los cuales se preocupó por mejorar la pobre situación de la ciudad.

El gobernador don Pedro Esteban Dávila se encuentra reunido con los miembros del Cabildo en la Casa Consistorial. Lleva puestas ricas galas y luce la roja cruz del hábito de Santiago. Sentado en el estrado bajo dosel, lo rodean los alcaldes y los regidores. Todos exhiben opulencia en el vestir.

—Señores —dice el gobernador—. Debemos pensar en las honras para este buen hombre.

Con la solemnidad que lo caracteriza, el regidor perpetuo don Juan de Vergara pide la palabra.

—Su Señoría —dice dirigiéndose al gobernador—. Os pido permiso para recordar la figura de fray Pedro de Carranza.

No sin cierto disgusto, Dávila accede a su pedido. Vergara no goza de su simpatía. Sabe que este sevillano es primo del obispo y que, aprovechando ese parentesco, utilizó al prelado para cubrir sus ilícitos. Lo oye sin prestar atención a sus palabras. "Si hasta consiguió que lo nombraran notario del Santo Oficio y tesorero de la Santa Cruzada", piensa. "Con esto el muy vil está excluido de ser sometido a otra justicia que no sea la eclesiástica. Apoyado en estos fueros, comercia con negros y dirige el contrabando. ¡Qué poder tiene este bribón! Ha logrado que hasta ese tunante del comisionado León Garabito lo tenga como su hombre de confianza."

—...pobre como buen fraile franciscano —prolonga Vergara su disertación—, debemos recordar que fue él quien erigió en catedral la Iglesia Matriz.

—Gracias, regidor. Así lo recordamos —dice Dávila, haciendo un gesto para acallarlo—. Ahora debemos pensar en sus exequias.

Después de deliberar sobre el tema, y tras los protocolares saludos, se retiran. Al día siguiente se verán en la catedral.

❦ ❦

Resuena la música sacra. Los sonidos del órgano armonizan con las voces del coro que dirige el chantre y estremecen al dolorido pueblo de Buenos Aires. Todos se han volcado a la Plaza Mayor. Se está celebrando la misa cantada de cuerpo presente por el alma del obispo. La mayoría no ha podido ingresar en la catedral. Sus dimensiones no admiten tal cantidad de gente.

El gobernador y el Cabildo en pleno están en el interior. Los caballeros y las linajudas señoras se apretujan en el recinto invadido por aromas de incienso. Los restos del obispo Carranza serán sepultados allí mismo.

Ha concluido la ceremonia. De a poco los asistentes van desalojando el templo. Afuera, el gentío no se mueve. A pesar de su congoja, no quieren perderse el desfile de los hidalgos y pudientes señorones empaquetados, como las damas, en sus trajes de luto.

Doña María de Guzmán Coronado, acompañada por su madre, ha traspuesto el portón. Juntas tratan de encaminarse hacia la plaza. Con el rostro severo que impone la ocasión, avanza el gobernador. Sin hacerlo notorio, busca con su mirada a doña María. No puede ocultar su emoción cuando la divisa. Sus negros vestidos y su mantellín del mismo color contrastan con el blanco de su piel en el pequeño escote y en su cara.

"Espero puedan entregarle mi nota", piensa don Pedro Esteban mientras camina y saluda con inclinaciones de cabeza.

La muchedumbre ha separado a doña María de su madre. Un soldado se le acerca y, con rapidez, pone un papel en sus manos. Ella sabe de quién viene. Gira su cabeza, como buscando a doña Francisca, y después, con disimulo, lo introduce rápidamente en la faltriquera que esconde en los pliegues de su saya.

A fin de no despertar sospechas, decide no apurar a su madre cuando la encuentre.

—María —escucha que dice doña Francisca a sus espaldas—. Al fin doy contigo. Acompáñame. No soporto las multitudes y quiero ver a Dionisia.

❧ ❧

Ya en sus habitaciones, lee la nota. No está firmada. En breves líneas, don Pedro Esteban le pide que al sonar las cinco campanadas de la tarde siguiente, se presente en la puerta del fuerte. Allí la estará esperando.

"¿Cómo explicaré a mi madre esta salida? Seguro hará que me acompañen. Espero que algo se me ocurra", piensa con cierta preocupación.

Ahora, oye que alguien golpea la puerta.

—Aguardad un instante —dice, mientras esconde nuevamente el mensaje en su bolsillo.

—Niña María. Soy Rita...

"Esta negra me quiere y sabe que le correspondo", reflexiona María. Es la misma que le entregara el mensaje anterior.

—Adelante. Estaba pensando en ti.

—Qué gusto me da, amita. Vine pa'ver si necesitaba algo. Estará triste con la muerte del cura.

María sonríe. La esclava es sincera.

—Vamos a ser amigas, Rita.

—Qué lindo lo que dice mi ama. Gracias —dice la negra, suspirando.

—Pero las amigas saben guardar secretos. Tienes que tenerlo claro.

—Como la tumba del cura —contesta la esclava tapándose la boca.

Doña María no puede evitar la carcajada. Le explica los planes que ha urdido. Necesita de su apoyo.

Juntas salen de la habitación y buscan a doña Francisca.

—Madre. Me acaba de decir Rita que se encontró con Polonia. Me pide que la visite mañana por la tarde.

—Si regresas temprano no hay problema, hijita.

—¡Pobre Polonia! La pretende un portugués. Quiere conversar sobre ello. No está muy segura de aceptarlo. Rita me acompañará. Prometo no retrasarme.

—Como digas, María. A ver si tiene un rico portugués para ti.

—Madre, por favor. Ya hemos hablado de eso.

❧ ❧

Doña María se ha vestido con una chupa de terciopelo verde. Del mismo color son las cintas que sujetan su pelo. Las faldas anchas y las mangas ajustadas le dan un aspecto sensual.

—Madre, disculpa que no entre a saludarte, pero estamos retrasadas —grita al pasar por la puerta de sus habitaciones.

—No vuelvas tarde, María —contesta doña Francisca sin asomarse.

—No te preocupes. Regresaré en cuanto pueda.

Ya en la calle, apuran el paso. Cuando llegan a la puerta del fuerte comienzan a tañer las campanas. Doña María reconoce a los sirvientes que la esperan. Pide a Rita que ingrese con ella. Nadie las mira. Se siente tranquila.

—Señora, el gobernador aguarda —dice uno de los soldados—. Os transportarán a donde él se encuentra.

—Rita, espérame dentro del recinto —dice a su esclava mientras avanza en la silla de manos, que portan dos lacayos.

Pasan por delante de la Casa Real y María se sorprende. No se han detenido allí, como ella suponía. El recorrido se prolonga hasta que llegan a un portón de madera labrada.

—Es el despacho del gobernador —dice uno de los sirvientes.

María traspone el umbral. Allí la espera don Pedro Esteban Dávila que, ahora, avanza hacia ella y besa su mano.

—Acompáñame, María. Discúlpame por recibirte aquí. Han surgido problemas con la muerte del obispo y debo resolverlos hoy.

El despacho es sobrio y elegante. Detrás del imponente escritorio marqueteado en marfil y bronce, lucen dos tapices con las armas de la corona y el escudo de la ciudad. En la pared del costado se destacan las armas de los Dávila. Hay sillones tapizados en seda, varias sillas de jacarandá igualmente revestidas, taburetes, y un escaño con excelente labrado en su respaldo. Los pesados terciopelos que cuelgan de las ventanas no bastan para acallar los sones que producen las olas del río contra el muro, ni el silbido del viento.

—María —dice el gobernador, lisonjero—, como siempre vuestra elegancia deslumbra. Mas es vuestra figura la que produce ese efecto, no vuestros vestidos. Encandilarías igualmente vestida de harapos.

—Señor... —replica ella—, ante tal cumplido no puedo dejar de deciros que son magníficos los encajes de vuestros puños y cuello. Vuestras sobrias vestiduras no hacen más que realzar tan soberbia estampa.

Nuevamente Dávila queda sin palabras. Siente que el fluir de la sangre enrojece su rostro. Camina hacia ella. La toma en sus brazos y la besa.

El beso se prolonga. Excitados, se prodigan caricias.

María lo aleja. Percibe que pretende desnudarla.

—No es éste el lugar ni el momento —dice, con voz melosa pero firme.

"Debo manejar la situación", piensa. "Mis sentidos me incitan a continuar, pero debo contenerme. No debe pensar que soy una presa fácil."

—Discúlpame, amada mía. No puedo controlarme ante ti. Te ruego vengas mañana por la noche a mi casa.

—Escaparé cuando todos duerman. Enviad dos hombres para que me escolten.

—Allí estarán. No te preocupes. Serán discretos, y estarán atentos a tus órdenes.

En el recinto, Rita la espera. Comienza a caer la tarde. Juntas se dirigen a su casa. La esclava no hace preguntas. María no puede hablar.

Acostada en su cama, desnuda, no puede olvidar los momentos transcurridos. El calor no abandona su cuerpo. Sueña despierta con la noche siguiente.

El gobernador, por su parte, no ha querido abandonar su despacho. No puede alejar a María de su cabeza. Se siente rejuvenecido. Por sus brazos han pasado todo tipo de mujeres. Sin embargo es la primera vez que él desea y se siente deseado. "¿Será amor esta correspondencia?", se pregunta.

De pronto, fuertes golpes en la puerta lo hacen volver a la realidad.

—Pasad —dice, notando que recupera su tono de voz.

Es uno de sus oficiales. Tras cuadrarse, el hombre anuncia:

—Señoría, es indispensable que toméis una determinación respecto a la división producida en la Iglesia. Las campanas de los conventos tocan a entredicho. El pueblo no entiende qué sucede.

—Buscad al deán Francisco de Zaldívar. Está fuera de la ciudad. Es a él a quien le corresponde gobernar la diócesis hasta que se nombre reemplazante. Escoltadlo. Con su llegada a Buenos Aires finalizará este conflicto.

A don Pedro Esteban le cuesta comprender el ansia de poder que existe dentro del clero. ¡Si son tres los aspirantes al gobierno de la sede! El licenciado Peralta, por haber reemplazado al prelado durante su ausencia en Charcas. El canónigo Montero de Espinosa porque cree merecerlo, y el licenciado Martín de Uleta, que se considera con títulos suficientes por ser comisario del Santo Oficio. "¡Válgame Dios con estos curas!", piensa.

Sentado ante su escritorio, toma papel y pluma. Pero no puede concentrarse. "Mañana, con la mente despejada, escribiré a la corte", se promete. "Tendrán que presionar a Roma para que acelere la designación del nuevo obispo."

Doña María no ha salido en todo el día. La familia ha terminado de comer y las esclavas retiran la vajilla de la mesa. en el plato de la joven el postre ha quedado intacto.

—¿Qué te sucede, María? —pregunta doña Francisca—. Son tus confituras preferidas.

—Discúlpame, madre. Estoy muy cansada. No veo el momento de acostarme.

—¿A qué se debe tu cansancio? Anoche te retiraste temprano.

—Así fue. Pero a poco de conciliar el sueño, los ladridos de los perros cimarrones me despertaron. Mantenía los ojos cerrados, mas no podía dormir, así que me levanté. Y pasé el resto de la noche leyendo el nuevo libro de oraciones bajo la luz del candil.

—Ve, hijita. Me ocuparé de que no seas molestada.

María se despide de su madre, que la bendice. Al pasar por al lado de Dionisia, acaricia con ternura la cabeza de su hermana.

Ya, en su recámara, doña María sonríe pensando en el éxito de su actuación. Rita, la esclava, está al tanto de lo que se propone hacer. Le avisará cuando todos se hayan retirado a sus cuartos y la ayudará a escapar. Por ella sabe que desde temprano dos soldados se encuentran apostados en las inmediaciones de la casa.

Sólo un pequeño candelero ilumina la habitación, pues ha tomado la precaución de apagar las otras velas, para que crean que está descansando.

No necesita más luz para cambiarse de ropas. Ha decidido ponerse un escotado jubón de terciopelo color rubí que se ciñe a su talle con ballenas, y deja ver la mitad de sus pechos. Se lo había regalado el capitán de un barco portugués, al que diera una esperanza no cumplida. Lo estrena esa noche. Por suerte, había tenido la astucia suficiente para esconderlo en el fondo de uno de sus arcones, pues su madre, de haberlo visto, seguramente le habría prohibido que lo usara. Doña María sabe que ha logrado el aspecto refinado y sensual que pretendía.

Ahora, escucha unos suaves golpes en su ventana. Cuando se aproxima, oye la voz cómplice de Rita.

—Niña... —susurra la esclava—. Todos duermen. Te esperan en la puerta.

Coloca sobre sus hombros una amplia capa, cruza sigilosamente los patios y el salón, abre la puerta con delicadeza, y sale.

La negra la acompaña hasta que sube a la silla de manos que la espera. Los sirvientes que la portan y los dos soldados de la escolta se limitan a bajar sus cabezas. Corren las tersas pero gruesas cortinas de los costados y emprenden el camino al fuerte.

No sólo no siente temor por sus actos, sino que está exultante. Ha sido ella quien ha elegido este momento.

Tras unos minutos de marcha, que le parecen eternos, la silla se detiene. María advierte que alguien desliza las colgaduras. Es el gobernador en persona, que le toma las manos, las besa y la ayuda a descender.

Después, atraviesan los magníficos salones hasta llegar a uno de menores dimensiones.

—Como siempre, luces espléndida —dice don Pedro Esteban mientras la mira embelesado.

Esta vez ella devuelve su elogio solamente con una sonrisa desprejuiciada. Sabe que luce resplandeciente. Entretanto, él se dirige hasta un pequeño cofre. Levanta la tapa, y toma en sus manos una refulgente gargantilla de rubíes. La extiende, y acercándose a María la abrocha a su cuello.

—Cuando adquirí estas gemas —dice—, imaginé que un día lucirían en el cuello de una dama. Mas nunca supuse que tu belleza las opacaría.

María las acaricia sin pronunciar palabra. Se acerca a él, y pasando los brazos por su cuello, le ofrece sus labios. Se besan y se abrazan con pasión.

Las palabras de amor se suceden en medio de la respiración entrecortada, y excitan aún más a los amantes. Cuando por fin las bocas se separan, el gobernador escancia en dos altas copas de cristal un vino que combina su color con los rubíes y el jubón de María. Le alcanza una de ellas y, levantando la suya, hace un brindis:

—¡Por una gran dama, por el deseo y por el amor!

Entonces, beben y saborean el rojo licor. Un momento después, otra vez abrazados, entran en la alcoba del gobernador.

❧ ❧

María, desnuda, yace al lado de su amante. Solamente se cubre con la gargantilla de rubíes. Se amaron durante horas, y en todo ese tiempo ella no ha querido quitarse la joya del cuello. Es feliz. Sabe que el gobernador está rendido de amor por ella.

—Mi adorada María. Quisiera que este momento fuera eterno.

—También yo lo deseo, mas debo regresar a casa antes de que amanezca.

—No sin antes acordar nuestro próximo encuentro —replica él, con mirada suplicante.

—Mañana mismo si te parece. Y en adelante, cuantas veces quieras.

El gobernador la abraza, conmovido. Luego, se levanta para organizar la partida. Apenas él abandona el cuarto,

María se para delante del gran espejo de Venecia. La imagen que ve reflejada en su luna la embelesa. Su cuerpo es perfecto. Nunca había notado cuán largo era su cuello.

❧ ❧

Cuando llega a su casa, se escabulle hacia su habitación sin ser vista. Se quita el jubón de terciopelo y lo deposita, junto con la gargantilla de rubíes, en el fondo del arcón. Todavía no ha llegado el momento de dar explicaciones a su madre.

Capítulo

9

La población sospecha que hay un romance entre el gobernador don Pedro Esteban Dávila y doña María de Guzmán Coronado. Sin embargo, y a pesar de los rumores y cuchicheos, nadie se atreve siquiera a insinuar el más mínimo comentario ante los amantes. Pero lo cierto es que sus furtivos encuentros son, desde tiempo atrás, la comidilla de la ciudad. Doña Francisca de Rojas niega terminantemente que exista tal relación. "Sólo son grandes amigos", responde a quien le pregunta. A raíz de sus comentarios, "la amistad pura entre una dama y un caballero" ha pasado a ser un sabroso tema en los salones. Defensores y detractores sostienen sus puntos de vista. En general, la cuestión se toma con sorna. El asunto alegra las tertulias. Provoca motivos de diversión en esta aburrida Buenos Aires.

Doña María asiste a todas las fiestas, saraos y corridas de toros. Luce cada día más brillante. Estrena vestidos y alhajas. Nadie deja de invitarla. Todo el mundo sabe que su presencia asegura la concurrencia del gobernador.

⁂ ⁂

Don Pedro Esteban Dávila se encuentra reunido con el Consejo en su despacho del fuerte. Informa que ha recibido noticias de que fray Cristóbal de Aresti, quien actualmente ocupa la sede del Paraguay, es quien ha sido designado obispo de Buenos Aires.

—Habrá que esperar las bulas para su traslado —dice a los presentes—. Creo que es una buena elección.

El consenso respecto a las aptitudes de este anciano prelado es general.

—Señores —continúa el gobernador—. Es otro el motivo por el que os he convocado. Se trata del comisionado León Garabito.

Desde el momento en que este personaje fuera designado para llevar a cabo el juicio de residencia al anterior gobernador, Dávila había sentido disminuidas sus atribuciones. No le tiene simpatía y quiere deshacerse de él.

—Este truhán ha extendido su poder más de lo debido —afirma el gobernador—. A pesar de que lo he amenazado con enviarlo preso a España, ahora me acusa de haberme enriquecido con el tráfico de esclavos.

Aunque manifiestan estar de acuerdo con sus palabras, los asistentes creen en la veracidad de la acusación. Es una hablilla diaria en la ciudad.

—El muy ladino se ampara en la Compañía de Jesús —prosigue don Pedro Esteban—. Pero a pesar de ello he tomado la decisión de que sea puesto preso y engrillado en su casa, donde será vigilado por dos guardias. Lo enviaré a la metrópoli en esas condiciones. Sólo queda esperar la salida del próximo barco. En estos momentos deben estar procediendo a su encarcelamiento.

Nadie se opone a su decisión. La labor que Dávila ha desarrollado para la defensa del puerto pesa más que las dudas respecto de su enriquecimiento. Se sienten seguros. Es el gobernador que necesitan.

Al caer la tarde, don Pedro Esteban llega a la Casa Real. Está cansado. Espera encontrarse con María. Sus visitas se repiten desde la primera cita. No solamente se embriagan de amor. Además, comentan juntos los asuntos de gobierno. Él admira su inteligencia. Para todo tiene una respuesta.

—Su Señoría. Lo aguardan en el salón pequeño —dice uno de los sirvientes.

Se despoja de la espada y se dirige a sus habitaciones. Sabe muy bien quién lo espera.

María lo mira cariñosamente cuando entra. Está sentada en una confortable silla de jacarandá tapizada en seda, y tiene en sus manos una copa de vino.

—Luces grandiosa como siempre, mi adorada —dice él, acercándose y besándola tiernamente en los labios.

—Gracias, mi amado —replica ella con seriedad—. Mas deja de lado tus frases galantes. Debemos hablar sobre el futuro.

—Ves que hemos pensado en lo mismo.

—Entonces habla tú primero —replica María con ansiedad.

—He enviado un informe a la corte. Se basa en la investigación llevada a cabo por mi hijo. Desde luego, niego que existan minas de oro y plata en las reducciones jesuíticas.

Doña María le suplica con los ojos que vaya directo al tema de su interés.

—Pues bien... —continúa Dávila—. Finalizada su misión, Pedro regresa a Buenos Aires.

—¿Vivirá contigo?... ¿Cómo haremos para vernos?

—Tranquila, señora. Aquí viene mi sorpresa. Verás... Yo imaginaba que esto sucedería. Pues bien. Hace un tiempo ya, he comprado a nombre de un tercero la casa que está situada al lado de la catedral. Como habrás observado, un alarife se ocupa con su gente de arreglarla.

—¿Qué quieres decirme? —pregunta María con impaciencia.

—Quiero decirte que el escribano me ha comunicado que la nueva escritura está pasada al protocolo, y que sólo falta una firma. La de su propietaria. ¿Cuándo quieres que te visite el notario?

María no puede dar crédito a lo que oye. Había pasado en varias ocasiones por el frente de esa casa, y le había parecido magnífica. Se pone de pie y besa cariñosamente a su amante. Sabe que no puede pensar en matrimonio. Pero no le importa. También sabe que el regalo de Dávila afianza la relación que los une.

Justamente ese mismo día había comunicado a su madre que era la amante del gobernador. Desde luego, doña Francisca estaba al tanto, pero prefería fingir que no lo sabía. Le resultaba difícil tratar el tema con su hija, y hasta lloró delante de ella. Hablaron mucho. Le dijo que entendía que había fallado en su educación. Le explicó que no era una relación que pudiera ser aceptada. Temía que se repitiera su historia, y con un final peor. María trató de explicarle que se sentía feliz. La conversación terminó en un abrazo, y en la promesa de que hablaría con Dávila sobre su futuro. Y así lo había hecho.

Por eso, apenas llegó a su casa, corrió a darle la noticia. Tan entusiasmada estaba que hasta pensó que su madre celebraría con ella. No fue así.

—Eres toda una mujer y has elegido tu destino —dijo doña Francisca—. Ruego a Dios que te ilumine, aunque se trate de una relación pecaminosa. Compórtate de tal manera que la gente siga hablando de tu amistad y no de tus amoríos con el gobernador.

Dicho esto, se despidió fríamente de su hija y se retiró a sus habitaciones.

María está confundida. "¿Acaso no soy yo el fruto de amores prohibidos?", se pregunta. "¿Acaso no lo es mi hermana? ¡Cómo puede ser tan dura conmigo!".

Envuelta en estos pensamientos, se encamina a su cuarto. Sabe que su madre hubiese querido para ella un matrimonio conveniente. La disculpa. Reconoce cuánto se esforzó por ella. También es consciente de que el gobernador no puede ofrecerle matrimonio mientras ocupe el cargo, y no tiene esperanzas de que lo haga cuando concluya su designación. Por su calidad, no se casará con quien ha sido su amante.

Reclinada en el lecho, analiza su futuro. No está arrepentida. Seguirá adelante. Aunque no conviva en la misma casa con don Pedro Esteban Dávila, será respetada como si fuera la gobernadora. Está convencida de que cuando él regrese a España continuará ocupándose de ella. "De no ser así", piensa, tratando de darse ánimos, "con mi estilo podré seducir a otro hombre de calidad."

❧ ❧

Las presunciones del pueblo de Buenos Aires con respecto a los amores del gobernador y doña María se han confirmado. De sus relaciones no se habla. La invitan más que nunca. Nadie le hace un desplante. Al contrario: recibe plácemes y elogios de la mayoría de las señoras. Las atenciones de los caballeros no son novedad para ella. Pero hoy la tratan con mayor respeto. Ha logrado convertir en realidad su entretenimiento de la niñez: "el juego de la corte". Se siente una reina.

Todos los días sale del fuerte alguna carreta con mobiliario para su nueva casa. Consta de doce habitaciones. Las paredes han sido enjalbegadas con cal y yeso. Los pisos han sido embaldosados en rojo. De los patios interiores llega un aroma de azahares y jazmines que perfuma agradablemente los cuartos. El salón principal es enorme. De los altos muros de este recinto cuelgan tapicerías de Flandes de la mejor calidad. Se admira en ellas la obra de artífices flamencos. El gobernador ha hecho descolgar las mejores de su salón para trasladarlas allí. El resto también forma parte de su botín de guerra. En el gran estrado con balaustres, tapizado de alfombras, hay veinte sillas de estilo luso-brasileño. Mesas de jacarandá y almohadones de las más finas telas completan su arreglo. Se suman a los ornamentos todo tipo de candelabros de plata del Perú. Los hay también de pie, traídos por Dávila desde la península.

Los demás ambientes no tienen nada que envidiar a la suntuosidad del gran salón. Uno de ellos, muy espacioso, cuenta con un fastuoso escritorio, más grande que el de la Casa Real, y que se complementa con dos bufetes de roble, un escaño, y sillas de finas maderas. Allí trabajará don Pedro Esteban cuando la visite. Otro cuarto, que será su escritorio personal, ha sido dotado de refinados muebles. Allí se encuentra un contador de jacarandá, marqueteado en marfil, con sus respectivas gavetas. En distintos aposentos, diversos cofres guardan finísima lencería. Sábanas y manteles de hilos de Holanda, géneros y aderezos. Las cocinas son amplísimas. En el fondo, se alza la casa en la que habitarán los catorce esclavos.

En su dormitorio hay una ancha cama de columnas torneadas cubierta por un dosel de raja de Castilla con colgaduras de terciopelo bordadas en oro. El sobrecama de damasco de la India, con sus borlas de seda en las esquinas, hace juego con el color de las pesadas cortinas. Varios arcones de roble y de caoba están destinados a su uso personal. En una importante mesa se apoya una jofaina con su jarra de plata labrada. Sillas. Braseros. Candelabros. Pequeñas mesas recubiertas de terciopelo guardan las bacinicas y las tembladeras. En las paredes dos tapices se enfrentan con un gran cuadro de la imagen de la Limpia Concepción y uno más pequeño de la Crucifixión de Cristo.

Todo está listo para que doña María la habite. Rita, su esclava personal, ya se ha instalado. Ella se despide de su madre y de su hermana y les pide que la visiten. Dionisia está entusiasmada con la mudanza. Doña Francisca no ha logrado perder su frialdad. A pesar de esto la acompaña hasta la puerta. Afuera la esperan cuatro esclavos para trasladarla a su nueva morada.

Con todo esplendor y pompa avanza por las polvorientas calles en su flamante silla de manos, encerada y con tachuelas de bronce. El cielo parece estar forrado en damasco carmesí.

Apenas llegan, y antes de que cruce el umbral, Rita corre hacia ella para avisarle que el gobernador la espera. Majestuosa, ingresa en el salón. No se cambia por nadie. Don Pedro Esteban se acerca y hace una reverencia.

—Pobres son estos salones para tan noble castellana —dice. Después, se estrechan en un fuerte abrazo que culmina con un dulce beso.

Juntos recorren todos los aposentos. El gobernador se detiene al llegar a una puerta más pequeña contigua al escritorio principal. Saca de una pequeña bolsa una llave de hierro y con mirada pícara y suave tono de voz dice:

—Te toca a ti abrir esta portezuela. Todo lo que hay en esta casa te pertenece.

María, intrigada, hace girar el cerrojo. Indiscutiblemente él ha estado allí antes. Dos candelabros de pie están encendidos. María ve, depositados en el piso de ese cuartucho sin ventanas, un arcón grande y dos pequeños. Todos con tres cerraduras. De la misma bolsa de donde había salido la llave anterior, don Pedro Esteban saca varios llavines que cuelgan de aros de hierro.

—Continúa destrabando cerrojos —dice cariñosamente, al tiempo que pone en sus manos un aro con tres llaves.

Conmocionada, María abre el arcón grande con rapidez. La luz de las velas produce un titilante fulgor sobre la vajilla de plata que contiene. Toma un plato en sus manos. Tiene grabado en el borde la "G" de Guzmán. Sin decir palabra deja el plato en el cofre y mira al gobernador. Quiere abrazarlo, pero antes de que pueda hacerlo él pone en sus manos otro juego de llaves. Abre el otro arcón y el brillo de plata se repite. Éste contiene todo tipo de ornamentos. Ahora, María suspira y besa a su amante, que le entrega el último aro de hierro. Abre el tercer baúl, y dentro de él ve dos pequeños cofres de madera de la India. Él los retira del fondo. Los apoya en el piso y le indica que los abra. María se agacha y levanta las tapas a un mismo tiempo. Cree estar viviendo un sueño. En uno brillan monedas de plata acuñada. En el otro refulgen onzas y escudos de oro. Se pone de pie. Esta vez él acepta sus brazos, y sus labios se funden en un ardoroso beso.

—Éste es tu tesoro —dice él—. Debes guardar estos manojos de llaves en el cajón secreto de la mesa que está en tu cuarto de dormir. Te enseñaré a abrirlo. Vayamos para allá.

Mientras recorren el corto trayecto se acarician; cuando atraviesan el arco de la puerta se besan ardientemente. Las llaves han caído al piso. Excitados como nunca, se dejan caer sobre la cama donde, con total entrega, hacen el amor.

El gobernador se retira antes del amanecer. Han conversado acerca de ello. No conviene que él pernocte en esa casa. A pesar de que sus visitas serán diarias, no es bueno que despierte allí. Poco le importan las habladurías de Buenos Aires, mas por el cargo que ocupa debe evitar que el chisme llegue a España.

❧ ❧

Al día siguiente, por la tarde, el gobernador se encamina a lo de su amada. Está agobiado, y su mayor descanso son las pláticas con ella.

Doña María lo espera, resplandeciente. Eufórica, corre a recibirlo. El cansancio se refleja en la cara de don Pedro Esteban. Ella lo nota inmediatamente. Conoce sus estados de ánimo.

—¿Qué ha sucedido, Pedro Esteban? —dice ella, al tiempo que lo abraza—. Pareces agotado.

—Ya te contaré. Haz que nos sirvan unas copas de vino.

—Todo está preparado en mis habitaciones —susurra ella tomándolo del brazo.

Ya en el cuarto de María, se sientan en dos cómodas sillas frente a la mesa.

—Ayer no te pude comentar que León Garabito partió en un barco con destino a la metrópoli.

—Ésa es una buena noticia. ¿A que se debe tu aflicción, entonces?

—Ya lo entenderás. El suceso de su partida es doblemente bueno, porque hoy por la tarde recibí de la Real Audiencia una provisión para dejarlo en libertad.

—¿Tomarás medidas para desembarcarlo en algún puerto?

—De ninguna manera, mi señora. Preso llegará a España. Seguramente allá lo liberarán. Pero te garantizo que utilizaré todas mis influencias para que no vuelva a pisar estas tierras mientras yo las gobierne.

—¿Cómo se enteró la Real Audiencia de tu decisión?

—Con el amparo de la Compañía de Jesús, este truhán elevó una protesta. Los jesuitas se ocuparon de hacerla llegar a Charcas.

—¡Qué injusticia! —se lamenta María—. ¿Acaso no fue favorable tu informe sobre el trabajo de esa Orden en las reducciones?

—Así es, pero estos jesuitas son impredecibles. Mas no es ése el tema que me aflige. Admiro la abnegación de esta gente en su trato con los indios. Pero me opongo a que les enseñen el uso de las armas de fuego. El conocimiento de su manejo puede volverse en nuestra contra, por más que los curas hayan dicho que solamente adoctrinarían a las tribus amigas. Yo no creo que sean un apoyo en la defensa de las reducciones. ¡Es disparatado confiar en los salvajes! Supongo que se han sentido molestos por mi oposición a estas ideas, y por eso decidieron apoyar a Garabito. Pero insisto. No es ése el motivo de mi preocupación.

—¿Cuál es entonces?

—Debo estar más atento que nunca a mis actos de gobierno. Varios son los problemas a resolver, y la Real Audiencia estará sobre mí. Por fortuna, tengo al pueblo de Buenos Aires a mi favor, y en la corte están más que satisfechos con la defensa proyectada en el puerto.

—No te preocupes, mi dueño. Tú estás por encima de toda esa gente.

Un momento después, María llama a una de sus esclavas y pide que les sirvan las viandas en ese cuarto.

Luego, María se ocupa como nunca de mimar al gobernador. Mientras se estrechan con pasión sobre las sábanas, don Pedro Esteban no puede dejar de pensar: "¡Los problemas desaparecen en los brazos de esta mujer!".

Capítulo

10

El salón de doña María de Guzmán Coronado se ha convertido en el centro de reuniones de la ciudad. Asisten los hidalgos más notables. Allí se debaten los asuntos de actualidad. La anfitriona recibe con elegancia y es feliz con el papel que ejecuta. También señoras de porte la frecuentan. Pretenden su intermediación para gracias y favores. Ella escucha a todos y comenta con el gobernador las solicitudes, por lo general jocosamente. Doña María, dotada de una inteligencia y una astucia poco comunes, sabe que lograr que alcancen las mercedes requeridas asegura su futuro. Dávila partirá algún día. Estos linajudos señorones, en cambio, continuarán manteniendo el poder en Buenos Aires.

El tema del momento es la despoblación de Concepción del Bermejo, una de las ciudades que integran la Gobernación del Río de la Plata que, desde años atrás, viene sufriendo ataques de los indios. En su época de máximo esplendor supo ser el centro de intercambio entre el Perú y el Paraguay. Hoy ya no lo es. Ha sido desplazada por Santa Fe, que absorbe todo ese tráfico.

A poco de asumir Dávila el gobierno, un trágico suceso sacudió a la gobernación. Tribus hostiles aliadas atacaron el poblado doméstico de Matará. El teniente de gobernador de Concepción del Bermejo, Antonio Calderón, se dirigió hacia Matará con cuarenta vecinos y cantidad de indios adictos para dar un castigo ejemplar a los salvajes. El resultado de la misión fue catastrófico. El mismo Calderón fue muerto en una emboscada junto con veintidós de sus soldados.

Dávila despachó un contingente armado, al mando del general Gonzalo de Carvajal, para reforzar las fuerzas españolas. Tarde llegó. Enterados del desastre, los pobladores de Concepción del Bermejo abandonaron la ciudad. Recogieron todos los bienes muebles que poseían y, en carretas, marcharon rumbo a San Juan de Vera de las Siete Corrientes. Sólo por milagro la caravana no fue destruida por la indiada.

Desde ese momento, don Pedro Esteban Dávila sabe que debe conseguir repoblarla. Es una exigencia de la corona. Hasta ahora no lo ha logrado. Sus capitanes le informan que por el tipo de terreno y las constantes lluvias no han conseguido siquiera atacar a los indios rebeldes que se esconden en la selva; mucho menos doblegarlos.

El gobernador ha decidido ponerse al frente de las tropas para recuperar la ciudad abandonada. Hoy lo comunicó al Cabildo.

Concluida la jornada, ha pedido su silla de manos para que lo lleven a la casa de juegos. Tiene pendiente una partida de ajedrez con el capitán don Alonso de Herrera y Guzmán. Está a punto de abandonar su despacho, cuando uno de sus soldados le comunica que el Cabildo en pleno se ha hecho presente para entrevistarse con él.

—Que pasen —ordena don Pedro Esteban no sin cierto resquemor.

Los cabildantes ingresan en el recinto. Remilgados se los ve en sus trajes. Los rostros trasuntan seriedad. Se saludan protocolarmente.

—Su Señoría —dice el Alcalde de primer voto—. Hemos recibido vuestro informe. No es posible que abandonéis Buenos Aires. Recapacitad. Nos parece que no es conveniente.

—Pero, ¿qué me estáis diciendo? Es necesario recuperar la ciudad del Bermejo.

—Excelencia. Requerimos que no os ausentéis de la sede de la gobernación. Vuestra presencia es indispensable. La amenaza de ataques por parte de los holandeses es constante. Nuestro ruego es en firme.

Dávila piensa que con esta demanda queda cubierto ante la corona. De todos modos, igual tendrá que lograr la repoblación. Una victoria así le garantizará renombre en la corte. Necesita aumentar su prestigio después del encarcelamiento de Garabito. Tal como supusiera, éste había sido liberado al llegar a España.

—Señores: no os preocupéis —responde—. Permaneceré en Buenos Aires. Sin embargo, debo resolver este inquietante asunto. Delegaré en una persona de mi confianza el mando de esta misión.

Los miembros del Cabildo se distienden. Agradecen su comprensión. Elogian sus actos de gobierno. Quieren congraciarse. Nuevamente se sienten a salvo. Sosegados, se retiran.

Uno de los sirvientes le avisa que su silla de manos lo espera. Se apronta y sale inmediatamente. Sabe que la partida de ajedrez lo ayudará a despejarse. Después, visitará a su amante.

❧ ❧

Doña Francisca de Rojas está en la casa de su hija mayor. Ha decidido la visita porque no quiere perderla. Con cierta tristeza se acostumbra a su situación. La acompaña su otra hija, doña Dionisia Garzón. Poco en común tienen las hermanas. Distintas son sus figuras. La belleza de María supera enteramente a la de Dionisia. Su rubia cabellera contrasta con el negro y brillante pelo de la más pequeña. Dionisia, por su parte, no es exageradamente bonita. A pesar de eso su estampa es graciosa. Impecablemente vestida, se destaca en ella el donaire de la mujer andaluza. Su carácter es retraído. A sus años, ya entiende el lugar que ocupa María. No está de acuerdo con su actitud, pero la disculpa. Le tiene verdadero cariño.

Las tres recorren la casa. Doña Francisca no deja de sorprenderse. El lujo de los ambientes supera lo que imaginó. María está feliz. A ellas no quiere deslumbrarlas. Sólo quiere su afecto y comprensión.

—Mi querida Dionisia —dice María—; tengo un presente para ti.

La niña la mira con ansiedad. María saca de una gaveta un pequeñísimo estuche de madera y se lo entrega. Dionisia lo abre. La imagen de la Virgen reluce en esa medalla de oro con bordes esmaltados en azul y verde.

—Gracias, hermana —dice, eufórica, mientras la abraza.

—Me alegro de que te guste. —Hay ternura en la voz de María—. Tienes que llevarla siempre contigo. Rézale para que te ampare. Yo soy muy feliz con la vida que llevo, mas no la quiero para ti. Presta atención a los buenos consejos de nuestra madre. Estás creciendo y rápido pasa el tiempo. Cuando menos lo esperes serás una mujer. Sólo debes pensar en encontrar un marido devoto para formar una familia.

Lágrimas de emoción corren por el rostro de Doña Francisca de Rojas. Agradece al cielo por las palabras pronunciadas por su hija. Hará lo imposible para que Dionisia no siga los pasos de su hermana.

En el salón, beben refrescos, conversan y ríen juntas. Aunque están a gusto, las visitantes se retiran temprano. Doña Francisca prefiere no encontrarse con el gobernador.

María espera la llegada de su amante. Medita sobre los consejos que diera un rato antes a su hermana. Sonríe. Se felicita por haber leído los pensamientos de su madre. Ha dicho las frases que ella esperaba que pronunciara. No podía decirles que ama la vida que lleva. Habría sido un error manifestarlo en esos momentos. Sabe que con su actuación ha recuperado la estima de doña Francisca.

Por añadidura, ha pasado una buena tarde con su familia, que con su visita ha logrado distraerla de su principal preocupación: la posibilidad cierta de que su amante deba ausentarse al Bermejo. Él mismo se lo ha dejado entrever. Y si bien confía en la pericia militar de su amante, la aterroriza la sola idea de pensar en un enfrentamiento con los indios.

Está enfrascada en esos pensamientos cuando Rita, su querida esclava, le anuncia que ha llegado el gobernador.

—¿Cómo está mi dulce María? —dice él, apenas pisa el salón.

—Ansiosa esperando verte —contesta ella, al tiempo que le extiende los brazos—. ¿Cómo ha sido tu día?

—Difícil, pero con inmejorables resultados.

—¿Partirás hacia el norte? —pregunta con desasosiego.

—No, señora. Resuelta tenía mi partida, cuando recibí la visita de los empacados miembros del Cabildo. Me han suplicado que no abandone la ciudad. Temen ataques de los piratas.

María suspira aliviada.

—¿Cómo resolverás el tema?

—Mientras jugaba al ajedrez tomé la decisión de enviar a mi hijo al frente de esa misión.

—Pedro estará encantado. Hace tiempo que sueña con enfrentar a esos salvajes.

—Mañana conversaré con él. Lo nombraré Teniente General de Guerra.

—Puedes estar seguro de que celebrará tu idea. Me alegro por él.

Doña María es sincera en sus comentarios. Siente afecto por el hijo del gobernador. Pedro Dávila Henríquez es muy agradable con ella. Conoce las relaciones que mantiene con su padre y las aceptó de entrada, sin que mediaran planteos al respecto.

—Cuéntame de la partida de ajedrez —dice, para cambiar de tema.

—No fue nada sencilla. Mi contrincante, el capitán don Alonso de Herrera y Guzmán, es un joven agradable e inteligente. Y como buen militar, es un gran estratega. La partida culminó en tablas. Mañana nos enfrentaremos en el juego de truques.

—Eso sí que me intriga. Todos hablan loas de ese aristocrático juego, pero lo que es yo, todavía no he podido conocerlo.

—Como dices, es un juego de notables. Me sorprendió saber que se jugaba en Buenos Aires. En Europa se practica solamente en las cortes reales o en los mejores palacios.

María lo mira absorta. El gobernador, entusiasmado, comienza su explicación.

—Es un esparcimiento en el que se imponen ante todo la destreza y la habilidad. Se juega en una mesa rectangular de gran tamaño cuyas bandas están forradas de tela. En la cabecera se disponen, sobre tablitas, un bolillo de cinco o seis pulgadas de alto y un arco de metal. Cada jugador, son dos, cuenta con un taco de madera y una bola de marfil de proporcionado tamaño. El mecanismo consiste en derribar el bolillo, mas no es tan sencillo como parece. El arte está en lograr que, además, la bola pase por el aro de metal.

Doña María se apasiona con la descripción.

—Llévame contigo mañana a la casa de juegos —suplica.

—Pero, María. ¿Qué dices? No he visto señoras en esa casa.

—Te lo ruego, Pedro Esteban. Déjame acompañarte. —Lo dice, y corre a sus brazos. Juguetona, lo besa repetidamente mientras acaricia su cabeza.

Dávila no puede dejar de reírse.

—Señora. Serás criticada por esto, pero vendrás conmigo —dice, por fin.

Ahora es ella quien ríe. Da vueltas a su alrededor y le tira besos con la mano.

—Haré que nos sirvan las viandas —dice. Llama a uno de sus esclavos e imparte la orden.

Mientras comen comentan los últimos chismes. Al final de los dulces se retiran juntos a sus aposentos.

El gobernador parte temprano. Quiere hablar con su hijo sobre la misión que le encomendará.

❧ ❧

María dedica la mañana siguiente a averiguar el origen de la mesa de truques y la casa de juegos. Así logra enterarse de que fue Simón de Valdés quien la introdujo en la ciudad muchos años atrás. Este personaje había ostentado el cargo de tesorero de la Real Hacienda. Todavía se comentan en la ciudad sus robos a la corona. En aquel entonces, junto con Juan de Vergara, manejaron el contrabando en Buenos Aires. Fue él quien inició esta casa de juegos. Le han comentado también que era sumamente lujosa. Y que, aunque se jugaba a los naipes, dados y ajedrez, la principal atracción era la mesa de truques. Asistían los hidalgos más empacados. Jugaban entre ellos, y con los ricos capitanes de los barcos que arribaban con sus arcas llenas por el comercio de esclavos.

María sabía que su tío abuelo, el gobernador Marín Negrón, había muerto envenenado por Valdés, que había sido enviado preso a España por ese motivo. Antes de partir engrillado había puesto la casa de juegos y la mesa en manos de Bachio de Filicaya, un florentino con muchas actividades en Buenos Aires.

Empapada de la historia del juego, doña María de Guzmán Coronado cuenta las horas que pasan. Desea que llegue la tarde. Sueña con presenciar una partida.

❧ ❧

Don Pedro Esteban Dávila está reunido con su hijo. Lo ha puesto al tanto de la tarea que debe llevar a cabo y de los motivos por los que él no puede ponerse al mando.

—Hijo mío, tú eres la persona de mayor confianza de cuantas me rodean. Es menester que esta misión llegue a feliz término. Como bien sabes, no todos en la corte están de acuerdo con mi gestión. Por eso, debes conseguir la repoblación de Concepción del Bermejo.

Pedro Dávila Henríquez lo ha escuchado con creciente interés.

—Padre. Orgulloso me siento de poder representaros. No veo el momento de partir. Por mi honor os aseguro que impartiré un castigo ejemplar a esos salvajes —afirma con convicción.

—He firmado el despacho mediante el cual te he nombrado Teniente General de Guerra. A fin de que puedas manejarte con amplias facultades también ostentarás los títulos de Visitador General y Superintendente.

—No sé como agradeceros. Decidme, ¿de cuánta gente dispongo? Quiero salir lo antes posible.

—También ése es mi deseo. Partirás de Buenos Aires con una guarnición. En Santa Fe, más tropas se pondrán a tus órdenes. Además, he recibido noticias del teniente de gobernador de Corrientes, quien me informa que incorporará a esta segura gesta soldados e indios amigos equipados a su costa.

Padre e hijo se abrazan. Exultante, Pedro abandona el recinto. Debe organizar la marcha.

El gobernador está sereno. Tiene la seguridad de que su hijo logrará el éxito esperado.

❧ ❧

Don Pedro Esteban Dávila ha dispuesto encontrarse con doña María en la puerta de la casa de juegos. No está arrepentido de su decisión, pero siente un poco de resquemor. ¿Cuál será la reacción de los caballeros ante la presencia de una dama? Sabe que no podrán demostrar una actitud agresiva. "Ventajas que da el poder", se dice con una sonrisa. "Estoy enloqueciendo por esta mujer."

Todo sale mejor de lo planeado: las dos sillas de manos llegan a un mismo tiempo. El gobernador desciende de la suya y se encamina hacia donde está doña María, que ayudada por sus esclavos intenta bajar de su silla. El ancho de sus faldas no hace fácil la labor. Al poner ella sus pies en tierra, Don Pedro Esteban no puede disimular su admiración. María luce majestuosa en su vestido de seda color marfil. El amplio y sensual escote lo deslumbra. El collar de rubíes en su largo cuello lo excita: le recuerda aquella primera y magnífica noche de amor.

—Espléndida como siempre —la elogia sin reservas—. No sé qué pensarán los asistentes sobre tu presencia en el lugar, mas puedo asegurarte que nadie podrá concentrarse en los juegos.

María ríe con ganas.

—De mal talante me aceptarían —dice luego, mientras lo toma del brazo—, si en lugar de estas ropas llevara puestas las de una aldeana.

Un momento después, cruzan el umbral e ingresan en el salón. Las estentóreas carcajadas que, mezcladas con palabras de fuerte tono, se escuchaban nítidamente desde afuera, se acallan como por arte de magia. Los caballeros presentes se ponen de pie en medio de un silencio sepulcral. Con voz firme e imperiosa, el gobernador quiebra el hielo.

—Señores, les presento a doña María de Guzmán Coronado. Me pidió asistir a una partida de truques. Supongo que no encontraréis inconveniente.

Varios de ellos la conocen desde niña. Unos cuantos son asiduos asistentes a su salón. Los demás están entre subyugados e impresionados por su presencia. El más sorprendido por aquella aparición es el capitán Sánchez Garzón; tanto, que sin que él lo advierta, su mano se afloja y la copa de amontillado que sostenía resbala y se hace trizas al estrellarse en el suelo de mosaicos.

María se ha quedado, impertérrita, bajo el marco de la lujosa puerta de madera labrada. Poco a poco todos se acercan a saludarla besándole la mano y a ofrecer sus reverencias al gobernador. Sánchez Garzón, en cambio, la besa en la mejilla.

—Mañana conversaremos —le dice disimuladamente al oído.

Los jugadores de ajedrez han abandonado los tableros. Todos quieren atenderla. Tras el primer alboroto, la concurrencia en pleno se apretuja en torno a la mesa de truques para seguir las alternativas de la partida entre el gobernador y el capitán Herrera y Guzmán. Doña María está encantada. El desarrollo del juego le resulta fascinante. Mientras presencia varias partidas, son varios los empaquetados hidalgos que explican sus técnicas.

De pronto, María vuelve a sorprender a los asistentes.

—Su Señoría —pide, reverente, a don Pedro Esteban—, ¿puedo jugar una partida?

Otra vez el silencio se adueña del salón. Luego de unos instantes, el gobernador reacciona.

—Señora. Éste no es un juego para damas.

—Estoy segura de que puedo jugarlo —contesta ella con gracia.

—Es imposible, María. Además...

—Dejad que lo intente al menos, señoría. —Quien se ha atrevido a interrumpir al gobernador es el capitán Diego Gutiérrez de Humanes. Su tono magnánimo no se altera cuando se dirige a María—: Con todo respeto, Señora, debo advertiros que vuestros vestidos no os permitirán practicarlo como se debe.

María se vuelve hacia don Diego e inclina simpáticamente su cabeza en señal de agradecimiento por la cortesía.

—Seré tu contrincante —dice Dávila, un poco más tranquilo. Toma un taco y hace una jugada relativamente buena. No faltan los obsecuentes que lo festejan.

Mientras una mano comedida vuelve a colocar la bola de marfil en su sitio, alguien pone el taco en las manos de María. Su expresión, ahora seria y reconcentrada, sorprende menos que la destreza con que lo toma. A partir de ese momento, sólo se oye el chasquido que produce la seda de sus faldas cuando se aproxima a la mesa. Una vez allí, e imitando a los jugadores que acaba de ver, busca la mejor posición: inclina el cuerpo hacia adelante, cierra el ojo izquierdo, y sin la menor vacilación, impulsa el taco con su mano derecha. El golpe, fuerte y seco, resuena en el silencio del salón. Gira la bola de marfil, derriba el bolillo, y atraviesa el aro de metal.

Los hombres se han quedado boquiabiertos. Ella misma está sorprendida. Tras el primer momento de perplejidad, comienza a alzarse entre los presentes un coro de murmullos cada vez más generalizados que culminan en gritos de aprobación, aplausos, y vítores de admiración. Una vez más, se siente una reina.

❧ ❧

María y el gobernador han abandonado juntos la casa de juegos. Van, cada uno en su silla de manos, rumbo al mismo sitio. La casa de ella.

Ahora, solos en el salón, Don Pedro Esteban abraza a María y besa su cuello con pasión.

—La excitación que sentí al tenerte a mi lado hizo que mi jugada no fuera buena —dice, sin dejar de estrecharla—. Te garantizo que soy un experto. Mas todavía sigo sin reaccionar. Tu jugada fue magistral.

—A mí no me sorprende —replica ella, enigmáticamente—. La partida fue desigual. La ganamos entre dos. El niño que llevo en el vientre indiscutiblemente es tan experto como su padre.

El gobernador la mira sorprendido y lanza una estentórea carcajada.

—Esto hay que festejarlo —dice, apenas recupera la compostura. La carga en sus brazos y la lleva a sus habitaciones.

Capítulo

11

Han transcurrido unos meses desde que doña María de Guzmán Coronado anunció al gobernador que estaba encinta. Se acerca el momento del alumbramiento. Durante todo este período ha seguido haciendo su vida normal. Asiste a todas las fiestas. Recibe visitas en su salón. El único lugar al que ha dejado de concurrir es la casa de juegos. El capitán Sánchez Garzón se había ocupado de persuadirla. Al día siguiente del famoso juego de truques fue a visitarla y la reprendió. Sus argumentos eran valederos. María terminó por entender que, por más que la gente estuviera al tanto de sus amoríos con el gobernador, ella debía guardar la compostura que correspondía a una mujer de su rango. Comprendió, en suma, que el escándalo no favorecería esa relación.

Salvo su madre, el médico y las personas de su mayor confianza, pocos en Buenos Aires están al tanto de que espera un hijo del gobernador. A pesar de que se ha ocupado de ocultar su embarazo, muchos lo sospechan. Usa desde meses atrás un guardainfante debajo de la basquiña y los faldellines. Adoptó ese armazón hecho de metal y madera que coloca a la altura de su cintura, y con eso disimula el crecimiento de su vientre.

El gobernador, feliz con su próxima paternidad, ríe con María cada vez que mentan al guardainfante. Si hasta más de una señora ha adoptado su uso como moda.

Todo está dispuesto para el parto. El médico Paulo Francisco de Luca la atenderá. Siciliano, nacido en Siracusa, hace mucho tiempo que practica la medicina en Buenos Aires. Vino a estas tierras con su padre, el doctor Jácome de Luca, que ejercía la misma profesión.

Paulo Francisco, como se hace llamar, es sumamente respetado. Aparte de serlo por su sapiencia en la práctica de la medicina, su actuación posterior a la muerte de fray Luis de Bolaños lo enaltece.

Bolaños fue un fraile franciscano de espíritu tan puro que en vida se lo consideraba un santo. Era humanitario en su trato con los indios, y también con los españoles. Al morir en Buenos Aires en 1629, el cuerpo de este santo varón hubo de exponerse en el convento de su orden para que fuera venerado. Pasadas treinta horas de su muerte, la gente solicitaba que se prolongara un día más la exposición del cadáver. Los franciscanos querían dilatar la velación, pero consideraron prudente que se examinaran sus restos. Así pues, llamaron a Paulo Francisco, quien declaró que se estaba en presencia de un milagro. La corrupción no había comenzado y el cuerpo presentaba notable suavidad de carne. Pidió un cuchillo pequeño, y con él infligió una herida en el empeine del pie derecho. La sangre brotó con vehemencia como si se tratara de un cuerpo vivo. A raíz de su declaración, gente del pueblo mojó lienzos en aquella sangre. Hablaban de milagros. El mismo Paulo Francisco dio cuenta de que una mujer atendida por él hacía mucho tiempo por lamparones, había sanado besando los pies del padre Bolaños.

Ahora, el médico se encamina al fuerte. Es reconocido por todos los soldados. Pide que lo anuncien al gobernador. Un oficial informa a don Pedro Esteban Dávila de su presencia.

—Que pase inmediatamente —responde. Con gesto ceñudo se acerca a la puerta para recibirlo—. ¿Acontece algo con doña María? —pregunta sin siquiera saludar.

—Nada de eso, su señoría. Es otro el motivo de mi visita.

La tranquilidad vuelve al rostro del gobernador.

—Pasad y sentáos. —Y le indica una silla frente a su escritorio.

—Excelencia, doña María está muy bien y no debéis temer por vuestro hijo. Arriesgo por sus movimientos que se trata de un varón.

—Me alegra el veros y la noticia que portáis. Mas entonces ¿a qué se debe vuestra visita?

—Señor, tengo conocimiento de que sois una persona de buen gusto y que sabéis reconocer una buena joya.

—Agradezco vuestros comentarios. ¿Tenéis algo para mostrarme?

De una pequeña bolsa, Paulo Francisco saca un anillo, cuyo centro es un enorme diamante engarzado en oro con forma de corazón, y lo pone en las manos del gobernador.

Dávila lo mira embelesado. Las luces que la gema irradia lo sobrecogen. ¡Es de muchos visos, y de tamaño mayor que la uña de un pulgar!

—Realmente es espléndido. ¿Cuál es el origen de esta maravilla?

—Poco puedo deciros al respecto, su señoría. Lo obtuve como pago por una atención médica muy importante. Si lo he guardado hasta hoy es porque consideraba que su valor aseguraba mi vejez.

—Entonces, ¿queréis conservarlo?

—No, su excelencia. He cambiado de idea. Tengo pretensiones de comprar y poblar una estancia. Lo producido por la venta del diamante tendrá ese destino. Pienso que la explotación de esas tierras será más provechosa para mi familia que seguir conservando esta gema.

—¿Qué dice sobre esto doña Isabel Quintero de Ocaña, vuestra mujer?

—Como sabéis, ella pertenece a la clase noble local, mas por su forma de ser no es proclive al uso de alhajas. Con deciros que no sólo no ha usado este diamante, sino que ni siquiera ha intentado probárselo.

—¿Tenéis pensado cuánto queréis por él? —pregunta el gobernador, con la mirada fija en el anillo.

—Señor. Vos debéis fijar su precio. Confío en vuestra rectitud.

Dávila continúa analizando la joya. El diamante es purísimo. En su pesado engarce de oro se reconoce la hechura europea.

—Esperad unos instantes —dice, poniéndose de pie. Se encamina hacia la habitación contigua y abre un pequeño cofre del que extrae un saco.

Vuelve a su despacho y, de pie ante el médico, afloja la cinta que cierra el saco; después, vacía el contenido sobre su escritorio. Varios doblones de oro destellan a la luz de las velas.

—¿Os parece correcto el pago? —dice señalando las monedas.

Los ojos de Paulo Francisco brillan más que los doblones.

—Agradezco vuestro amable y decente gesto —dice, mientras los recoge—. Con esta suma puedo comprar la estancia y comenzar a poblarla.

Dicho esto, estrechan las manos y se despiden.

—Nos veremos pronto. Pienso que entre hoy y mañana se producirá el alumbramiento —dice el médico al retirarse.

Sentado en su escritorio, don Pedro Esteban cavila, sin poder quitar sus ojos del diamante. "Será el mejor regalo para

María. Su forma de corazón simboliza lo que siento por ella y por nuestro futuro hijo."

ᣟᣟ ᣟᣟ

Acostada en su lecho, los dolores que siente le indican a María que se acerca el momento del parto. Las esclavas tienen dispuestos cantidad de lienzos y agua caliente. Su madre la acompaña. Esperan la llegada del médico. María ha pedido que se dé aviso al gobernador sólo después de producido el nacimiento. Quiere recibirlo bien compuesta.

Ahora, desde la puerta, Rita anuncia la llegada del médico. Paulo Francisco, que lleva varios estuches con los instrumentos que deberá utilizar, se ha echado una sayuela sobre sus ropas.

—Bueno doña María, aquí me tenéis. —Su sonrisa no oculta su seriedad—. Noto que vuestro semblante es bueno.

Es cierto. A pesar de los dolores mantiene su donaire.

Paulo Francisco pide a las esclavas y a doña Francisca de Rojas que se aparten, para poder revisar a la señora.

—Por Dios. He llegado justo a tiempo.

Después, imparte las órdenes del caso, y se ubica frente a ella. La cabeza del pequeño comienza a asomar. Con una habilidad extrema, en pocos segundos lo ayuda a venir al mundo.

—¡Es un varón! —exclama entusiasmado.

Y de inmediato procede a cortar el cordón umbilical, mientras doña Francisca y las esclavas se ocupan de la parturienta.

Lavan al niño, y lo ponen en los brazos de su madre.

—Al fin nos vemos —dice ella, besándolo tiernamente en la cabeza—. Pronto conocerás a tu padre. Estarás orgulloso de él.

El médico la acompaña durante un tiempo. Cuando se persuade de que todo está bien, deja una lista de prescripciones y se apronta para retirarse.

—Señora —dice antes de partir—, en los años que llevo ejerciendo esta profesión he atendido muchos partos. Os aseguro que muy pocas veces he visto una mujer tan fuerte como vos. ¡Habéis nacido para ser madre! —dicho esto, besa su mano y parte.

Doña María, exaltada, imparte instrucciones desde su lecho.

—Traed la mejor ropa de cama —dice a una de sus esclavas—. Madre, ocúpate de poner orden en este cuarto. Rita, ayúdame con mi limpieza. Que me alcancen los cepillos y las cintas para el pelo. Enviad por el gobernador.

❧ ❧

De pie en el umbral de la puerta de calle, doña Francisca de Rojas aguarda la llegada de Don Pedro Esteban Dávila. El gobernador, eufórico por la novedad, descuenta en desesperado galope la distancia que separa el fuerte de la casa de su amante.

Con cortesía, pero rápidamente, saluda a doña Francisca, y llega a la carrera a las habitaciones de María.

La escena que ve al trasponer la puerta del cuarto es digna de un cuadro.

María luce soberbia. Blanca es su ropa de cama y todo lo que la rodea. Cubierta por sábanas de hilo de Holanda y sedas, apoya su cabeza sobre almohadones tapizados en ricas telas del mismo color. Sus bucles dorados están artísticamente dispuestos sobre los cojines. El niño, rubio también, duerme plácidamente en sus brazos.

El gobernador los contempla, inmóvil, desde la puerta. "Si yo mismo no hubiera visto hasta ayer los movimientos de esta criatura en el vientre de su madre", piensa, "no podría creer que esta mujer acaba de darlo a luz."

A pesar de su rigidez no puede ocultar la emoción que lo embarga. Se acerca a María y la besa tiernamente.

—Gracias. —No atina a decir nada más.

—Toma en los brazos a tu hijo —lo invita ella, cariñosa.

—Es muy pequeño. Se lo ve tan frágil. Soy un soldado. No estoy acostumbrado a cargar un crío.

Ante la insistencia de María, finalmente lo alza. Se siente alborozado. El niño berrea dos o tres veces y mueve con fuerza sus piernas y brazos.

—No puede negar que es un Dávila. Es todo fortaleza. —Lo levanta con las manos hacia el techo y nuevamente lo deposita en el regazo de su madre que lo arropa delicadamente y lo besa.

—Se llamará Domingo Esteban, como el fundador de nuestro linaje, que fue caballero solariego de la ciudad de Ávila y primer Señor de las Navas por merced del rey don Enrique II de Castilla —dice el gobernador.

—Llevará el nombre que dispongas. Lamentablemente es un hijo ilegítimo. Quiera Dios que sea bueno su destino.

—Pero señora, ¡qué estás diciendo! ¿Te olvidas acaso de que yo mismo soy hijo natural del marqués de las Navas y conde del Risco? ¿Acaso no fui yo criado junto a mis hermanos, ocupo cargos prominentes y soy tan ilustre como ellos? No olvides que soy caballero de la Orden de Santiago. Este niño es reconocido por mí y me ocuparé de que se eduque como corresponde a un miembro de nuestra noble familia.

Doña María inclina su cabeza y calla. Teme que el día que el gobernador abandone Buenos Aires se lo lleve con él.

Don Pedro Esteban parece haber leído sus pensamientos.

—María, ante todo debemos pensar en su futuro, que desde ya te digo vislumbro promisorio.

Por unos instantes el silencio invade el ambiente. María nota que Dávila saca algo de su faltriquera.

—Ahora, cierra los ojos, amada mía —dice, mientras pone el anillo con el diamante en su mano—. Ábrelos despacio, para que la luz no los hiera.

María se sobresalta al ver la gema en su mano. Nunca había visto una piedra semejante. Los dedos de su mano se separan por el ancho del engarce. Se siente feliz como nunca y no puede pronunciar palabra. Suspira hondamente y extiende sus brazos hacia él, que la abraza y la besa suavemente en los labios.

—Este diamante acorazonado es el emblema de nuestros sentimientos. Debes llevarlo hasta el final de tus días. Cuando lo mires yo estaré contigo.

María ríe con ganas. Está eufórica. Ha olvidado sus tristes pensamientos. Le pide que le alcance una vela. Ilumina el diamante, y un fuerte haz de luz llena las paredes de reflejos.

Al día siguiente, el niño es bautizado en la casa de su madre. Son sus padrinos doña Francisca de Rojas y el capitán Pedro Sánchez Garzón. Todo Buenos Aires comenta que el gobernador es el orgulloso padre de un criollo.

Capítulo

12

María recuperó rápidamente su figura después del parto. Se la ve más interesante desde su maternidad. Conserva su porte y elegancia, y ha sumado a su belleza el encanto de la mujer madura.

Su hijo Domingo Esteban hace sus delicias. Si bien el pequeño pasa la mayor parte del tiempo con su nodriza y las esclavas, ella lo asiste varias veces por día. Dávila está embobado con el niño. En sus diarias visitas a doña María, siempre le dedica un tiempo. El romance de la pareja está afianzado.

Ahora, la fiesta que prepara la tiene ocupada desde días atrás. Toda la nobleza porteña continúa frecuentando su casa, pero es la primera vez que ofrece un convite tan grande. Tiene dudas con respecto a la asistencia de algunas matronas, que no aceptan su relación con el gobernador. De todos modos, sabe que concurrirán todos los hidalgos, oficiales y donosas mujeres de la ciudad. Son muchos los que ya han confirmado que vendrán a la reunión.

Los mejores cocineros trabajan en la elaboración de viandas, confites y otros manjares. Se amontonan las barricas con los mejores vinos de Castilla. La recepción tiene que ser un éxito.

Dávila está preocupado con los problemas de la gobernación. A pesar de los grandes esfuerzos que ha hecho su hijo Pedro no ha conseguido hasta el momento recuperar la ciudad de Concepción del Bermejo. En la permanente correspondencia que mantienen, Dávila lo ha puesto al tanto del nacimiento de su medio hermano. Pedro no sólo lo ha aceptado, sino que pregunta por él al final de todas sus notas.

Otro asunto de gravedad es el que se refiere a los mamelucos. Sus andanzas en el Paraguay son cada vez más amenazantes. Ya no es solamente este grupo de bandidos, en su mayoría mestizos, que arrasan poblados y reducciones. Ahora, forman verdaderas expediciones militares que llaman *bandeiras*. Sus jefes son gente de formación civil y militar: los *bandeirantes*.

El gobernador del Paraguay ha enviado un pedido de auxilio a la Real Audiencia de Charcas; en él asegura que si Asunción llega a ser atacada peligran Potosí y Buenos Aires.

El mismo Dávila ha informado a la corte que en los dos últimos años los paulistas vendieron sesenta mil indios para que trabajaran en las *fazendas* azucareras.

Todo esto lo tiene perturbado. Doña María es su único solaz.

Ha decidido regresar temprano a la Casa Real. Debe vestirse para asistir a la fiesta que ofrece su amante. Espera que todo salga bien. Sabe que los ánimos de la gente principal están divididos respecto a la relación amorosa que mantienen.

Doña María se ha vestido para recibir a sus invitados. Lleva puesto un vestido de seda blanca y oro. El jubón muy escotado y anchísimas las faldas. En su mano izquierda luce el diamante acorazonado. En la derecha, una sortija de oro sujeta un importante rubí. Hace juego con los zarcillos de las mismas piedras que lleva en sus orejas, y con la "gargantilla de la primera noche" como le gusta llamar al estupendo collar que le regalara el gobernador.

Ha instalado un clavicordio en el salón principal. Además, contrató un músico para que lo ejecute, y también a dos violinistas. Y se ocupó personalmente de indicarles que los instrumentos deben sonar suave pero ininterrumpidamente durante el transcurso de la fiesta.

Los invitados van llegando. Ella los recibe con calidez. Tiene presente que debe hacerse querer por esta gente. Piensa en su futuro. No pone distancia, pero desempeña el papel de una castellana.

Los sirvientes y los esclavos desfilan por los salones ofreciendo vino, refrescos y viandas. El ambiente no puede ser más agradable. El lujo deslumbra. La profusión de luces asombra. A fin de lograr esta impresión ha conseguido que le envíen desde el fuerte varios candelabros de pie que se mezclan con los que usualmente existen en la casa.

Festejada por hombres y mujeres, doña María no puede ocultar su júbilo. El diamante acorazonado es el principal tema de conversación en los distintos grupos que se han formado. Pocos habían visto antes una joya semejante.

Un esclavo vestido con opulencia da tres golpes en el piso con el bastón y anuncia:

—Su señoría, el capitán general y gobernador del Río de la Plata, don Pedro Esteban Dávila.

Todas las miradas se posan sobre el recién llegado. Doña María avanza para recibirlo.

—Os felicito por tan magnífica recepción —dice él, después de besar su mano—. Noto que todo Buenos Aires está presente.

Ella agradece con una corta reverencia. Habría querido hacerle un guiño, mas ha podido contener su ímpetu. Su sonrisa revela su estado de ánimo: radiante.

—Os ruego que me acompañéis para recibir los saludos —dice en voz alta el gobernador, mientras la toma del brazo y la conduce al estrado.

Allí, María vuelve a recibir atenciones de convidados que ya la habían saludado. Con orgullo presenta a don Pedro Esteban a algunas personas que aún no han tenido acceso a él. A medida que la gente se acerca, advierte que en lugar de observar la magnífica figura del gobernador, fijan los ojos en su mano enjoyada. Ubicada al lado de un gran candelabro de plata acerca cuanto puede el diamante a la luz de las velas.

Finalizados los corteses cumplidos, María se dedica a circular entre sus invitados. Están representados todos los poderes, salvo el eclesiástico. Ningún miembro del clero ha asistido. Ni siquiera han enviado excusas.

La dueña de casa recibe ponderaciones referidas a sus vestidos, sus alhajas y al buen gusto con que está adornada la residencia. Sólo con las personas de mayor confianza habla de su hijo. Si bien es un tema conocido por todos los asistentes, la mayoría prefieren no darse por enterados. ¡Si hasta ellos dos se tratan protocolarmente en la fiesta!

En otro sector del salón un grupo de hidalgos rodea al gobernador. Preguntan sobre los serios asuntos de gobierno. Dávila contesta con amabilidad. Sabe que necesitará el apoyo de esos personajes cuando finalice su mandato.

—He oído decir que el obispo Aresti viaja próximamente a Buenos Aires —dice el capitán Sánchez Garzón.

—Es cierto —dice el gobernador—. Roma está demorando las bulas con su designación. De esta manera retiene los fondos destinados a la diócesis. A pesar de ello, Su Majestad ha decidido que se haga cargo de ella sin el fíat papal. Lo esperamos próximamente.

Un rato más tarde, y después de haber departido con todos, el gobernador decide marcharse. Conocedor como es del ceremonial, sabe que debe tomar esa determinación para que los demás convidados puedan retirarse. Antes de partir, mantiene un corto diálogo con María.

—Regresaré en dos horas —susurra—. Espérame en la recámara para celebrar el éxito de la recepción. Aguárdame vestida.

—Me alegra que aprecies mis vestidos —contesta ella en tono burlón.

—Desde luego los aprecio, amada mía. Cuando digo "vestida" no hablo de telas. Me refiero solamente a las gemas que llevas puestas.

Ella ríe; lo acompaña hasta el pórtico.

La fiesta llega a su fin. Los invitados se despiden colmando de elogios a la dueña de casa.

Uno de los últimos en partir es el capitán don Alonso de Herrera y Guzmán. La suya no es una despedida como las otras.

—Señora, os agradezco vuestra invitación —dice. Y agrega, con galanura—: Todo ha sido tan magnífico como vos.

—Os agradezco vuestras palabras, don Alonso. Ha sido un gusto que vinierais. No puedo olvidar que os conocí en un día muy especial.

—Cómo olvidarlo. Fue en la casa de juegos. Hasta ese día, no había conocido a una dama que reuniera tantas cualidades. Belleza, garbo, inteligencia y destreza. Os aseguro que desde entonces no he encontrado ninguna mujer que os iguale.

—Son muy tiernos vuestros comentarios. Me halagan. Mas no creo totalmente en vuestras palabras —responde ella con cierto aire de conquista—. Estoy al tanto de que acabáis de regresar de España. ¡Debo parecer una boba comparada con las damas de la corte!

—Señora. No tenéis rival en el reino. Por encargo de mi padre estuve ausente en Europa. Tuve el privilegio de conoceros antes de partir. Lamentablemente, parece ser que solamente os veo para despedirme. Mañana parto hacia el Tucumán. Permitidme que os visite cuando baje a Buenos Aires.

—Siempre seréis bienvenido en mi casa, don Alonso.

Él hace una reverencia, toma su mano, y la besa.

❧ ❧

Ya en sus habitaciones, María se prepara para recibir a don Pedro Esteban. Aunque lo quiere sinceramente, no puede borrar de sus pensamientos las palabras de don Alonso de Herrera y Guzmán. Ese mozo le lleva pocos años. Hasta ahora, no ha conocido a un joven que manejara el lenguaje galante como él. Ha logrado impresionarla.

El gobernador, que acaba de entrar en la habitación, la mira deslumbrado desde la puerta. Vestida solamente con las alhajas que usó en la fiesta, ella lo espera recostada sobre el lecho. Las joyas resaltan sobre su delicada y blanca piel.

Un momento después, abrazados, se aman intensamente. La pasión los une. Conjuga para ellos tres sentimientos. Poder, fama y esplendor.

❧ ❧

La fiesta dio que hablar durante un tiempo a la ciudad. Hoy se preparan todos para el recibimiento del nuevo obispo del Río de la Plata, don Cristóbal de Aresti. Por orden del Rey asumirá como Obispo Electo y Gobernador del Obispado. Este título, otorgado por la corona, se debe a que Roma continúa sin confirmarlo.

Don Pedro Esteban está satisfecho con la designación. Considera un valiente a don Cristóbal. A pesar de los años que tiene, el anciano prelado estuvo presente en la ciudad de Villa Rica del Espíritu Santo cuando los *bandeirantes* pretendieron arrasarla. El apoyo del gobernador a su nombramiento había sido inequívoco, ya que cuando hubo de ser consultado respecto de la terna para cubrir el cargo no vaciló en enviar un informe favorable en el que consideraba al postulante como una persona apostólica, de cualidades, virtud y letras. Supone que el obispo debe estar enterado del apoyo que le brindara. Confía en mantener con él una buena relación.

Por eso, ha salido con sus tropas a recibirlo y escoltarlo hasta la ciudad.

El encuentro se produce. La comitiva del obispo no es muy grande. Varias carretas portan sus pertenencias. El gobernador se acerca al carruaje y personalmente lo ayuda a descender.

—Señor Obispo, sed bienvenido a vuestra diócesis. —Lo dice, y hace una genuflexión. Luego, besa su anillo episcopal.

—Agradezco vuestra presencia. El viaje ha sido muy fatigoso. Varios días han transcurrido desde que salí de Asunción —contesta el anciano prelado—. Os presento a mi sobrino, el capitán Luis de Aresti.

Como corresponde, intercambian un saludo protocolar.

—Estoy deseando llegar a la residencia —continúa el obispo—. Mañana celebraré la Santa Misa en la catedral. Allí nos veremos. Ahora, os ruego que me disculpéis.

—Comprendo vuestro cansancio. Conversaremos en los próximos días. Continuad vuestro viaje —contesta Dávila, atribuyendo la parquedad con que ha sido tratado al ajetreo del periplo.

Se despiden. El gobernador acompaña a caballo a la comitiva hasta la entrada de Buenos Aires, y se dirige al fuerte.

❧ ❧

La ciudad entera se ha hecho presente en la catedral. Están todos los clérigos y frailes, las damas enmantilladas y las mujeres del pueblo con sus mejores ropas, y los cabildantes empaquetados con sus sobrias galas. Impresiona ver al gobernador vestido con el hábito de la Orden de Santiago.

Fray Cristóbal de Aresti camina solemnemente hacia el altar. Su figura, con la cabeza mitrada y el báculo en su mano, resulta imponente. Su extraordinaria casulla, que bordada en hilos de oro reproduce a la Santísima Trinidad, impresiona a la concurrencia.

El órgano suena como nunca. Cinco violinistas lo acompañan. Un grupo de indios traídos de las reducciones deja sonar sus flautas. Acompasan la música sacra agregándole un cautivante color local.

En las gradas, los clérigos de mayor jerarquía esperan al obispo. Quien lo recibe es el presbítero don Lucas de Sosa y Escobar.

La misa concelebrada está llegando a su fin. Don Pedro Esteban Dávila se encuentra en las primeras filas. Se siente incómodo por no tener un lugar de preeminencia. ¡Le corresponde de acuerdo a su rango!

Después de la ceremonia, el obispo desanda el camino y recibe los saludos en la puerta del templo.

Cuando el gobernador se acerca a saludarlo, Aresti le dice:

—Tenemos que conversar, Excelencia.

—Cuando vos lo dispongáis, Ilustrísima.

—Os espero después del Ángelus en la casa episcopal.

—Allí estaré —dice el gobernador tratando de disimular su enfado. Protocolarmente corresponde que sea el prelado quien se traslade al fuerte para visitarlo. Él es la autoridad mayor.

❧ ❧❧ ❧

Don Pedro Esteban se hace llevar en la silla de manos hasta la residencia del obispo. Lo acompaña una importante escolta. Viste con boato y lleva en sus manos el bastón de mando. "Consiguió que fuera yo quien lo visite, mas le demostraré quién es la primera figura de esta gobernación", piensa.

El obispo Aresti lo recibe amablemente. Se sientan a platicar. La vida en Asunción y el viaje a Buenos Aires son los primeros temas de conversación. Después, el obispo pide al gobernador que lo ponga al tanto de los temas políticos de actualidad. Pero, en realidad, no es más que una formalidad, pues los conoce en profundidad. Por añadidura, el obispo no oculta su recelo respecto a la toma de Concepción del Bermejo.

El gobernador se siente un tanto molesto al darse cuenta de que el prelado lo hostiga sutilmente por el manejo de la situación.

—Os aseguro que recobraremos esa ciudad —afirma entonces Dávila con vehemencia—. Si es necesario me haré cargo personalmente del manejo de las tropas. ¿Estáis al tanto de que quise ponerme al mando de esa misión? Si no lo hice fue porque el Cabildo se opuso a que me ausentara de Buenos Aires por temor a una invasión de los holandeses.

El prelado se da cuenta de que sus palabras lo han molestado. Pero no se incomoda. Por el contrario, supone que ha demostrado el peso de su autoridad.

El gobernador ha percibido la intención y decide que no debe esperar un minuto más para aclarar la situación.

—Señor obispo —dice con tono altanero—. Os ruego designéis para mi persona un sitial de preeminencia en el templo. Comprenderéis que, teniendo en cuenta mi jerarquía, corresponde que lo ocupe.

En medio de un profundo silencio, el prelado junta las manos a la altura de su boca y responde:

—Su señoría, no estoy de acuerdo con vuestro pedido. No lo consentiré. En la casa de Dios la única jerarquía es la eclesiástica.

—Os ruego que recapacitéis, señor. —Dávila no puede ocultar su ofuscamiento.

—Mi decisión está tomada, excelencia.

Estrepitosamente, Dávila se pone de pie. Hombre de fuerte carácter, no está acostumbrado a que no se cumpla su voluntad.

—Espero que recapacitéis sobre vuestra decisión. Hacedme saber si la cambiáis —dice, y se retira.

—A propósito gobernador, antes de que os retiréis quiero deciros algo.

El anciano no se ha movido de su sillón de alto respaldo. Sin embargo, de pronto su rostro ha adquirido una expresión de infinita bondad. Al oír aquellas palabras, el gobernador detiene bruscamente su marcha y se vuelve hacia el prelado.

—Se refiere a vuestra vida privada. Estoy al tanto de que tenéis una manceba. Eso no os beneficia.

—Es la primera vez que escucho salir mentiras de la boca de un obispo —replica. Siente que le hierve la sangre. Se contiene—. Pero os contestaré. No es cierto que tenga manceba. Vivo solo en la Casa Real, y no la frecuentan mujeres.

—Sin embargo, estoy al tanto de que visitáis diariamente la casa de una tal María de Guzmán Coronado.

Dávila se siente agredido.

—Exijo respeto cuando habléis de doña María. Nos une una entrañable amistad. Pertenece a la clase alta porteña y ni siquiera aporto para sus gastos. Tiene una importante fortuna.

—Amistad muy íntima y especial es la vuestra. Toda la gobernación conoce que tenéis un hijo con ella.

A pesar del intenso odio que lo impulsa a ello, por respeto a la investidura que representa y también a sus años, Dávila domina su deseo de golpearlo.

—No permitiré que os entrometáis en mi vida privada. Sabed que sé cuidarla. Recordad a quién os estáis dirigiendo. Soy un caballero y pertenezco a la alta nobleza española. Es cierto que tengo un hijo con esa señora. Orgulloso estoy de tenerlo.

Dicho esto, toma su espada y su sombrero, levanta el bastón de mando, se encamina a la puerta y exclama:

—Ocupaos de las cosas celestiales, que del manejo de estas tierras se ocupa la única autoridad. Yo. El gobernador don Pedro Esteban Dávila.

❧ ❧

Dávila se ha hecho llevar directamente a casa de María. Apenas llega, la pone al tanto de la conversación mantenida con el obispo.

—¿Es esto tan serio como parece? —pregunta María con preocupación.

—No, mi señora. No te acongojes. La altivez de este fraile de San Benito no interferirá en ninguna de mis decisiones. Si en los próximos días no se retracta y me asigna un sitial de jerarquía en la catedral, me ocuparé personalmente de que abandone la diócesis.

En el rostro de María se nota cierto desasosiego. Don Pedro Esteban lo percibe. La toma en sus brazos y la guía hacia sus habitaciones.

—María, cambia tu estado de ánimo —dice, mientras la lleva—. Necesito sentir tu amor. Preciso recuperar mi tranquilidad. El solo roce de tu piel ya lo está consiguiendo.

Capítulo

13

Amanece sobre Buenos Aires. Los primeros rayos de sol iluminan la superficie del río. Don Pedro Esteban Dávila, pensativo, mira hacia las aguas desde la ventana de su despacho en el fuerte. Varias noches hace que no duerme en la Casa Real. Sus visitas a lo de María son cada vez más espaciadas. No quiere preocuparla. Las noticias no son buenas. Desde su enfrentamiento con el obispo Aresti se han complicado los asuntos en la gobernación. El prelado no ha cumplido con su pedido de otorgarle un sitial en la catedral. Si hasta tuvo que ceder en sus pretensiones de desterrar al obispo. La división que se produjo entre los pobladores como resultado de la medida, lo obligó a abandonar esa idea. Sabe que Aresti es su enemigo. A pesar de ello, con la firma de los miembros del Cabildo y la gente principal, se ha enviado a la corte un pedido para que se prorrogue el período de su gobierno en el Río de la Plata. Hasta ahora no hay respuesta.

Las últimas novedades no son alentadoras. Su hijo Pedro le ha comunicado que no es posible la repoblación de Concepción del Bermejo sin el apoyo de tropas del Paraguay. La campaña no ha logrado ningún éxito. Él mismo hubo de escribir a su par, solicitando su ayuda. La respuesta fue negativa. No era posible, le había escrito, debido a que dicha ciudad quedaba fuera de su jurisdicción y a que ya no era de utilidad para la economía de su gobierno.

Contemplando el horizonte, reflexiona sobre la decisión que ha tomado. Dirigirá personalmente las tropas para recuperar esa ciudad. Sabe que se acerca el final de su mandato. Y que puede ser acusado de negligencia por el fracaso de esta misión. Partirá lo antes posible. El Cabildo está enterado de su determinación desde la noche anterior.

Los golpes en la puerta lo vuelven a la realidad. Los miembros del Cabildo están presentes, le informan. Los esperaba. Ordena que los hagan pasar.

Pareciera repetirse lo vivido tiempo atrás. Con las caras más serias que de costumbre, se saludan protocolarmente. El alcalde es nuevamente quien toma la palabra.

—Su señoría, ya una vez solicitamos que no os ausentárais de Buenos Aires. Hoy en día el peligro es mayor que la simple amenaza de aquellos momentos. El riesgo de un ataque exterior está latente. No podéis abandonar la sede de la gobernación.

El gobernador está convencido de que la situación actual es más seria.

—Nombraré un teniente de gobernador. Antes de partir dejaré organizada la defensa de la ciudad.

—No, su señoría. —Las voces se alzan al unísono—. Vuestra presencia es imprescindible.

Don Pedro Esteban se percata de que contará con el apoyo de estos señores en el caso de un juicio de residencia.

—Quedáos tranquilos. Aquí me quedaré. Informaré a la corona respecto a la imposibilidad de ponerme al frente de las tropas en Concepción del Bermejo.

Recuperado su ánimo, los cabildantes abandonan el fuerte.

Dávila se sienta ante su escritorio y se dedica a redactar una notificación a España refiriendo los últimos sucesos.

Doña María recibe casi a diario la visita de su madre y su hermana Dionisia, que ha crecido en edad y en gracia. Las hermanas se profesan mucho cariño. Dionisia es muy seria. Su carácter difiere notoriamente del de María. No le gusta que la festejen y concurre a misa habitualmente. Le encanta escribir, y la lectura es su entretenimiento favorito.

—Madre, Dionisia te dará grandes satisfacciones —dice María—. Con seguridad en poco tiempo encontrará un buen marido.

—Ruego a Dios que así sea. Lo mismo hubiese deseado para ti.

—Más de una vez te lo he dicho. Me gusta la independencia. No sirvo para el matrimonio.

—¿Acaso si Dávila te lo pidiera no te casarías con él?

—Nunca pienso en lo imposible. Tiempo atrás, tal vez te habría contestado afirmativamente. Hoy tengo la total seguridad de que aunque él lo quisiera no podría casarse conmigo. Nuestra relación ha sido la causa de su enemistad con el obispo. A pesar de su excelente gobierno, Dávila se ha creado enemigos. Ni siquiera podría acompañarlo a España en otra calidad.

—Pero, ¿qué pasará con Dominguito? —pregunta Dionisia con preocupación. Adora a su sobrino, con quien juega en esos momentos.

—Su lugar está al lado de su padre. Lo supe desde que nació. A veces, cuando estoy con él, trato de alejar esa idea de mi mente. No demoro mucho tiempo en volver a la realidad. Sé que lo tengo en préstamo. Es por su bien. ¡Será educado como un noble en la corte! Quiera Dios que un día regrese a visitar a su madre.

Los ojos de doña Francisca de Rojas y los de la joven Dionisia se llenan de lágrimas.

—Por favor —dice María con un tono que pretende ser risueño—. ¡En esta casa se ríe! El llanto queda en el umbral.

—Discúlpame —contesta doña Francisca—. Sabes que soy una mujer fuerte. Prometo que esto no se repetirá.

Dionisia aprieta con vigor al niño contra su pecho. Sus lágrimas siguen cayendo. El pequeño también llora por el estrujón.

María lo toma en sus brazos e inmediatamente se calma. Una sonrisa ilumina la cara de Dominguito, que ahora juguetea con los bucles de su madre. Con sus manitas deshace uno de los moños que los sujetan. Ahora ríen los dos.

—Es tarde. Nos retiramos —dice doña Francisca. Teme que su aflicción vuelva a jugarle una mala pasada.

❧ ❧

Doña María regresa de inmediato a sus habitaciones. Necesita descansar. Entrega el pequeño a la negra Rita y, sin quitarse las ropas, se recuesta en su cama. Las últimas noches le había costado conciliar el sueño. Fueron noches en que el gobernador trataba de disimular su preocupación pero no lo lograba. Ella conocía sus actitudes.

Al cabo de un rato se despierta sintiendo que una mano la acaricia. Don Pedro Esteban está reclinado junto a ella.

—Mi querida. Desde hace un rato te contemplo. ¡Pareces un ángel mientras duermes!

—¿Sólo cuándo duermo? —pregunta ella jocosamente.

—Con ángeles como tú revolucionado estaría el cielo —dice él, mientras ríe de buena gana—. Te prefiero con tus formas de mujer.

Se toman de las manos y quedan en silencio.

—Cuéntame tus cuitas, mi querido.

—Debo reforzar la defensa de la ciudad. Los próximos días estaré muy atareado. Esta noche la pasaré entera contigo. A tu lado hasta los grandes problemas parecen menores.

Ella apoya tiernamente la cabeza sobre su hombro. Él se siente reconfortado. No tardan en dormirse plácidamente.

❧ ❧

Tal como se esperaba, hay indicios de que la flota holandesa se dirige hacia Buenos Aires. El gobernador ha tomado serias medidas para combatirlos. Reunió toda la artillería del fuerte al mando del capitán Antonio Díaz y ordenó al capitán Sequeira que mantenga en alerta a la infantería. Tropas al mando del sargento mayor Pedro Hurtado de Mendoza rondan la ciudad y se internan fuera del poblado. El grueso de las fuerzas ha quedado en reserva al mando del capitán Diego de Cospetal y Grimaldo y del teniente Juan Gutiérrez de Humanes. Dávila dirige personalmente la operación.

Se encuentra conversando con su estado mayor cuando le comunican que ha llegado un correo urgente. Rompe los sellos de la carta delante de todos y procede a leer su contenido.

—Señores —anuncia eufórico—. Me comunican que la flota enemiga, enterada de la defensa la ciudad, ha virado sus naves y regresa a las costas del Brasil.

Se oyen gritos de alegría en el fuerte. La noticia circula con prontitud. El pueblo festeja en las calles.

A pesar de las tranquilizantes novedades, don Pedro Esteban ha decidido mantener el estado de alerta.

El Cabildo se ha reunido. Celebran el éxito de la operación. Por decisión general han firmado un acuerdo mediante el cual solicitan a España una urgente respuesta al pedido que efectuaran con anterioridad: la prórroga del plazo de la actuación del gobernador. En el escrito hacen constar que durante su mandato Buenos Aires ha gozado el mejor período de tranquilidad y confianza.

En su despacho, Dávila se recuesta, pensativo, sobre el alto respaldo de su sillón. Un oficial acaba de ponerlo al tanto de la decisión tomada por el Cabildo. Lamentablemente, esa noticia se ha cruzado con un correo. Cabizbajo, sostiene en sus manos dos cartas de las que cuelgan los sellos reales. Poniéndose de pie se dirige hacia la ventana. Como tantas otras veces mira con placer el río. "María debe ser la primera en enterarse", se dice. "Cómo añoraré esta vista. Cuánto la extrañaré a ella."

María se ha ocupado personalmente del arreglo de la mesa. Ordenó que se preparen los platos favoritos del gobernador. Ella se ha vestido como si fuera a una fiesta. Luce sus mejores alhajas. Sólo ellos estarán en esa velada. Quiere agasajarlo como nunca. Festejarán juntos su triunfo.

Está dando los últimos toques a un arreglo floral cuando reconoce, a sus espaldas, los pasos de don Pedro Esteban. Se vuelve hacia él con el rostro iluminado por una sonrisa y se abalanza en sus brazos. Él no la suelta. Por los suspiros que acompañan ese abrazo María percibe la tristeza que embarga a su amante.

—¿Qué sucede, mi alma? ¿Acaso no eres feliz con tu victoria?

Dávila no encuentra las palabras adecuadas para lo que debe decirle.

—Querida —dice por fin, mientras la besa tiernamente en la mejilla—. Sentémonos. Debemos conversar.

Ella presiente una mala nueva. Él la guía hasta el estrado. Se sientan sobre las alfombras y apoyan sus espaldas en los cojines.

—Habla. ¿Qué acontece? —pregunta María. La voz delata su miedo.

El gobernador saca las dos cartas de una pequeña bolsa que sujeta entre sus ropas. Furioso, las estruja antes de abrirlas.

—Amada mía. Las noticias que traigo no son buenas. En una de éstas se me informa que concluye mi mandato con la llegada de un nuevo gobernador. Su Majestad ha designado en mi reemplazo a don Mendo de la Cueva y Benavídes.

—¿Cómo puede suceder esto? Si todo Buenos Aires y el Cabildo han pedido que se prorrogue el término de tu actuación...

—He cumplido con el plazo acostumbrado. Los informes del obispo Aresti y del comisionado Garabito no me han favorecido. Agradezco al cielo que mi sucesor sea un verdadero amigo de años. Juntos peleamos en Flandes. Pertenece a la alta nobleza y nuestras familias están emparentadas.

—¿Cuál es el motivo por el que te han enviado dos cartas desde la corte?

—No, María. Esta otra la envía el conde de Chinchón, virrey del Perú. Me comunica que con la llegada de don Mendo, arribará desde Lima un juez que estará a cargo de mi juicio de residencia.

—Eso significa que mientras dure ese trámite permanecerás en Buenos Aires.

—Solamente tú sabrás esto. Debo evitar que se me juzgue en estas tierras. El obispo es muy influyente en la Real Audiencia de Charcas y se está ocupando de desprestigiarme. Sé que contaré con el apoyo de don Mendo para regresar a Europa.

María creía estar preparada para aceptar algún día esta noticia. No es así. Siente ganas de llorar.

"No derramaré lágrimas", piensa. "Por el contrario, debo dar fuerzas a este hombre." Su actitud ha cambiado

bruscamente, y no puede ser de otra manera. Al posar fijamente su mirada en el gobernador, ha notado que tiene los
ojos vidriosos y no parpadea para que el llanto no cubra su
rostro. "Mucho debe quererme", se dice. "Jamás supuse que
un rudo soldado pudiera expresar así su pena."

—Ánimo, su señoría —dice, tratando de parecer alegre—. Poneos de pie y festejad conmigo vuestro triunfo. Por
el futuro no debéis preocuparos. Saldréis airoso. Nadie puede
venceros.

Dicho esto, se pone de pie y estira sus manos hacia él. Él
las toma entre las suyas y de un brinco está a su lado. La ciñe
por la cintura y la besa. Abrazándola, apoya la cabeza de ella
sobre su hombro. No quiere que lo vea. Brotan las lágrimas
contenidas, pero rápidamente se recupera. Brindarán con un
buen vino. "¡Qué fortaleza de mujer!", piensa el gobernador.

❧ ❧

El obispo Cristóbal de Aresti comenta con el canónigo
Lucas de Sosa y Escobar las noticias referentes a la designación de un nuevo gobernador.

—Poseo buenos informantes, don Lucas. Me enteré de
la novedad al mismo tiempo que el soberbio bravucón. Veremos ahora cuál es el poder con más peso en las Indias.

—Me gustaría conocer vuestra idea, Ilustrísima.

—Convenceré a don Mendo de la Cueva de que debe encarcelar al hipócrita de Dávila y también a sus secuaces. ¡No ha
hecho otra cosa que dar malos ejemplos en la gobernación!

—No será fácil. El pueblo lo apoyará. Se ha ocupado de
mejorar la vida de muchos, y no se puede negar que es un
buen estratega.

—¡Patrañas! Entre otras cosas lo acusaré de amancebamiento. Pagará sus pecados en la cárcel.

El canónigo Sosa y Escobar es una persona devota y de buenos sentimientos. No está de acuerdo con la vida privada del gobernador, pero reconoce que el hombre se preocupó por cumplir su cometido.

A estas alturas, la noticia es *vox populi*. En las calles, los salones y las tiendas no se habla de otra cosa. La preocupación es general. Dávila es un personaje querido, y la mayoría de la población coincide en que lo extrañarán. Durante su gobierno han vivido el período de mayor tranquilidad desde la fundación de la ciudad.

Capítulo

14

El galeón que transporta a don Mendo de la Cueva y Benavídes se ha internado en las aguas del Río de la Plata. Lo escolta una flota militar.

El gobernador designado camina por la cubierta. La frescura del río hace más agradable esta calurosa tarde de noviembre. El viaje ha sido placentero. No se han cruzado con naves enemigas. De la Cueva ha quedado deslumbrado con los estrellados cielos del sur. Los rayos de sol que ahora se reflejan en la superficie de estas terrosas aguas le causan la misma impresión. Ansía ver la costa de Buenos Aires. Todo parece tan calmo. Debe juntar fuerzas. Sabe que se enfrentará con problemas. Está enterado de que algunos pobladores, con el obispo a la cabeza, se ocupan de difamar a su gran amigo don Pedro Esteban Dávila.

Apostado en el castillo de proa, recuerda los imborrables momentos que vivieron en las guerras de Flandes. No sólo compartieron victorias: a ambos se les otorgó el nombramiento de maestre de campo por las proezas realizadas. En la misma época ingresaron como caballeros de la nobilísima Orden de Santiago. Sus linajes están varias veces entroncados. Pertenecen a las más ilustres familias de España. Don Mendo lleva a Dávila cartas dirigidas a él por parientes comunes. Desde luego, una es del marqués de las Navas, pero también le han escrito el conde de Benavente, el de Santísteban del Puerto y el marqués de Solera. En la corte goza de gran prestigio. Él sabe que lo merece.

Don Mendo piensa en su juventud. La voz de su mujer, doña María de Lagos, lo vuelve a la realidad.

—Abstraído te veo, Mendo. ¿Meditas sobre el futuro?

—Así es, mi señora. Mas también gozo de estos aires que parecen ser tan buenos como lo indica el nombre del puerto al que nos dirigimos. Ruego a Dios que se mantengan mientras dure mi gobierno.

—No podrá ser de otra manera. Estás preparado para dirigir estas tierras. Su Majestad conoce tus virtudes.

Sus hijos, doña Isabel y el capitán Juan de la Cueva, se unen a la conversación.

—Padre, poco falta para arribar —dice doña Isabel.

—Por Dios, si ya se vislumbra la ciudad —dice don Juan, que otea la costa con un catalejo—. Mirad por vos mismo —dice a su padre.

Don Mendo toma el anteojo. Las cúpulas de las iglesias y los conventos aparecen ante su vista. Durante unos instantes contempla desde lejos la sede de la gobernación.

—Preparaos —dice—. No debe faltar mucho para desembarcar.

❧ ❧

Está oscureciendo. El pueblo no se ha volcado a las orillas para asistir a la recepción del magistrado como en otras oportunidades.

Tras el desembarco, Dávila y de la Cueva se confunden en un fuerte abrazo. Mientras don Mendo recibe el saludo de los miembros del Cabildo y del clero, don Pedro Esteban se acerca a saludar a doña María de Lagos. Hace una reverencia y besa su mano. A doña Isabel la besa en la mejilla. La conoce desde pequeña. El capitán Juan de la Cueva se cuadra ante él.

Después de los saludos protocolares suben a los carruajes y se dirigien a la casa consistorial.

Ya en la sala, sobria pero elegantemente dispuesta, don Pedro Esteban Dávila da lectura a la real cédula firmada por Su Majestad que designa a don Mendo de la Cueva y Benavídes, Capitán General y Gobernador del Río de la Plata.

Le toma su juramento. Don Mendo acepta el cargo poniendo su mano en la cruz del hábito de Santiago que viste. Luego, la apoya sobre los Santos Evangelios. Don Pedro Esteban le pasa el bastón de mando y vuelven a abrazarse.

—Esta actitud no es de mi agrado —dice el obispo Aresti al canónigo Lucas de Sosa y Escobar—. Mañana mismo pediré una audiencia para hablar con el nuevo gobernador.

❧ ❧

Ya en la Casa Real, don Mendo pide a don Pedro Esteban que continúe viviendo con ellos hasta que se haga efectivo su traslado. Dávila acepta de buena gana.

—Mendo, debo decirte que mi situación se ha complicado en esta ciudad. Enterado estarás que viene desde Lima un licenciado para hacerse cargo de mi juicio de residencia.

—Ponme al tanto del asunto, Pedro Esteban.

Dávila le explica con lujo de detalles los sucesos de Concepción del Bermejo, la defensa de la ciudad, y la actitud de Garabito, mas hace particular hincapié en su relación con el obispo Aresti.

—Aparecerán testigos falsos haciendo acusaciones contra mí —dice—. Con el tiempo comprobarás que no es difícil lograrlo en esta ciudad. Son muchos los que gustan de quebrantar las cédulas y órdenes reales. Exigiendo que se respeten, me he granjeado la enemistad de algunos vecinos.

—No te preocupes, Pedro Esteban. Saldrás airoso del juicio de residencia. En la corte se pondera tu actuación en todo lo concerniente a la defensa del fuerte.

—Todavía no conoces al prelado que gobierna esta diócesis. Espera a tratar con él.

—Pasemos a asuntos más agradables. Recordemos nuestras andanzas. ¡Tiempo hace que no nos vemos!

Pero no sólo rememoran viejas épocas. Dávila también habla sobre su vida privada.

Pasan varias horas hasta que se retiran a descansar.

❧ ❧

El nuevo gobernador aguarda detrás de su escritorio la entrada del obispo Cristóbal de Aresti.

El anciano prelado ingresa en el salón. De la Cueva avanza hacia él. Besa rápidamente su anillo episcopal, y le indica que tome asiento.

—Os agradezco vuestra visita, Ilustrísima.

—Su señoría, os garantizo que no es protocolar. Necesito vuestra ayuda.

—Hablad. En qué puedo seros útil.

—Me dirijo a vos en mi carácter de juez eclesiástico además de obispo titular. Don Pedro Esteban Dávila será juzgado por un tribunal de la Iglesia. Graves acusaciones pesan sobre él. Amancebamiento es la principal imputación. De las otras, se ocupará la Real Audiencia de Charcas.

—Disculpad, obispo. ¡No entiendo lo que de mí pretendéis!

—Excelencia. Os pido el auxilio de vuestras tropas para detener y encarcelar a este pecador.

Don Mendo queda un momento en silencio.

—Os ruego que me deis más tiempo para pensar —acota, disgustado.

—La detención debe ser inmediata. Mañana me haré presente para recibir vuestra respuesta —contesta el obispo, furioso.

—Os espero —replica fríamente de la Cueva acompañándolo hasta la puerta.

❧ ❧

El gobernador ha conversado durante casi toda la noche con Dávila. Por la mañana, su decisión está tomada. No lo entregará.

Ahora, en su despacho, espera de pie la entrada del obispo, que a pesar de sus años ingresa al recinto con paso apurado y arrastrando su capa con vehemencia. Don Mendo lo saluda dignamente.

—¿Os habéis decidido a colaborar con la Santa Iglesia? —le espeta el prelado sin responder el saludo.

—Tranquilizaos, señor. Tomad asiento.

—No, su señoría. Prefiero esperar de pie. Vuestra respuesta urge.

—Lamentablemente no puedo contestaros. Necesito más tiempo para analizar esta grave situación.

—Si no colaboráis os aseguro que seréis excomulgado.

—Por Dios, Eminencia. Controlad vuestras palabras. No podéis tomar esa determinación sin consultar a la Real Audiencia.

—¿Es vuestra última palabra?

—Os he dicho que necesito más tiempo para responderos.

Agitando su capa, el obispo se da la vuelta.

—Muy pronto tendréis noticias mías —dice con soberbia antes de atravesar la puerta.

❧ ❧

La población se ha enterado de la amenaza con que el prelado ha querido intimidar al nuevo gobernador.

Muchos asisten a la catedral sabiendo que allí se prepara la ceremonia para la excomunión.

No son pocos los que se asustan al ingresar en el templo. Las paredes están tapizadas de negros paños. También la cruz está cubierta. En el altar mayor, cantidad de clérigos rodean al obispo. Portan cirios verdes encendidos.

La ceremonia está comenzando. El obispo del Río de la Plata se dirige a la asamblea. También él porta un cirio.

—Se declara excomunión mayor a don Mendo de la Cueva y Benavídes. —La potencia de la voz de aquel anciano sorprende a los presentes.

—"Malditos sean los excluidos de Dios y de su bendita Madre —continúa—. Huérfanos se vean sus hijos, y sus mujeres viudas. El sol se les oscurezca de día, y la luna de noche."

Con inusitada fuerza, apaga el cirio en un recipiente con agua. Súbitamente los demás clérigos sofocan las llamas de sus velas golpéandolas contra el suelo.

—Así como todas estas candelas mueren en el agua, así mueren las almas de los excomulgados y bajan al infierno con la de Judas apóstata.

—Amén —contestan los religiosos al unísono.

Con esta última palabra se da por finalizado el acto.

La población está indignada. Los que presenciaron la ceremonia, aterrados.

El consenso es general: el castigo no guarda proporción con la falta. La mayoría coincide en que el proceder del prelado ha sido lamentable.

Cuando se le comunica la noticia, la reacción de don Mendo de la Cueva es terrible. Quiere abandonar cuanto antes la ciudad.

Como primera medida, convoca a un Cabildo Abierto, al que asisten gran cantidad de vecinos y moradores. Con recio tono se dirige a la población desde la plaza del fuerte.

—Pueblo de Buenos Aires. Estáis enterados de la resolución tomada por el obispo. No puedo admitirla. Os he convocado para informar que nombraré un teniente de gobernador. Antes de cuatro días entregaré el poder y regresaré a España. Allí, podré explicar personalmente a Su Majestad el proceder de este prelado.

El murmullo es general. Se oyen vivas al gobernador y críticas al obispo Aresti.

El Cabildo decide pasar a sesión secreta, que será presidida por el teniente de gobernador de Buenos Aires, capitán Francisco Velázquez Meléndez. Los capitulares están furiosos con la actitud del obispo.

Pero la reunión no dura mucho. El Cabildo en pleno se presenta ante el gobernador.

—Su señoría —dice el alcalde—. Como habéis podido comprobar, el pueblo os apoya. No tiene la gobernación otra cabeza ni defensa que vuestra dignidad. Su Majestad fue servido de enviarnos a vos en su representación. Os rogamos que no abandonéis la ciudad.

—Agradezco vuestras palabras, señores; pero debo concurrir a la corte para exponer esta desagradable situación.

—Insistimos, excelencia. El peligro de ataque por parte de los holandeses no ha desaparecido. Correrían a vuestro cargo las consecuencias de lo que pudiera ocurrir durante vuestra ausencia. Enviaremos un procurador ante el Rey a fin de que se haga lo necesario para la remoción del obispo. También se tomarán medidas para que en lo sucesivo no se repitan estos disparates.

El gobernador acepta permanecer en su puesto.

Enterado, Aresti monta en cólera.

—¡No puede quedar a cargo de la gobernación un excomulgado! —vocifera. Es tan grande su furia, que decide partir hacia Charcas para lograr el apoyo de la Real Audiencia.

❧ ❧

Las denuncias contra don Pedro Esteban Dávila han ido en aumento. Don Mendo de la Cueva lo ayudará, a fin de que pueda huir a España. Considera importante que su amigo defienda su posición en la corte.

En el fuerte están todos enterados. Varias carretas han salido hacia la costa trasladando los bienes personales del ex gobernador.

Don Pedro Esteban se encuentra en la casa de María. La ha puesto al tanto de los últimos sucesos.

—Debo partir esta misma noche. Don Mendo me protege. La medida tomada por Aresti en cierta forma me favorece. A ella debo agradecer el apoyo del gobernador para mi partida. Además, aún no ha arribado quien juzgará mi residencia. Una vez os dije que considero fundamental que mi juicio se lleve a cabo en España.

—¿Qué será de mí? —dice María, sin perder su fortaleza.

—Respecto a ti, mi señora, te he encomendado a don Mendo. Me ha garantizado que te brindará ayuda en todo lo que precises. Manda decir que te fíes de él como un buen amigo.

—¿Y nuestro hijo?

—Mi querida. Lo que te diré hoy puede sonar triste. El niño debe acompañarme. Más de una vez hemos conversado respecto a su futuro. Decide tú quién será la persona que lo acompañe. Tendrá un aya al llegar a la corte, y siempre me ocuparé de él. Mi hermana Jerónima, condesa de Cocentaina, no tiene hijos varones. Está enterada de la existencia de Domingo Esteban y quiere recibirlo en su palacio.

—Mucho extrañaré a ambos —replica María sin flaquear—. La negra Rita acompañará a Domingo Esteban. Te ruego que, aunque tenga un aya no la alejes de su lado. El niño necesitará su afecto. Estoy segura de que ella le brindará consuelo. También él sentirá mi ausencia.

Él se acerca, acongojado: la abraza y la besa. Doña María permanece unos instantes entre sus brazos; luego, suavemente, lo aleja.

—Discúlpame, Pedro Esteban. Debo ocuparme personalmente de preparar la partida de nuestro hijo.

—Hice colocar tres nuevos cofres en la habitación pequeña —anuncia él antes de que ella se retire—. Aquí tienes las llaves. Su contenido acrecienta tu tesoro. Nos veremos esta noche. En cuanto oscurezca pasará un carruaje a recogerte.

—Nos veremos, Pedro Esteban —dice María tomando las llaves. Y sin más, se dirige con paso rápido a las habitaciones de su hijo. Allí, Dominguito juega con Rita sobre la alfombra.

—Mamá —exclama el niño extendiendo sus bracitos.

Ella lo levanta y lo besa tiernamente.

—Tu madre viene a jugar con nosotros —dice la negra.

—No, Rita. Debemos preparar sus bártulos. Dominguito parte hacia España con su padre.

La esclava lanza un grito. Sus ojos se llenan de lágrimas.

—Sin llanto, mi querida Rita.

—Es que nos va a extrañar mucho. ¿Qué haré yo sin él? —contesta refregándose la cara.

—Por eso no tienes que preocuparte. Tú lo acompañarás, y quizá no regreses a estas tierras. Su padre me ha prometido que permanecerás siempre a su lado.

La negra, que se ha quedado sin habla, la mira fijamente.

—Debemos apurarnos —continúa María, imperturbable—. Esta noche es la partida. Ayúdame con sus cosas. Luego prepararás las tuyas. Te daré varias sayas y camisas para tu uso personal.

Rita se abalanza sobre ella y el niño y los tres se abrazan con fuerza.

❧ ❧

Ha caído la noche sobre Buenos Aires. En las orillas del río una barca se apoya sobre la barranca. Otras se alejan llevando los últimos efectos personales del ex gobernador, de su hijo y de la esclava.

El pequeño Domingo Esteban duerme en los brazos de su madre. Dávila la rodea con los suyos. Con una amplia mantilla, María oculta la palidez de su rostro.

El capitán de la nave en la que emprenderán el largo viaje hacia Cádiz los contempla. Le cuesta romper ese encanto. ¡Pero el tiempo apremia! En un suave tono de voz, poco común en un hombre de mar, anuncia:

—Señor, debemos partir.

Con maternal ternura María entrega a Dominguito a su padre. Dávila la besa.

—No puedo asegurarte que volvamos a encontrarnos —dice—. Quiero que sepas que tu recuerdo me acompañará eternamente. La presencia de nuestro hijo mantendrá por siempre viva tu imagen.

—Cuéntale de mí. Dile que sólo por su bienestar acepté esta separación. Protégelo.

Desea estrechar nuevamente al pequeño junto a ella. Pero se refrena. Lo besa, y le hace la señal de la cruz en la frente.

Abraza a la negra Rita. No hay palabras. Ya le ha dicho todo.

La barca se aleja. María todavía divisa la figura de don Pedro Esteban, que continúa cargando a su hijo. La potente luna los ilumina.

Un momento después, sólo distingue la luz de las farolas y, atrás, la silueta de la nave que abordarán.

Titilan cantidad de estrellas en la magnífica noche porteña. El diamante acorazonado se destaca en la mano de María cuando lo eleva hacia el cielo. Brilla como un lucero. Constantemente lo tendrá con ella. Su resplandor la hará evocar a su hijo.

De regreso en su casa, arrastra su tristeza con dignidad. Se encierra en sus habitaciones. Apretando su cara contra un cojín, rompe en sollozos. Llora como nunca lo había hecho hasta hoy.

Capítulo

15

Ha transcurrido un tiempo desde la huida de don Pedro Esteban Dávila. En su momento, la noticia causó revuelo en Buenos Aires. El pueblo en general apoyó la solapada ayuda que le brindara don Mendo de la Cueva y Benavídes. Con este ardid el ex gobernador logró evitar no sólo el juicio eclesiástico sino también el de residencia. La reacción de la Real Audiencia fue violenta. Ordenó que se lo detuviera donde fuere hallado y que se lo enviara de inmediato a sus estrados. Se lo acusaba de mal desempeño de sus funciones.

Dávila, por su parte, preparó un extenso memorial con su defensa que, hábilmente, no demoró en presentar ante la corte.

La rencilla entre el obispo Aresti y don Mendo de la Cueva continúa. El prelado se notificó de una orden de la Real Audiencia en la que le pedían que suspendiera por seis meses la excomunión. Querían analizar si correspondía tan duro castigo. A pesar de que Aresti no acató la orden, la excomunión fue levantada. Aprovechando que el obispo se encontraba en Charcas, el Cabildo convenció a su reemplazante, el Padre Gabriel de Peralta para que lo hiciera. Argumentaron que por el bien de la gobernación era necesario que se levantara el agravio. Se debían evitar los conflictos con el gobernador. Al fin y al cabo, seguía habiendo grupos de indios alzados y la amenaza holandesa no se había disipado. Consiguieron su cometido. Aresti, que seguía en Charcas tratando de impulsar el juicio a don Mendo, estaba furioso.

La situación de doña María de Guzmán Coronado no ha sufrido grandes cambios. Sigue siendo respetada. Sufre en silencio la ausencia de su hijo. Su vida social es más tranquila, y a pesar de las muchas invitaciones, poco sale de su casa. Su patrimonio se ha incrementado. Ha comprado una estancia en el pago de Arrecifes y una chacra en el pago de la Matanza. Se dedica a manejar sus negocios y a tratar con sus administradores. Se dedica a un negocio redituable: la exportación de cueros. El tesoro que guarda en su morada es cuantioso y ella negocia personalmente con los capitanes de los barcos mercantes.

❧ ❧

El capitán don Juan de la Cueva es el brazo derecho de su padre. Al día siguiente de la partida de don Pedro Esteban visitó a Doña María de Guzmán Coronado en su nombre, y se puso a su disposición. Desde entonces, cada tanto concurre a su casa. Se ha generado entre ellos una verdadera amistad.

Hoy ha ido a visitarla. Tiene buenas noticias para ella. Se refieren a la posición de Dávila. Cuando se apea de su caballo, un esclavo toma las riendas del animal para llevarlo a las cocheras.

Doña María lo recibe en el estrado.

—¡Qué alegría siento al veros, Juan! —dice extendiendo su mano derecha, que él recibe y besa a modo de saludo.

—María. Buenas nuevas han llegado de la corte. Han informado a mi padre que Su Majestad ha hecho lugar al memorial presentado por don Pedro Esteban. No solamente ha salido invicto de las acusaciones, sino que el mismo Rey lo ha felicitado por la defensa que organizó en este puerto.

—Sinceramente, me alegra la noticia. En su última carta me decía que esperaba la sentencia en el castillo de las Navas. Imagino cuán feliz debe sentirse. En la misma esquela me cuenta que mi hijo se encuentra bien. Engorda y se adapta a su nueva familia. ¡Es un niño tan agradable! Es imposible no quererlo. Supongo que debe extrañarme. Aunque, quizá, no tanto como yo a él —dice bajando la cabeza—. Gracias a Dios tiene a la negra Rita a su lado. Ella lo crió.

Se produce un silencio. El capitán no sabe qué decir. Ha notado la tristeza que se apoderó de su semblante al evocar al pequeño.

De pronto, ella vuelve a sonreír.

—¿Cómo van las cosas por la gobernación? —pregunta—. Me han dicho que se están llevando a cabo nuevas obras en el fuerte.

—Así es. Ante el peligro de una invasión mi padre ha hecho traer más piezas de artillería y se refuerzan las defensas.

—Indiscutiblemente es necesario que los holandeses se enteren de que la defensa es cada vez mayor. Es la única forma de detenerlos. Al conocer esta medida, su flota ni siquiera intentará volver a acercarse.

Doña María habla con seguridad. El capitán no se sorprende. Sus comentarios siempre son inteligentes.

—Coincido plenamente con vos. Quiera Dios que así sea. Pero éste no es el único problema. Se han sublevado varias tribus. Es más, señora, esta visita también es para despedirme.

—¿Hacia dónde os dirigís? —pregunta, sorprendida. No pensaba que el capitán abandonaría la ciudad. Lo extrañaría. Era quien la mantenía al tanto de los enredos políticos.

—Parto primero hacia Santa Fe y luego a Corrientes. Mi padre me envía para combatir a los caracáes. Se han unido a los calchaquíes y cometen actos de vandalismo contra las reducciones jesuíticas.

—Prométeme que me visitarás en cuanto regreses.

—Os lo prometo. Mas si de promesas se trata también debo pediros que os dejéis ver más en los saraos. La gente pregunta por vos. ¡Se extraña vuestro ánimo en los salones!

—Me comprometo a cumplir con tu pedido, mas te ruego que abandones el lenguaje tan formal con que a mí te diriges. ¿Acaso no somos buenos amigos?

—Tu pedido me halaga. Cuenta por siempre con mi amistad. Te enviaré noticias y serás la primera persona que visite a mi regreso. Ahora debes disculparme. Me aguarda mi padre para ultimar detalles de la partida.

—Te extrañaré —dice María, extendiendo su mano. Él la toma; esta vez, la mira fijamente a los ojos al apoyar sus labios en ella.

❧ ❧

Doña Dionisia Garzón, la hermana menor de María, se ha convertido en una buena amiga de doña Isabel de la Cueva, la hija del gobernador. Se conocieron en la casa de doña Isabelita de Tapia, con quien Dionisia se siente unida por una afectuosa relación desde la infancia.

Las tres jóvenes conversan en las habitaciones de Isabelita. El lujo con que viste la dueña de casa es comparable con la suntuosidad de su casa. No es para menos. La fortuna del general Juan de Tapia de Vargas es enorme. Todos aprecian la bonhomía de este hombre que desempeña el papel de Oficial de la Inquisición en estas provincias. Cincuenta y cuatro esclavos trabajan para él.

El tema de la conversación son los preparativos del casamiento de Isabelita de Tapia con el capitán don Felipe de Herrera y Guzmán.

—¿Es cierto que asistirán muchos personajes que vienen del Tucumán? —pregunta Dionisia.

—No solamente de esa gobernación. También desde Asunción llegarán convidados para la ceremonia y la fiesta. No olvides que mi madrastra, doña Isabel de Frías, es la hija de uno de los gobernadores más queridos del Paraguay.

—¿Cómo olvidarlo? Converso mucho con ella. Me agradan sus historias. Es una persona encantadora.

—Agradezco al cielo que mi padre contrajera matrimonio con ella al enviudar de mi pobre madre. Me quiere como si fuera su hija.

—¿Y por qué tanta gente viaja desde el Tucumán? —pregunta doña Isabel de la Cueva.

—¡Pero Isabel! —contesta Dionisia—. No olvides que el padre de don Felipe es Teniente de Gobernador de Santiago del Estero y Maestre de Campo General de esa gobernación. ¡Es un caudillo en el Tucumán!

—Por otro lado —dice Isabelita—. Su abuelo, el General Juan Ramírez de Velazco, fue un gran capitán de la conquista. Fundador de ciudades, gobernador del Tucumán, y también del Río de la Plata cuando aconteció su muerte.

—¡Por Dios! —agrega Isabel de la Cueva riendo—. En la fiesta estaremos rodeados de los gobernadores actuales, de sus hijos y sus nietos. ¡También me incluyo!

—Hablando de gobernadores. Supe que Dávila fue absuelto. ¡Qué alegría! —dice Isabelita dirigiéndose a Dionisia—. A propósito, debes convencer a tu hermana María para que asista a mi boda. Le hemos enviado el convite y aún no recibimos respuesta. Tenemos que lograr que comience una nueva vida. Con su belleza y fortuna, pretendientes no le van a faltar.

—Trataré de influir en su decisión, mas no te aseguro que lo consiga. Poco sale. Mi madre y yo la visitamos diariamente. Se distrae de su tristeza organizando negocios.

Majestuosa luce la catedral de Buenos Aires. Está invadida de aromas de jazmín, la flor favorita de la contrayente, doña Isabel de Tapia. La aristocracia porteña se codea en su recinto con altivos personajes llegados de otras ciudades. Sólo gente principal ha tenido acceso. A pesar de las permanentes reformas del templo su dimensión continúa siendo reducida. Todos aguardan la llegada de Isabelita. La magnificencia de las ropas que llevan damas y caballeros pocas veces se ha visto. Doña María de Guzmán Coronado se ha ubicado en el centro junto a su madre. Sus vestidos y alhajas aumentan la prestancia de su natural belleza y juventud. Quienes la rodean la admiran y hasta las damas se alegran de verla. "Tuvo una mala experiencia. No se la puede juzgar por ella", comentan varias matronas. "No se puede negar que es una buena mujer. Brinda ayuda a quien la solicita", comentan otras. Muchos de los asistentes recuerdan los favores conseguidos a través de sus intercesiones.

Doña María sabe que es el centro de los comentarios. Con una agradable pero altiva sonrisa responde saludos a su alrededor. Ha logrado lo que se propuso. ¡Es aceptada por todos!

Los fuertes acordes del órgano anuncian la llegada de la novia. Avanza hacia el altar del brazo de su padre. Espléndida luce con su vestido de blanca seda, y cubre su cabeza con una amplia mantilla española. Sus grandes ojos negros están fijos en don Felipe de Herrera y Guzmán, que la espera en el altar.

—María, ¿te has fijado cuán bonita está? —dice doña Francisca de Rojas a su hija cuando la futura desposada pasa por delante de ellas.

—Disculpa, madre. No puedo dejar de contemplar los magníficos hilos de perlas que rodean su cuello.

La recepción en la residencia de los Tapia de Vargas es fastuosa. Excelentes son los vinos que se escancian. Las viandas no pueden ser mejores.

Luego de congratular a novios y padrinos, María se acerca a saludar al gobernador y a su mujer quienes, de pie en el estrado, reciben juntos los corteses cumplidos de los invitados.

—Su señoría, me complazco en saludaros —dice haciendo una reverencia—. Soy doña María de Guzmán Coronado.

Él le brinda una sonrisa. Doña María de Lagos, su mujer, se adelanta a sus palabras.

—Sabemos quién sois, hija. Os hemos visto en la iglesia. Cortos han quedado quienes ponderaron vuestra gracia. Sentimos gran simpatía por vuestra hermana Dionisia. Es una joven muy dulce. Se ha hecho gran amiga de nuestra hija.

—Son muy gratas vuestras palabras, señora. Quiero agradeceros a ambos por las atenciones que habéis tenido conmigo.

—Las merecéis —dice don Mendo—. Contáis con nuestra protección, aunque noto que no es necesaria. La gente os aprecia.

—Os correspondo con mi amistad. —María agradece el cumplido con una sonrisa—. Me complazco de conoceros. ¿Habéis tenido noticias de vuestro hijo?

—Sí, señora —contesta la gobernadora—. Está muy contento. Confía en lograr el éxito en la misión que le encomendara su padre.

—Mucho me alegra saberlo —replica. Hace una corta reverencia, y deja paso a los que la siguen.

María recorre los distintos salones. Se gratifica contemplando el ornamento de la casa. De tanto en tanto se une a la conversación en los distintos corrillos que se han formado. Ahora se detiene, emocionada, ante una pintura de escuela italiana. Representa a la Virgen con el niño en sus brazos.

—Doña María...

La voz gruesa pero galante que ha pronunciado su nombre a sus espaldas, la saca de su ensimismamiento. Con gracia, se vuelve hacia el hombre que ya está junto a ella. Es don Alonso de Herrera y Guzmán.

—Admirando estaba desde lejos esta obra de arte. Sin dar crédito a lo que veían mis ojos, extasiado me acerqué hasta aquí. Tuve la sensación de que la Madonna había abandonado la tela y, de pie, estaba junto a ella. Señora. ¡Érais vos quien me deslumbraba!

—¡Qué gusto me da el veros, don Alonso! —dice ella, sonriente, y le extiende su mano.

Él la toma, cumpliendo con el ritual del besamanos.

—No sólo no tenéis rival en el reino —dice, sin soltarle la mano—, sino que tampoco existe otra dama como vos en la tierra.

—¡Por Dios, don Alonso! Vuestras gratas palabras suenan como poesía a mis oídos. Las aprecio doblemente por venir de un valiente y buen guerrero.

—El hecho de que sea un militar no significa que no admire la belleza. Os aseguro que no es común que las palabras que os he dicho salgan de mi boca, mas estando frente a vos, desearía ser un trovador y no un soldado. ¡Cantaría por doquier a vuestro encanto, majeza y preciosura!

Doña María ha bajado su mirada. Está conmocionada. Mucho tiempo ha pasado sin oír palabras tan dulces. Su ensoñación dura unos instantes.

—Agradezco vuestra lisonja. Sinceramente, me siento feliz al veros.

—Dichoso me siento yo, con vuestra presencia. Ilusionado estaba de poder encontraros en esta boda.

—También he pensado en vos, mas no estaba segura de que me recordarais.

—Señora, os lo he dicho más de una vez y lo repito. Vuestro recuerdo es imborrable. Agradezco al cielo que mi querido hermano Felipe haya contraído matrimonio con una porteña. Su casamiento ha sido la mejor excusa para venir a Buenos Aires. No podéis imaginaros cuánto deseaba que llegara este momento.

—Basta de adulaciones, don Alonso. Conseguiréis que me sonroje. Contadme sobre vos y vuestra vida en el Tucumán. Alguna joven os debe de estar esperando en esas tierras. ¿Acaso no estáis comprometido?

—No, señora. Os lo aseguro. Una bella mujer tiene acaparado mi corazón. No puedo deciros de quién se trata. Tan sólo han pasado breves instantes desde que ella me ha pedido que no haga que se ruborice. Tendré que esperar otro momento para confiárselo.

La tierna sonrisa que le brinda doña María lo alegra. Tiene esperanzas.

—Don Alonso. Seriamente os pido que me contéis sobre vuestra vida. Por favor.

—La seriedad es parte de mi ser, señora. No suelo decir nimiedades. Mas, a vuestro pedido, os contaré sobre mi vida.

—Comenzad, don Alonso. Os lo ruego —dice con suave tono de voz.

—Me han ascendido a Maestre de Campo. En mi carácter de hijo mayor auxilio a mi padre en sus negocios. Como militar estoy bajo sus órdenes. Soy su hombre de confianza.

—Poco os quedaréis en Buenos Aires. ¿No es así? —pregunta María con ansiedad.

—Doña María, mi padre me ha pedido que permanezca en esta ciudad durante un tiempo. Debo arreglar algunos asuntos. Veo que mi estadía será de unos meses.

—¡Qué buena noticia me dais! —dice ella, sin darse cuenta del énfasis que ha puesto en sus palabras.

Él se siente más ilusionado. Le declarará formalmente su amor. Está a punto de hacerlo, cuando las palabras de su hermano Felipe lo interrumpen:

—Alonso, te estaba buscando. Quiero presentarte a algunas personas.

—¿Conoces a doña María de Guzmán Coronado? —replica él.

—Desde luego. Ya nos hemos saludado. Es un placer el teneros con nosotros. Isabelita me ha contado sobre vos. Mas puedo aseguraros que ya os conocía. Alonso se ha ocupado de que así sea. ¡Lo tenéis hechizado!

Don Alonso, riendo, le da una cariñosa palmada en la cabeza. Ella también ríe.

—¡Vamos! Acompáñenme ambos. —Y dirigiéndose a doña María agrega—: No privéis a los invitados de vuestra presencia.

Ya en el salón principal, se separan. Un rato después, María anuncia que se retira. Dispuesta está a partir en la silla de manos que portan sus esclavos cuando escucha vocear su nombre.

—Doña María, esperad —grita don Alonso, que sujeta la espada a su cintura mientras corre tras ella.

—¿Qué sucede, don Alonso? ¿A qué se debe vuestro apuro?

—Señora, al partir vos deja de tener sentido mi permanencia en esta fiesta. Permitidme acompañaros.

—Agradezco vuestra gentileza mas notaréis que ya estoy en camino. La silla es sólo para uno —contesta riendo.

—Mas la noche es para dos. Caminad conmigo el poco trecho que separa esta casa de la vuestra. Sólo debemos cruzar la plaza. Admiremos juntos este cielo.

La luna ilumina la cara de don Alonso. Su expresión es la de un hombre enamorado. María se enternece.

—Descenderé —dice a sus esclavos.

Don Alonso extiende su mano para que María se apoye en ella, y la ayuda a descender.

—Guiadme —dice María con tono sensual, mientras se aferra a su brazo para caminar.

—María. Nunca vi la plaza tan iluminada.

—Son los cielos de Buenos Aires —replica ella.

—No, mi amor. Es el brillo que irradias tú. La luna y las estrellas sólo acompañan tu fulgor.

Caminan hasta la residencia de doña María. Tras atravesar el umbral, las dos sombras se confunden en una. La ternura acompaña el apasionado beso que se dan antes de cruzar el pórtico.

Capítulo

16

El maestre de campo don Alonso de Herrera y Guzmán está atribulado, y no es para menos. Ha recibido carta de su padre reclamando su urgente presencia. Los asuntos de negocios que justificaban su estadía en Buenos Aires concluyeron. Varios meses han pasado desde aquel reencuentro con doña María de Guzmán Coronado a partir del cual se convirtieran en amantes. Si bien él le ha propuesto matrimonio, ella esquiva la respuesta. "Necesito más tiempo", dice.

Don Alonso, que ha fijado su residencia en la casa de su hermano don Felipe, pasa pocas horas en ella. La mayoría de las noches las comparte con su amada.

Ahora, va camino a su casa. Debe ponerla al tanto de la noticia recibida y ruega al cielo que María quiera acompañarlo en su viaje. Está dispuesto a demorar unos días su permanencia en la ciudad para preparar el matrimonio.

Ella se encuentra trabajando en su escritorio. Está rodeada de papeles. Utiliza el contador de madera marqueteado en marfil que le obsequiara Dávila. El resultado de la última exportación de cueros ha sido beneficiosa.

Herrera y Guzmán ingresa en la habitación y la saluda con un beso en la frente.

—¿Qué sucede, Alonso? Te noto preocupado.

—A pedido de mi padre debo regresar al Tucumán. Pide mi auxilio para pacificar a los naturales en los valles calchaquíes y debo hacerme cargo de la encomienda en Santiago del Estero.

—¿Cuándo piensas partir? —pregunta ella, con pasmosa tranquilidad.

—No, María. ¿Cuándo partiremos? Espero que aceptes acompañarme. Nuestro matrimonio se celebrará cuanto antes.

María no contesta de inmediato. Él la mira con ojos suplicantes.

—Lamentablemente, Alonso, no puedo aceptar tu proposición. Me honra. Grande es mi cariño hacia ti, pero jamás abandonaría Buenos Aires. No soportaría vivir alejada de esta ciudad. Todos mis recuerdos están en ella. También mis posesiones y negocios. Además, estoy lejos de ser la mujer que necesitas a tu lado.

—Juro que si no es contigo no me casaré con otra. ¿Serás la culpable de mi celibato? —Una triste sonrisa se dibuja en su cara al pronunciar estas palabras.

—No seas niño, Alonso. Encontrarás la mujer ideal. ¡Eres una gran persona! No te merezco.

—Te lo ruego, María —insiste él, mientras sus ojos se llenan de lágrimas.

Ella lo mira enternecida y, poniéndose de pie, lo abraza.

—Alonso, aunque quisiera acompañarte, en mi estado tampoco podría emprender el viaje. Llevo un embarazo de cuatro meses.

Suavemente, él la toma de la cintura. La acompaña hasta la silla y se arrodilla a su lado.

—María, me has dado una gran noticia. Con más razón debemos casarnos.

—Mi querido, es imposible —dice ella, acariciando su barba—. Criaré sola a este niño.

—Pero... ¿qué dices? Hazlo por él. ¡No puedes negarte a que lo reconozca como mío!

—No me opondré a ello, mas exijo una condición.

—Lo que quieras. ¡Habla!

—Eres un hombre de honor. Jura en este momento que si lo reconoces como tu hijo, sea varón o hembra, dejarás que permanezca a mi lado mientras Dios me dé vida.

Alonso permanece en silencio unos instantes.

—¿Permitirás que sea yo quien elija su nombre? ¿Aceptarás que pueda visitarlo y que también lo haga mi familia? Recuerda que será un Herrera y Guzmán.

—Lo acepto.

Con expresión grave y solemne, Alonso pone su mano sobre el crucifijo tallado en madera que descansa sobre la mesa.

—Juro ante este Santo Cristo que me ocuparé del bienestar de mi hijo y aceptaré que seas tú quien lo críe —afirma con convicción.

Se abrazan. Silenciosas lágrimas cubren el rostro de don Alonso. No se siente avergonzado. Es la primera vez que llora desde su niñez. ¡Cuánto ama a esta mujer!

ॐ ॐ

Don Alonso ha puesto a su hermano al tanto de la situación.

—Confío en que tanto tú como Isabelita seguirán de cerca el embarazo de María. No tengo dudas si el niño es hijo mío. Convivimos desde hace casi cinco meses.

—No te preocupes, Alonso —responde su hermano—. Me cuesta convencerme de que se haya negado a tu petición.

A pesar del profundo dolor que siente, Alonso procura disculparla.

—No quiere perder su independencia —dice—. Todos sus intereses están en Buenos Aires. Su apego por esta ciudad es muy grande. Pretendo estar en Buenos Aires cuando suceda el alumbramiento. Mañana mismo partiré hacia el Tucumán.

᠅ ᠅

Doña Francisca de Rojas está irritada. Sostuvo hace días una seria discusión con su hija María. El motivo era su embarazo. Todavía no puede creer que rechazara el pedido de mano de don Alonso de Herrera y Guzmán, quien no solamente pertenece a las mejores familias de la conquista sino que está emparentado con la nobleza española. El casamiento habría sido brillante. Por eso, no toleró la respuesta de su hija. A tanto llegó su enfado que se había retirado de su casa sin despedirse.

Hoy ha decidido verla nuevamente. Es su hija. A pesar de que conoce su fortaleza siente que debe protegerla.

᠅ ᠅

Doña María conversa en sus habitaciones con su amiga de la infancia, doña Polonia de Cáceres y Ulloa. No hace mucho que el marido de Polonia, el portugués Manuel Gómez de Fonseca, murió ahogado en el río.

—Todavía me sorprende su muerte —dice María.

—El pobre Manuel tenía extrañas ideas. Figúrate que viajó a la vecina orilla de los charrúas a buscar madera. Pensaba que venderla aquí sería un buen negocio. Su muerte es un misterio. Los tripulantes de la barca dicen que no lo vieron caer. Lo cierto es que no les fue fácil recuperar el cuerpo. Era un hombre muy especial.

—¿Qué harás de tu vida? Tu niña es recién nacida.

—Poco es lo que ha dejado mi marido. Me mudaré a casa de mis padres. Con ellos viviré con tranquilidad y me ayudarán a criarla.

—Estoy segura de que podrás rehacer tu vida, Polonia. Perteneces a una familia principal, y tu dote es importante.

Brillan los negros ojos de doña Polonia. Es bonita la criolla. Su padre es de los vecinos más antiguos. Tiene fortuna, y además, goza de privilegios: es nieto del teniente general de la gobernación del Paraguay, don Felipe de Cáceres.

—Mi viudez es muy reciente, mas no descarto que eso suceda. No estoy hecha para vivir sin un hombre a mi lado —contesta riendo—. Quisiera tener tu independencia.

—No creas que mi vida es fácil, Polonia. Pero no me quejo. Yo la elegí. Y aunque a veces me asusta pensar que educaré sola al niño que voy a tener, estoy decidida a ocuparme personalmente de su crianza. No soportaría desprenderme de él. Aún sufro la ausencia de Dominguito. Por eso, he decidido cortar la correspondencia con don Pedro Esteban. Y además, porque no quiero que sepa que seré madre otra vez. En mi última carta le he pedido que, cuando el niño esté en condiciones de comprenderlo, le diga que su madre se fue al cielo. ¡Será lo mejor para él! Aceptará de mejor grado a su nueva familia.

Golpes en la puerta interrumpen la conversación. Una esclava anuncia la llegada de doña Francisca de Rojas.

—Pasa, madre —dice María con sincero alborozo—. Te extrañaba. —Su tono delata que no le guarda rencor por la discusión que las enfrentara unos días antes.

—También yo deseaba verte —dice doña Francisca besándola en la frente—. Gusto en verte, Polonia. Por tu cara noto que te estás recuperando. ¡Gracias a Dios!

—De a poco —contesta Polonia, simulando más tristeza que la que realmente siente—. Me retiraba en estos momentos. Voy a casa de mis padres. Quiero ver a mi niña.

—Envíales mis recuerdos —dice doña Francisca. Y le agradece con la mirada que la deje a solas con su hija.

Polonia se despide de madre e hija y se marcha.

—María, debes disculpar mi actitud de días pasados... —comienza doña Francisca.

—No te preocupes, madre —la interrumpe María—. Comprendo que pensabas en mi bienestar.

—...pero aún sigo sin comprender tu decisión, que presumo no habrá cambiado.

—Así es. Alonso vino a despedirse antes de emprender su viaje. Estará aquí cuando se produzca el nacimiento. Es un caballero. Nada me reprochó.

—Sabes bien cuánto lamento que no lo hayas aceptado. ¡Cuán difícil será tu vida!

—Madre, por favor. ¡Sola nos educaste a Dionisia y a mí!

—¿Olvidas acaso que contraje matrimonio con un importante vecino? Por tu forma de ser parece ser que no tienes interés en ese sacramento.

—Existen grandes diferencias entre tu caso y el mío. Mi fortuna personal es importante y se acrecienta día a día. Tú necesitabas apoyo económico. No tengo nada en contra del matrimonio, mas no creo que sea para mí.

—¿Es que no piensas en tener a tu lado a una persona que te quiera y te respete?

—Amor no me ha faltado. Respeto tampoco. ¿Acaso no puedo ser tan independiente como un hombre?

Doña Francisca se toma la cabeza con las manos. Está horrorizada.

—¡Hija! Piensa en lo que dices. ¡Cometes un pecado pronunciando esas palabras!

María lanza una carcajada.

—Me comprenderás si resulta ser una niña la que llevas en el vientre —insiste doña Francisca.

—Te comprendo desde ahora. Tampoco me gustaría para Dionisia la vida que llevo. No es fácil saber que invariablemente eres juzgada y reprochada.

—Ya que mencionas a Dionisia debo decirte que está muy triste. Ha decidido que nunca más volverá a verte, aunque estoy segura de que recapacitará. Su amistad con los Herrera y Guzmán obstaculiza su comprensión. A ellos los sigue frecuentando. Tanto don Felipe como Isabelita están tristes por don Alonso. Sin embargo, comentan con agrado el parentesco que los unirá a tu hijo.

—Alonso lo ha encomendado a ellos. Son buenas personas. Mas ahora te suplico que hablemos de otros asuntos.

❧ ❧

Los meses transcurren, tranquilos y apacibles, y María continúa llevando sin problemas su preñez. Desde luego, su caso se ha convertido en el más sabroso de los chismes locales. Acostumbrada a estos comentarios, ella los ignora. Entretanto, su visión para los negocios aumenta notablemente su patrimonio. Los capitanes de los barcos mercantes la visitan en cuanto arriban. Una parte de sus ganancias las invierte en las joyas que ellos le ofrecen. ¡Nada la deleita más!

❧ ❧

Hoy, por fin, y en medio de un gran alboroto, María ha dado a luz a una niña. Madre e hija se encuentran bien. Aguardan la presencia de don Alonso de Herrera y Guzmán, que acaba de llegar a la ciudad.

Don Alonso ansía tanto ver a María como conocer a su hija. Detiene con rudeza su caballo en el umbral. Se anuncia, y es recibido por doña Francisca de Rojas. Una de las esclavas lo acompaña hasta las habitaciones de la señora.

María carga en sus brazos a la niña. Él se queda embobado observándolas.

—Pasa, Alonso. Ven a conocer a tu hija.

Él se acerca al lecho. Besa en la frente a María primero, y después a la pequeña.

—Me siento muy feliz. ¡Es bonita! —dice, todavía embobado.

—Está ansiosa por saber el nombre que has elegido para ella —replica María mientras acaricia a la recién nacida.

—En homenaje a mi madre, doña Ana de Velazco, usará el suyo. También llevará su apellido. Mi hija se llama doña Ana de Herrera y Velazco.

Doña María se da cuenta de que a pesar de que él es un Herrera y Guzmán, no quiere dar a la niña este último apellido, que es también el de ella. Con ello, demuestra su absoluto reconocimiento, pero a la vez pretende adjudicarse derechos.

—Será como tú dices. Me halaga que lleve el nombre de tu noble madre.

—María, vuelvo a pedirte que te cases conmigo.

—Alonso, no hagas que me sienta mal. Ése es un asunto concluido.

—Debo regresar con urgencia al Tucumán —exclama don Alonso en un tono que revela furia y abatimiento—. He sido nombrado Teniente de Gobernador, Justicia Mayor y Capitán a guerra de la ciudad de Nuestra Señora de Talavera de Madrid, y debo hacerme cargo cuanto antes. Urge tu respuesta.

—Todo está dicho entre nosotros —contesta María con ternura—. Nunca te olvidaré, mas continuaré mi camino sola.

El bautismo se celebra ese mismo día, en la casa. A la criatura se le impone el nombre de doña Ana de Herrera y Velazco. Son sus padrinos don Felipe de Herrera y Guzmán y su mujer, doña Isabel de Tapia y Cervantes.

"Esta niña no logrará que olvide a Dominguito", piensa María durante la ceremonia, "pero jamás permitiré que la aparten de mi lado. Será mi heredera y en ella podré volcar mi cariño. No me interesa la opinión de los demás. Su padre es un gentil caballero pero no podría reemplazar a Dávila en mi corazón."

❧ ❧

Dionisia se ha reconciliado con su hermana, y como adora a su sobrina, sus visitas son frecuentes. Con asiduidad la acompaña doña Isabel de Tapia. Ella también espera un hijo. Se encanta con la pequeña Ana, su ahijada y sobrina política.

Desde luego, María asumió casi enseguida del alumbramiento el manejo de sus negocios. Por añadidura, no se pierde una sola corrida de toros, y asiste a todas las reuniones a que la invitan.

A pesar de que se le levantara la excomunión, el gobernador don Mendo de la Cueva y Benavídes sigue teniendo problemas. La Real Audiencia lo hostiga persistentemente. Es el obispo Aresti quien, con gran perseverancia, se ocupa de que esto suceda. Su único motivo de alegría es el éxito logrado por su hijo, el capitán Juan de la Cueva, que acaba de regresar de Corrientes después de haber cumplido con la misión que se le encomendara.

Lo primero que hace el joven capitán después de informar a su padre es presentarse en casa de María, que lo recibe alborozada.

—Más de un año ha transcurrido desde tu ausencia, Juan.

—La lucha contra los caracáes no fue fácil. Son sumamente belicosos, y pretendían caer sobre la ciudad de Corrientes. No imaginas lo difíciles que fueron los combates. Se escondían en los esteros y, de golpe, aparecían de la nada.

—Tiempo tardásteis en vencerlos.

—Por fortuna, una enorme cantidad de indios guaraníes se unió a nuestras filas. Con su ayuda pudimos derrotarlos. Pocos caracáes quedaron con vida, y no garantizo que aún subsistan. Los obligamos a internarse en los esteros del Iberá.

—¿Por qué dudas de que aún estén vivos?

—Han quedado relegados a las franjas de tierra que sobresalen de los esteros. Allí abundan las alimañas. Sus orillas están plagadas de lagartos. Dicen que existen unas culebras, a las que llaman "curuyú", que llegan a medir hasta setenta pies de largo.

—Juan, tu cuento es aterrador.

—También nosotros debimos luchar en esos lares, mas poco nos internamos en aquellos albardones. De todos modos, los que quedan están cercados por nuestras tropas. A pesar de la rusticidad con que acostumbra a vivir su tribu, si subsisten ya no representan una amenaza. Pero hablemos de tus cosas. Estoy al tanto de los últimos acontecimientos. Lo he comentado con mi hermana Isabel: coincido con tu postura de no contraer matrimonio con don Alonso. ¡No puedes abandonar Buenos Aires!

Capítulo

17

El gobernador don Mendo de la Cueva se ha puesto al frente de las tropas que parten hacia Santa Fe. Combatirán a los calchaquíes que amenazan a esa ciudad. La situación es grave: deben poner freno a sus constantes ataques. El Cabildo ha aceptado esta vez la decisión de don Mendo de abandonar la ciudad. Como consecuencia de ella, ha designado a su hijo Juan como teniente de gobernador y ha dejado organizada la defensa de Buenos Aires. Es un verdadero hombre de guerra, de modo que ante la eventualidad de un ataque, ha ordenado que se apuesten vigías en la costa, y ha puesto a disposición de los defensores las nuevas piezas de artillería y la pólvora que han llegado al fuerte.

El capitán don Juan de la Cueva acompaña a su padre hasta las afueras de Buenos Aires. Luego de una fugaz pasada por el fuerte se dirige a lo de doña María de Guzmán Coronado. A estas alturas, la afectuosa amistad que los unía ha derivado en pasión.

María juega con su hija en los fondos de la casa. El intenso fresco de la tarde primaveral se combina con el perfume de azahares, glicinas y jazmines. La pequeña Ana es muy alegre. Su madre la tiene en brazos cuando le anuncian la llegada del nuevo teniente de gobernador.

—Que pase a mis habitaciones —dice María mientras entrega la niña a la negra Catalina.

Un momento después, María abre con ímpetu la puerta de su aposento.

—Excelencia, tened muy buenas tardes. —Ríe, hace una graciosa reverencia y corre a sus brazos—. ¡Eres la mayor autoridad en la gobernación!

—María, estaba deseando verte —dice Juan, mientras la besa con pasión.

—Esto merece un festejo —contesta ella, separándose para servir el vino que está dispuesto en la mesa.

Levantan sus copas y hacen un brindis.

—¡Por vos, su señoría!

—No, María. Por nosotros.

Después de beber un sorbo, se sientan en las cómodas sillas de jacarandá tapizadas en seda.

—¿Eres feliz con la decisión de tu padre? —pregunta ella.

—Lo soy por la confianza que en mí ha depositado, pero me preocupa su situación al frente del gobierno.

—¿Qué problema puede ser tan serio?

—La Real Audiencia insiste en juzgarlo. Su decisión no demorará. Lo emplazarán a que se presente en Charcas.

—¡Por todos los cielos! Coartan su accionar con tantos requerimientos. La saña del obispo Aresti es manifiesta. No parece lógica su actitud tratándose de un hombre de iglesia. Sólo él es responsable de tal fustigamiento.

—Tienes razón; ha tomado esta empresa como algo personal. Nadie duda de que es lo más parecido a una venganza. —Juan se ha puesto repentinamente serio—. María. Tendremos que simular ante los ojos de los demás que nuestra única relación es una fuerte amistad. Así, evitaremos problemas. Eso no significa que no te visite diariamente. Imposible sería para mí no descansar en tus brazos. Pero el obispo acecha. Fuera de este recinto fingiremos ser nada más que amigos.

—Estoy de acuerdo —dice ella—. No dudo de que seremos vigilados con constancia, mas no les daremos esa satisfacción. No me gusta el escándalo.

Él se pone de pie y se acerca a ella. Con admiración la besa. Con pasión, la lleva hasta el lecho.

Antes del amanecer, abandona la casa cuidando de no ser visto.

❧ ❧

Son las vísperas de la fiesta de San Martín de Tours, el patrono de Buenos Aires. Es la festividad más solemne entre las que año tras año vive la ciudad. Todos se preparan para celebrarla por igual.

Don Juan de la Cueva, teniente de gobernador, se alista para cumplir con el ritual. Los miembros del Cabildo pasan a buscarlo por su casa para que encabece la marcha. En briosos y enjaezados caballos se dirigen a la residencia del Alférez Real. Éste se ubica a la derecha de don Juan, portando el estandarte, símbolo del poder real. Avanza el cortejo recorriendo la ciudad. Todos festejan emocionados. Muchos se arrodillan al paso de ese estandarte de damasco carmesí que con flecaduras de seda amarilla y colorada ostenta la imagen de la Santísima Virgen de un lado y, del otro, las armas reales bordadas en oro.

Han llegado a la catedral. En procesión y guardando el mismo orden ingresan en el templo. El Alcalde, acompañado de los regidores, toma el estandarte y lo ubica a la derecha del altar. Luego de concluida la ceremonia se cumple el mismo ritual, hasta regresar a la casa del Alférez Real.

Al caer la noche, el teniente de gobernador se dirige a lo de doña María. Las casas están iluminadas por fuera con enormes velones. Así manifiestan los vecinos su adhesión a los festejos.

La silla de manos que traslada a María llega al portal en el preciso momento en que Juan desmonta de su caballo.

—Estoy impresionada con tu prestancia, Juan. Has ejecutado con gran dignidad tu papel. Si hasta me he puesto celosa escuchando los comentarios que sobre tu gallardía se decían por allí.

—¡Qué solemnidad! Te aseguro que me alegré al ver a tantos viejos arrogantes dirigirse a mí con reverencia. ¡Y mañana continúa!

—Desde luego... Recién mañana es la fiesta del Santo Patrono.

Entran juntos en la casa. Esa noche, él se retirará más temprano que de costumbre. Al día siguiente repetirán la ceremonia.

❧ ❧

Todo ha sido muy parecido al día anterior, pero hoy, en la catedral, en lugar de orar se ha celebrado la Santa Misa.

Avanza el cortejo hacia la Plaza Mayor. Será la culminación de la fiesta sacra para pasar a la profana, la más esperada por todos. Los personajes importantes se han ubicado en los colgaderos de la casa consistorial. El desfile de cabezones es festejado por todos. ¡Qué inventiva! Si hasta hay uno que representa al obispo Aresti y otro a don Mendo de la Cueva y Benavídes. La murga los sigue. Gritan y festejan. El pueblo los aclama.

Antes de que oscurezca, comienza el juego de las alcancías. Cantidad de jinetes cabalgan portando cada uno un escudo. Los vigorosos corceles que montan llevan cantidad de pequeñas alcancías de barro cocido a modo de alforjas. Están llenas de flores, cintas y polvos perfumados. Se las arrojan entre ellos. Corren los caballos. Las alcancías se quiebran contra los escudos esparciendo su contenido. Exaltado, el

176

público aplaude la destreza que demuestran los caballeros para evitar el golpe.

Don Juan de la Cueva está más que entusiasmado. Por la posición que hoy ocupa, no puede participar del juego; y lo lamenta sinceramente.

Con el caer de la tarde se da por concluida la celebración. El teniente de gobernador acaba de ingresar en el fuerte. Uno de los oficiales de su guardia se le acerca. Le entrega una carta. Cuelgan de ella los sellos de la Real Audiencia.

—Señor, acaba de llegar un correo. Esta correspondencia es para vos y vuestro padre.

Juan toma la carta con expresión preocupada. Una vez en su despacho, la abre y la lee con ansiedad. Las noticias son peores de lo que esperaba.

Inmediatamente se sienta ante su escritorio y redacta una carta para su padre. La rudeza de los trazos que delinea con la pluma sobre el grueso papel revela su estado de ánimo. Está indignado. Adjunta la nota dirigida al gobernador, la precinta y pone su sello.

Ofuscado, llama a uno de los guardias.

—Mi padre debe recibir este despacho cuanto antes —ordena—. Que salga ya mismo un correo. Lo entregará en sus manos así se encuentre en el frenesí de un combate.

Necesita tranquilizarse. Pide su caballo y a toda prisa se dirige a lo de doña María.

Ella ha estado esperando con ansiedad su llegada. Desea festejar nuevamente el éxito de la celebración. Pero la expresión de don Juan cuando ingresa en el salón le basta para darse cuenta de que debe modificar sus planes.

—¿A qué se debe esa cara, mi alma?

—María. Después de un magnífico día, malas nuevas me esperaban al llegar al fuerte. Recibí un nefasto correo.

—¿Qué sucede? Cuéntame, por Dios.

—Tal como lo suponía, la Real Audiencia cita con urgencia a mi padre para declarar en el pleito que le entablara el obispo Aresti.

—Pero... Si don Mendo está en plena campaña.

—Dicen que debe delegar el mando y dirigirse a sus estrados. No sólo eso. Han designado al gobernador del Tucumán, don Francisco Avendaño y Valdivia, para que se haga cargo interinamente de esta gobernación.

—¿Cuándo ocurrirá eso? —pregunta María, alarmada—. ¿Qué será de ti?

—Pasarán por lo menos treinta días antes de que esto pueda suceder. Recién ha salido un correo hacia Santa Fe para informar a mi padre de los sucesos. Con respecto a mí, esperaré su respuesta para actuar como él disponga.

—Descansa, Juan. Piensa en los festejos del día. No dejes que ese pretencioso fraile arruine así tu triunfo. Espera las novedades de don Mendo para afligirte.

—María, con tu inteligencia y optimismo me reconfortas. Necesito sentir tu afecto. Vayamos a reposar.

❧ ❧

La respuesta de don Mendo no se hizo esperar. Notificó a la Real Audiencia que no abandonaría la lucha, que estaba llegando a su fin. Sólo una vez que liquidara este asunto bajaría a Buenos Aires, y de allí se dirigiría a Charcas.

A su hijo le informó que debía entregar el poder al gobernador del Tucumán en cuanto éste llegara a Buenos Aires.

❧ ❧

En casa de Felipe de Herrera y Guzmán celebran el nacimiento de su primogénita.

Doña Dionisia Garzón asiste a la recepción en compañía de su sobrina, la pequeña doña Ana de Herrera y Velazco, que ha sido llevada hasta allí por la negra Catalina.

Don Felipe se acerca a ella. Le tira sus brazos y la niña corresponde a su pedido.

—¡Eres la única de mi familia que se encuentra en Buenos Aires! —le dice cariñosamente mientras la levanta bien alto—. Serás buena amiga de tu prima Ana María. Le hemos puesto este segundo nombre para diferenciaros. —Y volviéndose hacia su mujer agrega—: ¿No es notable su parecido con Alonso? Jamás habría podido negar que es su hija.

La pone nuevamente en brazos de la esclava y acaricia su cabeza. Mirando a Dionisia dice:

—También tiene la mirada pacífica de su tía.

La joven sonríe agradeciendo el elogio. Ese comentario, escuchado por los que la rodean, ha hecho que se sienta bien.

El capitán Pedro Sánchez Garzón, por su parte, sostiene una agitada conversación en uno de los corrillos.

—¿A qué se debe tanta vehemencia? —pregunta don Felipe—. ¿Sobre qué estáis discutiendo?

—Discusión aquí no existe, don Felipe. Estamos todos de acuerdo. Ocurre que me exaspera el hostigamiento de la Real Audiencia hacia el gobernador. Es incomprensible. Su presencia es un honor para el Río de la Plata. Es todo un caballero y además buen administrador. Imaginaos el disparate que significa tal persecución. ¡Si hasta ha acrecentado las entradas fiscales!

—Coincido con vos —dice don Felipe.

Todos los demás corresponden a su opinión. No sólo porque están de acuerdo, sino porque el capitán Sánchez Garzón ha sido elegido recientemente alcalde de primer voto. Es la tercera vez que ocupa esa dignidad.

Dionisia se acerca a él y lo toma del brazo. Siempre ha estado muy cerca de su padre, pero con más razón desde que poco tiempo atrás muriera doña Francisca Hurtado de Mendoza, su mujer y la mejor amiga de su madre.

—Me retiro, padre. ¿Me acompañas? Pasaré primero por lo de María para llevarle a la pequeña Ana.

—Vamos, hija. —Se despide de los dueños de casa y la acompaña hasta la silla de manos—. Dionisia. ¿Cómo se encuentra María? —pregunta mientras cabalga a su lado. La negra Catalina los sigue a pie.

—Como siempre. Se ocupa de sus negocios, que según dice son cada vez más florecientes.

—Dime. ¿Es cierto que es la amante de don Juan de la Cueva?

—Lamentablemente, no puedo negarlo. Mas ocultan su pasión.

—Hija. Debes prometerme que no seguirás sus pasos. María es una excelente mujer pero no comprende que no es bien visto su actuar.

—Padre, me sorprenden tus palabras. ¡Me conoces!

—Disculpa, tienes razón. Ocurre que me gustaría verte casada antes de que llegue mi muerte. Sabes que cuentas con una importante dote.

—Todavía no he encontrado al hombre que espero, mas estoy segura de que aparecerá. Quiero que sea un buen marido y padre. Debe tener altos ideales y ser religioso.

—De todos modos, si no lo hallas antes de que abandone este mundo, sabes que heredarás un importante patrimonio.

Están llegando a la puerta de la casa de María.

—Te dejo, hija mía. Prefiero no entrar. Dile que siempre la recuerdo en mis oraciones y que le suplico recapacite sobre los consejos que más de una vez le he dado.

Han pasado tres meses desde que la Real Audiencia notificara a don Mendo de la Cueva que debía presentarse en Charcas.

El gobernador del Tucumán no se ha hecho cargo hasta el momento de su interinato en la gobernación del Río de la Plata. Ante una reciente intimación, se aguarda su arribo a Buenos Aires.

El teniente de la gobernación don Juan de la Cueva marcha al frente de una guardia de honor. Se dirigen hacia la entrada de la ciudad para esperar al gobernador interino.

Se enfrentan las comitivas. Don Juan galopa en su caballo hasta acercarse a don Francisco de Avendaño y Valdivia.

—Señor, me complazco en recibiros —dice don Juan—. Permitid que os acompañe hasta la casa consistorial para entregaros el mando.

—Cabalgad a mi lado, don Juan. Debéis estar al tanto de que esta situación no me satisface. Sabed que admiro a vuestro padre. Enterado estoy de su triunfo sobre los calchaquíes y de cuán dura ha sido esa lucha. Descuento desde ya que saldrá indemne de las acusaciones que se le han dirigido. Quedáos a mi lado como teniente de gobernador hasta su regreso.

—Agradezco vuestras palabras, don Francisco.

Ante los miembros del Cabildo, don Juan de la Cueva traspasa interinamente el mando al gobernador del Tucumán y le hace entrega del bastón correspondiente a esa dignidad.

Cumplidas las formalidades, se dirige a lo de doña María.

Ella ha salido a recibirlo. Lo esperaba con ansia. Él la besa dulcemente y juntos entran en la casa.

—Noto que estás más tranquilo, Juan.

—No puede ser de otra manera —replica él mientras sirve dos vasos de vino—. No sólo me ha pedido que continúe a su lado, sino que está mejor informado que yo del éxito de la campaña de mi padre.

—¿Qué te ha dicho, exactamente?

—Dice que mi padre le ha escrito in extenso poniéndolo al tanto de la situación. Me ha dicho además que conoce a través de varios personajes las crónicas de la empresa. Según él estos calchaquíes, que nada tienen que ver con los del Tucumán, provienen de la precordillera. Huyendo de las sequías que asolaban sus tierras bajaron por el Salado hasta Santa Fe. Me ha dado detalles que yo no conocía respecto de los combates dirigidos por mi padre.

—Cuéntamelos, por favor.

—Además de los soldados españoles, reunió a trescientos indios leales y se le unieron seiscientos indios de las reducciones jesuíticas. Los rebeldes abandonaron su campamento y se refugiaron en la selva. Mi padre, al frente de sus tropas, se internó en ella para perseguirlos. Les faltaron víveres, y tuvieron que alimentarse de sapos, culebras y víboras para mantenerse en pie. Gracias a la experiencia que tenían de la selva los indios reclutados en las misiones, pudieron derrotar a los salvajes. Mataron a algunos e hicieron prisioneros a más de cuatrocientos. Triunfante regresó a Santa Fe.

—Quiere decir que estará viajando hacia Buenos Aires —replica María.

—Tiene para un tiempo más en Santa Fe. Quiere levantar una fortaleza para dejar asegurada la defensa. Esta hazaña favorecerá su descargo ante la Real Audiencia.

—Las noticias no pueden ser mejores. Debemos festejarlas.

—¿Aceptarás compartir el lecho con alguien que ya no ocupa el primer puesto en la gobernación? —pregunta Juan, burlonamente.

—¡Por favor! —responde ella en el mismo tono—. Os conocí siendo un simple capitán.

—No tan simple, señora —dice él, tomándola de la cintura—. ¡Era el hijo del gobernador!

Capítulo

18

Don Mendo de la Cueva acaba de regresar desde Charcas. Después de su victoria sobre los calchaquíes fundó el fuerte de Santa Teresa, una fortificación que actuará como baluarte para la defensa de Santa Fe. Dejando allí todo organizado y previa una corta estadía en Buenos Aires, se dirigió finalmente a declarar ante los estrados de la Real Audiencia. No tuvo problemas para demostrar su inocencia, y resultó absuelto. El organismo restó trascendencia al asunto. Por otra parte, la muerte del obispo Aresti, acontecida durante ese lapso hizo que las acusaciones dejaran de tener sentido. A pesar de ello abandonará el Río de la Plata. Lo han designado corregidor de la ciudad de San Felipe de Austria, asiento de las minas de Oruro.

Partirá solo con su mujer, doña María de Lagos. Sus hijos permanecerán en Buenos Aires. En su carácter de oficial del reino, don Juan de la Cueva sigue acreditado en esta ciudad. Doña Isabel, su hija, conoció en estas tierras al capitán portugués Francisco de Acosta Alberguería, quien ha pedido su mano en matrimonio.

—Presto debo hacerme cargo de mi nuevo menester —anuncia don Mendo—. Marcharemos cuanto antes. —Y dirigiéndose a su hija pregunta—: ¿Estás segura, Isabel, de que deseas contraer matrimonio y permanecer en esta ciudad?

—Convencida estoy de ello, padre. Francisco está decidido a afincarse en estas tierras por las que siento gran apego, a pesar de las vicisitudes que en ellas hemos vivido. No dudo de que será un buen marido.

—Si tu decisión está tomada, sea. Cuentas con nuestra venia. Eso sí, la ceremonia de vuestro casamiento debe llevarse a cabo con premura.

—No te preocupes, padre. Hemos conseguido autorización de la iglesia para obviar las amonestaciones. Me han dicho que mañana mismo puede celebrarse.

Doña María de Lagos abraza a su hija con lágrimas en los ojos.

❧ ❧

Todo está dispuesto para el viaje del ex gobernador y su mujer. Durante horas han conversado con sus hijos. Tras la boda de doña Isabel llega el momento de la despedida.

—Juan —pregunta doña María de Lagos—. ¿Seguro estás de continuar en la carrera de las armas?

—No lo dudes, madre. ¡Es mi vida!

—Entonces, has de saber que no considero conveniente que contraigas matrimonio antes de que decidas afincarte en algún lugar.

—Estoy de acuerdo contigo. Esa idea no ha pasado siquiera por mi mente.

—Sin embargo, sé que frecuentas diariamente a doña María de Guzmán Coronado.

—Es cierto, grande es nuestra amistad. Admiro su inteligencia y me fascina como se desempeña en el manejo de sus negocios.

—No creo que sean solamente esas cualidades las que te atraen. Me preocupa que puedas complicarte con esa mujer. ¡Actúa como una cortesana!

—¡Por favor! No lo necesita. Puedo aceptar que me digas que es un tanto extravagante...

—Diría que lo es más que un tanto. Cuidaos de que por pretender diferenciarse del resto de las mujeres no se convierta en una mujerzuela.

—¡Bueno, familia! —interviene don Mendo para cortar la conversación. No quiere un enfrentamiento justo antes de partir—. Dejémonos de discutir. Es tarde. —Y abraza a su hija y a su yerno.

Entre sollozos, doña María de Lagos se despide de los suyos. Padre e hijo también se abrazan.

—Os extrañaré, padre. Espero veros pronto.

—Ruego a Dios que así sea —replica don Mendo. Y sin soltarlo, le advierte en voz baja—: Guárdate de los artilugios de esa señora. ¡Es una ambiciosa! Actúa como una ramera.

Don Juan se queda perplejo. No contesta. "¡Quisiera gritaros que es la única mujer que amo!", piensa mientras sus padres se alejan.

❧ ❧

"Juan de la Cueva ya no es importante en la ciudad", cavila doña María de Guzmán Coronado, con los codos apoyados sobre su escritorio y la cabeza entre las manos. "Las prebendas conseguidas a través de él desaparecerán. Necesitaré el apoyo de alguno de los conductores de esta nueva administración. Faltando cinco meses para que alumbre el niño que llevo dentro, no será tarea fácil. Debo dar la noticia a su padre, aunque ello signifique la ruptura de nuestras relaciones. ¡Qué pena! Era un fogoso amante."

Tan concentrada está en sus pensamientos que no escucha los pasos de Juan. Se sobresalta con el beso que le da en la nuca.

—¡Diantre! Ten más cuidado. Me asustaste.

—Caramba, no fue ésa mi intención. Siempre te han gustado mis arrumacos. ¿Qué sucede, María?

—Tienes razón, discúlpame —replica ella, acariciándole la mejilla—. Estoy intranquila.

—Veo que estás muy concentrada en los números. ¿Acaso tus últimas operaciones no han resultado como esperabas? ¿Los datos que conseguí no han sido buenos?

—No es eso, mi querido. Me siento cansada. Es natural en mi estado. Comprende que la criatura que llevo en mis entrañas ya se hace sentir.

—¿Qué dices? Esto sí que es una sorpresa. —Juan se ha puesto repentinamente serio.

—No entiendo de qué puedes sorprenderte. Era natural que esto sucediera. Sabías que soy fecunda.

Don Juan la contempla con expresión seria. Se ha quedado sin palabras.

—Bueno, habla... Dime algo —dice ella.

—Déjame reaccionar, no estaba preparado para esta noticia. Sólo puedo decirte que me alegra saber que seré padre. Reconoceré a mi hijo, mas no te ofreceré matrimonio. Te respeto, y velaré por su educación; pero casamiento es otra cosa.

—No me casaría contigo aunque me lo pidieras de rodillas. He rechazado mejores propuestas —replica ella, molesta por el desprecio que cree entender en las palabras de su amante.

—Perdona, María. No me malinterpretes. Es muy dura la vida de un militar. Eres la única mujer que quiero, pero no podrías seguir mis pasos.

—Jamás lo intentaría. Mi familia y mis negocios están en Buenos Aires.

—Bueno..., veo que estamos de acuerdo. Entonces, celebremos. Pidamos vino. Brindaremos por la felicidad de un nuevo de la Cueva.

—Adelante, que así sea.

María llama a la negra Catalina y le pide que les alcance la bebida.

Los dos están tensos. Ella sirve el buen amontillado y alza su copa.

—Por la felicidad de nuestra hija. Y por el final de una pasión.

Él la mira absorto, cada vez más desconcertado.

—Hablas de una hembra, y de la muerte de nuestro fuego. ¿Por qué?

—Las señales de este embarazo son iguales a las que percibí con Ana y diferentes de las que tuve con Dominguito. Apuesto a que será una niña. Con respecto a nosotros, luego de un vehemente y ardoroso intermedio, nuestro afecto volverá a convertirse en una gran amistad.

Juan está sinceramente consternado. No quiere perderla.

❧ ❧

Al mes de la partida de don Mendo de la Cueva y Benavídes, el gobernador interino entregó el poder a Ventura de Mojica, quien había sido designado para ocupar ese cargo. El nuevo gobernador llegó muy enfermo a Buenos Aires. Cuatro días después de asumir el mando, el capitán Pedro de Rojas y Acevedo presentó al Cabildo su nombramiento como teniente general de la gobernación. Si bien estaba sellado con sus armas, no había sido firmado por el gobernador; en el documento constaba que no lo había hecho por estar impedido de la mano derecha. Quince días después, Ventura de Mojica moría en Buenos Aires. Fue enterrado en la Compañía de Jesús. El Cabildo respetó una cláusula de su testamento mediante la cual confiaba el gobierno a Rojas y Acevedo, que asumió por poco tiempo, y pronto cedió el poder al general Jerónimo Luis de Cabrera, yerno de Hernandarias de Saavedra y hombre de gran experiencia militar, quien finalmente fue designado por el Virrey del Perú para ocupar el cargo vacante.

Para ejercer interinamente el poder eclesiástico, que ha quedado acéfalo por la muerte de Monseñor Aresti, ha sido elegido vicario capitular el licenciado Luis de Azpeitia, quien gobernará la diócesis hasta la designación del nuevo obispo. Su nombramiento ha sido aceptado con beneplácito: se lo considera una buena persona. Antes de abrazar el sacerdocio, este cura había seguido la carrera de las armas y había estado casado. Tras la muerte de su mujer se sintió llamado por Dios.

La situación política también se complica. Después de más de cincuenta años en que formara una sola nación con el de España, el reino de Portugal se ha rebelado. Han proclamado Rey al duque de Braganza con el nombre de don Juan IV. Las colonias portuguesas del Brasil, que nunca habían reconocido la soberanía española, lo festejan. Se espera que se desate la guerra.

Han transcurrido varios meses. Las relaciones entre doña María y don Juan se han enfriado. A pesar de ello hoy estuvieron juntos, acompañados de sus parientes más cercanos. Los presentimientos de ella se han cumplido. Ha dado a luz a una niña. Durante el bautismo, celebrado en la casa, se le ha impuesto el nombre de su padre. Se llama doña Juana de la Cueva. Los padrinos fueron su tía doña Isabel y su marido. Doña María, acompañada por su madre, se ha retirado a sus habitaciones luego de la ceremonia. El trato con los de la Cueva es distante.

Sólo su hermana Dionisia se ha quedado platicando con ellos en el estrado del salón.

—Regreso próximamente a España —anuncia don Juan—. He sido convocado a unirme a las tropas del reino para el caso de que se agrave el conflicto con Portugal.

—¿Lo sabe María? —pregunta Dionisia.

—Hoy mismo se lo he hecho saber. Nos hemos puesto de acuerdo en que si algo le sucediera a ella, nuestra hija quedará a cargo de mi hermana Isabel.

—También velaré por su educación —afirma la flamante madrina—. Dionisia, no dudo de que María se ocupe de ella, pero cumpliré al pie de la letra este pedido de mi hermano.

A Dionisia se le llenan los ojos de lágrimas.

—No parece posible que María haya tenido dos hijas con parientes de mis más queridas amigas —murmura entre sollozos.

—No te preocupes, Dionisia —replica Isabel—. Nada cambia nuestra amistad. Veamos este asunto con buenos ojos —dice poniéndose de pie y abrazándola—. Tenemos una sobrina en común, y tú la llevarás a casa con frecuencia.

Las palabras y el gesto de Isabel logran tranquilizar a Dionisia. Pero ella no es la única persona atribulada en aquella reunión.

—¿A qué se debe tu silencio? —pregunta Juan a su cuñado.

—Estoy sumamente preocupado con la posibilidad de una guerra entre España y Portugal —responde el capitán Francisco de Acosta Alberguería—. No olvides que soy portugués.

—Pero, ¿defenderás la postura española?

—Eso no debes dudarlo. Felipe IV es mi único rey. Mas ¿no existirá cierto recelo por mi origen?

—Ni lo pienses. No olvides que estás casado con una española de alta cuna, que además es la hija de un ex gobernador del Río de la Plata.

El capitán de Acosta tuerce los labios: no está del todo convencido.

La reunión languidece. Un momento después, Isabel, su marido y Juan de la Cueva se despiden. Dionisia va en busca de su madre; también ellas se retiran.

❧ ❧

"¡Otra hembra! Preferiría que no hubiera sido concebida", se lamenta María para sus adentros. "Es el fruto de la lujuria. En la relación con su padre sólo existió eso, aunque él aseguraba amarme. No debo olvidar que con sus influencias ayudó a que mis negocios progresaran. Pero aquí está, y a ella también me dedicaré. ¿Encontraré alguna vez otro hombre que, como Dávila, reúna el amor, el poder y la pasión?"

❧ ❧

Los comentarios que circulan en la ciudad acerca de la nueva maternidad de doña María no le son favorables. Pocos son quienes la disculpan.

El día en que, en casa de Herrera y Guzmán, celebran el nacimiento de su segundo hijo, un grupo de estiradas señoras cuchichea en el salón. El capitán Pedro Sánchez Garzón acierta a pasar a su lado y se detiene un momento junto a ellas.

—Señoras, ¿qué chisme es tan sabroso que en voz tan baja se cuenta? —pregunta—. Dejadme adivinar. Ha llegado algún barco con riquísimas telas.

—No es eso, capitán —dice una de ellas—. No sé si puedo deciros sobre quién hablamos. ¡Sabemos que goza de vuestra estima!

—No entiendo a qué os estáis refiriendo —disimula Sánchez Garzón, que se ha percatado de que su pregunta fue desatinada.

—¡Por favor, capitán! Hablábamos sobre la nueva hija de doña María. Es vergonzoso. Los dos primeros niños pueden disculparse. Mas, ¿qué significa esta carrera por tener hijos con quienes manejan el gobierno? Es pura ambición, señor. No dudéis que saca ventajas de ellos. Con seguridad, esta situación se repetirá.

—Señoras, debéis ser más benévolas. Tengo para mí que no es una mala persona. Quizá, no sabe poner límites.

—Os equivocáis —replica la señora—. No os diré que sea una ramera, porque no hace comercio con su cuerpo, pero es la perfecta cortesana. ¡Se vende al poder!

Él no sabe que contestar. Coincide con la opinión de esas comadres, pero no les dará el gusto de reconocerlo.

—Los errores cometidos pueden rectificarse —responde—. Esperad a ver cómo educa a sus hijas.

—Dudo de que pueda quererlas más que a su diamante y sus rubíes —acota doña Polonia de Cáceres y Ulloa.

Sánchez Garzón la mira absorto.

—Polonia, no puedo creer lo que dices. ¡Eres su amiga! —dice, sentenciándola con la mirada.

—Por eso lo digo. La conozco bien. Espero que no le mencionéis mi comentario. Soy de las pocas amigas que le quedan.

—Desconoces el significado de la palabra amistad. No te preocupes, que por mí no lo sabrá. Con su inteligencia descubrirá quién eres en realidad. ¡No es una mala mujer! Ahora señoras, os ruego que me disculpéis. Me retiro.

❧ ❧

Don Juan de la Cueva está por emprender su viaje. La nave partirá dentro de pocas horas. Antes de abordarla ha pasado por lo de doña María. Quiere despedirse de su hija.

Ella la ha puesto en sus brazos. Él la mira con ternura.

—María, lleva tus rasgos impresos en su cara. Es muy linda. Edúcala cristianamente. Te suplico que te apoyes en mi hermana para encaminarla. Sé que no lo necesitas, pero sabes que cuentas con mi apoyo económico, si te hiciera falta.

—Te lo agradezco, Juan, pero ya bastante me has ayudado en mis negocios. No te preocupes por nuestra hija. Tanto ella como Anita serán por siempre las dueñas de mi corazón.

Él besa a la pequeña en la frente y dulcemente se la entrega. Después, besa a María en los labios.

—Dile que su padre mucho la quiere y que también amó mucho a su madre —pide, antes de marcharse.

Capítulo

19

Doña María de Guzmán Coronado, sentada en su alfombra de iglesia, asiste a la Santa Misa en la Catedral de Buenos Aires acompañada por una de sus esclavas. Se cubre con un rebozo de fina seda y luce espléndidas alhajas, entre las que se destaca el diamante acorazonado que luce en sus manos. Los dos últimos años no han sido fáciles. Si bien continúa ocupándose de ellos, sus negocios ya no son tan fructíferos. Nadie la convida a las fiestas que se ofrecen. Su salón está siempre cerrado. Lo único que puede hacer para ver gente y ser vista es asistir a la iglesia y a las corridas de toros. Los altos dignatarios que concurrían a su casa ya no se dejan ver por allí. La mayoría de ellos prefiere evitar su compañía por temor a sus mujeres. La ciudad se ha complotado en contra de ella. Sólo su madre la frecuenta. Su hermana Dionisia la visita de vez en cuando, pero por lo general lo hace para buscar a sus sobrinas y acompañarlas con las esclavas a las casas de los Herrera Guzmán y los Acosta Alberguería.

El oficio ha llegado a su fin. María intenta hacer tiempo en la puerta del templo para descubrir alguna cara amigable. Conoce a casi todos. Pero las mujeres la ignoran, y los caballeros se descubren o la saludan con una breve reverencia. Nadie conversa con ella.

Acompañada por la negra Catalina, camina los pocos pasos que la separan de su casa. Su cara demuestra tristeza.

—¿Qué sucede, mi ama? —pregunta Catalina.

—Nada que tú puedas comprender.

—¿Acaso está enferma?

—Nada de eso, Catalina. Si así fuera, seguro existiría un remedio.

—Pa'todo existe remedio, señora.

—No para el abandono y la soledad —contesta María.

La esclava, acobardada, no sabe si debe hablar. Pero la cara de aflicción de su dueña la anima a hacerlo.

—No se va enojar con esta negra si le cuenta una cuita.

Catalina ha conseguido arrancarle una sonrisa.

—Habla. No me enojaré.

—Conozco una zamba, hija de india y negro, que cura todos los males con sus hechizos. Sus padres le enseñaron muchas cosas pa'esos fines. Los dos eran brujos en sus religiones. Ahorita ella enseña a su hijo lo mesmito que le enseñaron. ¿No quiere mi ama que la acompañe a verla?

Doña María la mira fijamente. "¿Qué puedo perder?", piensa. "A lo mejor me ayuda."

—Cuéntame, Catalina. ¿Dónde vive?

—En el Retiro. Tiene un rancho muy cerca del río. Se llama Cipriana Abrojo. Podemos ir al atardecer.

—Nadie debe saber de esto. Saldremos tú y yo solas, cuando empiece a caer el sol.

—Pero, ama, alguien debe acompañarnos. El camino puede ser peligroso. El negro Ángel es de confianza, tiene que venir con nosotras. A nadie dirá palabra. Lo aseguro. A vos te respeta y conmigo no se hace el vivo porque le gusta dormir a mi lado.

—Está bien, que nos escolte; pero que se cuide de decir palabra.

A la hora fijada, parten hacia el Retiro. María va cubierta por un enorme rebozo. Se ha puesto una simple falda y una camisa blanca de Ruán. No lleva ningún aderezo. A pesar de la austeridad con que viste se destaca su elegancia.

Aunque no siente temor, agradece al cielo la presencia del esclavo. Durante el trayecto escucha quejidos que no distingue, en medio de una oscuridad cada vez mayor. Están cerca. El cielo parece enrojecerse con las luces producidas por un gran fuego.

—¿Qué es eso? —pregunta María asustada.

—No se preocupe, mi ama, es la hoguera de la Cipriana Abrojo. Hay d'estar preparando algún menjunje.

Por un momento, no sabe si ordenar a sus esclavos que la acompañen de regreso. Un fuerte olor a azufre los envuelve a medida que se acercan al rancho que ya se divisa. Decide seguir adelante.

—Hemos llegado, señora —anuncia Catalina.

El aspecto de la mujer que está frente al fuego la aterroriza. El tono entre grisáceo y negro de su piel tiene manchas cobrizas. Largos pelos blancos y lacios le caen desprolijamente sobre hombros y cara. Usa una falda de la que es imposible adivinar el color. Se cubre con un trapo que deja al descubierto uno de sus fláccidos y chatos pechos y le llega a la cintura.

—Cipriana —dice Catalina—. Ésta es mi ama, de la que ya te hablé.

María saluda con la cabeza.

—También me ha dicho de ti. Para verte he venido —dice.

La zamba levanta su cabeza y la mira. Le falta un ojo, y su boca está vacía de dientes. Sin decir palabra, se acerca a María y con su sucia mano acaricia uno de sus rubios bucles.

Esta vez ella no demuestra miedo. Por el contrario, apoya su mano en la de la hechicera y la retiene. No le importa que una de las largas y descuidadas uñas de Cipriana Abrojo haya quedado enganchada en su pelo.

—Voy a ayudarte —dice la bruja—. Ya sé lo que te está pasando. No tenés hombre, nadie que te admire y querís aumentar el oro que amontonás. Vení, sentate sola a mi lado que voy a darte el remedio.

María se siente cada vez más segura. Necesita confiar en ese espantajo. Ni siquiera ha logrado impresionarla la presencia de Nicasio, el hijo de Cipriana, de cuya enorme cabeza sobresalen unas negras chuzas y que, cojeando, se acerca hasta ella y la mira extasiado.

—Parece que las cosas van mejor de lo que imaginaba —dice Cipriana—. Ya hay uno que quedó prendado.

Ella, riendo, acaricia la cara de ese engendro. La Cipriana ríe también pero no oculta la satisfacción que le ha causado el gesto de la señora.

—Que se alejen los negros y usted también, Nicasio —grita la Abrojo—. Debo charlar con esta mujer.

Cuando las dejan solas, se sientan sobre dos troncos debajo de un ombú, a corta distancia del caldero.

—Ahora, cuénteme su vida doña María. Y sobre todo sus problemas.

Más de dos horas dura la charla. Más allá, Nicasio aviva constantemente el fuego del caldero. Se levantan a un mismo tiempo.

—Catalina, Ángel —anuncia María—. Regresamos a casa. —Se vuelve hacia Cipriana Abrojo y la besa en las mejillas—. Estaré aquí mañana a la misma hora.

La expresión de María era otra. Sonríe. Juega con sus niñas. Espera con ansiedad que llegue la tarde. Cuando empieza a caer el sol, y vestida con las mismas ropas que el día anterior, se dispone a partir. Antes de salir, toma una moneda de oro de un cofre; de otro, saca un cintillo que sujeta un rubí de mediano tamaño.

El cielo está tormentoso. No le importa, igual concurrirá a la cita. Los dos negros la acompañan. Al llegar al rancho del Retiro todo parece ser igual al día anterior. Cipriana Abrojo la espera. Se besan nuevamente. Cojeando muy rápidamente Nicasio se acerca a ella y le besa la mano.

—Es un caballero —dice María con simpatía.

Cipriana lo aleja con la mano.

—¿Trajiste la piedra colorada? —pregunta.

—Aquí está —responde María sacándose el anillo.

La bruja lo toma entre sus manos y se acerca al caldero. Durante unos instantes pronuncia unas palabras imposibles de comprender. Cuando termina su conjuro, arroja el anillo al recipiente. De inmediato, una nube de vapor color verde se eleva desde el fondo.

—¡Lo logramos! —grita la hechicera.

A continuación, mete en el caldero una sucia cuchara de madera que, un momento después saca llena de líquido.

—Ahora, linda señora, arrodillate y abrí la boca, que voy a derramar tres gotas en ella.

María obedece. Está eufórica. La hechicera le había dicho el día anterior que si salía humo verde al incorporar a su mezcla una piedra colorada de valor, sus problemas se solucionarían. Traga rápidamente y se queda en esa posición durante unos instantes.

—Ahora, vení conmigo —ordena Cipriana mientras la ayuda a incorporarse.

De la mano, la lleva hasta el ombú. Comienza a girar alrededor del árbol dando saltos, y hace que María la imite. En eso están cuando la zamba se desprende del trapo que la cubre y con un rápido movimiento arranca la camisa a María, dejando al descubierto sus magníficos pechos. Nicasio, excitado, observa la escena. Por fin, ya cansadas de dar vueltas, vuelven a sentarse al lado del caldero.

—Cipriana, te agradezco lo que has hecho por mí. Debemos partir. La tormenta está a punto de desatarse. —Ajustó su camisa y se envolvió en el rebozo.

Estaban despidiéndose cuando una luz pareció cegarlos. El trueno los aturdió. Un rayo había partido el ombú. Parecía que la tierra se abría. María se abrazó a Cipriana Abrojo.

—Acompáñame, señora —dijo la bruja arrastrándola hasta el árbol caído.

Una parte de él estaba todavía en pie. Con una antorcha engrasada lo iluminó. Blancos y gordos gusanos se arrastraban sobre la húmeda madera.

—Alégrate, doña María. Ésta es una buena señal. Tendrás novedades antes de lo que imaginas.

—Gracias, Cipriana. Ya nos vamos —dijo besando nuevamente su sucia cara y entregándole la moneda de oro.

Mientras se alejaban, oían claramente las risas de la bruja. María se dio vuelta. La bruja bailaba con su desdentada boca apuntando al cielo, bebiendo las gotas de lluvia.

❧ ❧

Empapados, María y sus dos esclavos ya están cerca de la casa. De pronto, María se detiene. Ha visto a un hombre alto, encapuchado, de pie junto a la puerta. A pesar de estar totalmente envuelto en una capa su aspecto parece distinguido.

—Yo me quedaré aquí. Avanzad para averiguar de quién se trata.

Los negros, juntos, se dirigen hacia el desconocido.

—¿Eres la esclava de doña María de Guzmán Coronado? —pregunta el encapuchado a Catalina.

—Si, su mercé —contesta la negra.

—Entrega esta carta a tu ama y dile que pasaré mañana por la respuesta.

Dicho esto, monta su caballo y galopa en dirección a la plaza.

María toma la nota en sus manos. Corre hasta sus habitaciones y se desnuda. Catalina la seca y la ayuda en su aseo personal.

Cuando la esclava sale, María toma la carta que había dejado sobre la mesa y, acercándola a un candelabro, la lee.

"A mi amada doña María de Guzmán Coronado. Tiempo hace que os conocí. Os admiro e idolatro desde ese instante. Por la alta dignidad que ocupo no puedo darme a conocer, mas si aceptáis tener a vuestro lado a un perpetuo enamorado, dejad abierta la puerta de vuestra casa mañana por la noche y esperadme en el salón. Aunque esto no suceda seguiré amándoos por siempre. Os besa las manos. El Innominado."

Absorta, vuelve a leerla. Finalmente, lanza una estentórea carcajada y se desploma en su cama gritando.

—¡Aunque oculto, nuevamente tendré el poder en mis brazos!

Capítulo

20

La noche cubre Buenos Aires. En la casa de doña María de Guzmán Coronado la puerta de entrada ha quedado abierta. La servidumbre se ha retirado. Ella, vestida con sus mejores galas, está sentada en el estrado del salón. Sus hombros descubiertos le dan un aspecto sensual, y las joyas que exhibe demuestran su opulencia. Hoy más que nunca ha cuidado su arreglo.

Está atenta a los ruidos del exterior. Intrigada, espera la llegada de "El Innominado".

De pronto, oye unos pasos que se acercan.

"¿Será el personaje que espero?" se pregunta a sí misma. "Es imposible", se contesta. "No he escuchado el sofrenar de un caballo."

La tormenta no ha cesado en todo el día. Un golpe de viento la envuelve al abrirse de golpe la puerta. Oculta bajo una larga capa negra y con la cabeza cubierta por una capucha que también esconde su cara, aparece la misma silueta del día anterior.

La visión la estremece. De pie, a la luz de un candelabro, la figura parece espectral.

—Señora, poco puedo agregar a las palabras que por escrito os dirigiera. —El tono de la voz es profundo y agradable—. Sabed que es sincero, a la vez que desesperado, el amor que os profeso.

María se recompone de la primera impresión. Los términos en que el hombre se ha expresado lograron tranquilizarla. A pesar de ello, la imagen le sigue pareciendo fantasmagórica.

—Pasad, caballero —dice—. Permitid que vea vuestro rostro.

—Señora, eso no sucederá hasta tanto no os tome un juramento.

—Adelante, os presto atención —responde ella con voz temblorosa.

—¿Juráis por Dios Nuestro Señor y por el amor que sentís por vuestras hijas que jamás pronunciaréis mi nombre, negando por siempre y ante cualquier circunstancia que alguna vez os he visitado?

Oír de sus labios el nombre de Dios la apacigua. Por un momento había supuesto estar frente a Lucifer.

—Lo juro —responde con dignidad.

—Caigan, señora, todos los maleficios sobre vuestra casa si osáis nombrarme sin que os autorice.

Dicho esto, comienza a acercarse a ella. Sólo cuando está a su lado retira de su cabeza la capucha que la cubre.

Ella siente que sus piernas flaquean. Casi gritando dice:
—¡Por Dios! Si es...

El caballero impide que pronuncie su nombre cubriéndole la boca con su mano.

—Recordad lo que habéis jurado hace un instante. Ni siquiera estando solos me llamaréis por mi apelativo ni por mi título. Desde hoy en adelante seré "El Innominado".

Quita lentamente su mano de la boca de doña María, y la reemplaza por sus labios. La besa apasionadamente.

Ella se siente transportada. "Es un experto en estas lides", piensa. "Jamás lo hubiera imaginado."

Mucho antes de que amanezca, él abandona el lecho que han compartido.

—A partir de hoy os visitaré siempre que me sea posible —dice antes de retirarse—. Esperadme y sedme fiel.

—Con placer cumpliré mi palabra y os respetaré. ¡Nunca antes tuve un amante tan diestro!

&₡ &₡

A partir de entonces las visitas de "El Innominado" han sido frecuentes. Su presencia se anuncia al caer la noche. Los esclavos están al tanto de que su señora tiene un amante secreto, pero ni siquiera entre ellos lo mencionan.

La fortuna de María aumenta. No sólo a través de sus negocios e inversiones. Dos nuevos cofres de finísima hechura se han incorporado al cuarto en el que guarda su tesoro.

Su ánimo ha cambiado. Asiste habitualmente a la catedral y, acompañada por las esclavas, pasea con sus niñas por la plaza y las barrancas.

Toda la ciudad comenta el notable cambio que en ella se ha producido. Con simpatía se adelanta a los saludos de los demás. Usando esa astucia ha logrado que las respuestas que al principio fueran de compromiso se convirtieran en pequeñas pláticas.

&₡ &₡

María acude solamente a reuniones y fiestas públicas. A pesar de sus esfuerzos nadie la invita a su casa.

Su madre y su hermana continúan con sus visitas espaciadas. Sólo doña Tomasa de Espíndola y doña Polonia de Cáceres y Ulloa concurren a su morada. La primera es una amiga sincera; de la otra, desconfía.

Doña Polonia conversa con ella en sus habitaciones.

—María, muéstrame tus alhajas. Me encanta admirarlas.

Ella acerca el cofre con cierto disgusto. Esta escena se repite con asiduidad.

—Déjame probar otra vez el diamante acorazonado, por favor.

María se lo alcanza. Polonia lo coloca en su dedo y lo mira extasiada.

—No puedo dejar de admirarlo —dice, sin levantar los ojos del anillo—. Desearía que fuera mío. Te envidio.

María percibe que este sentimiento existe. La expresión de su amiga, aunque disimulada, expresa resentimiento y rencor.

—Polonia, nada debes envidiar. Tienes una familia que te quiere, y con seguridad no deben faltarte ricos pretendientes.

—Ninguno al que pueda tomar en serio todavía. No estoy dispuesta a repetir el error de mi primer matrimonio. Prefiero que aparezca un buen amante.

—Me sorprende tu pensamiento; no es fácil llevar esa vida. ¿Estás dispuesta a soportar la soledad? Sabes bien que pocos son los que me tratan dentro de nuestra sociedad. Te aconsejo que si algún día tienes un amante sepas disimularlo.

—¿Acaso tú estás viviendo un romance oculto? —pregunta Polonia mientras acaricia la piedra del anillo.

—No —contesta María rotundamente—. He decidido que por el momento prefiero estar sola.

—Es cierto —dice Polonia riendo—. Olvidé que tus negocios son más importantes que cualquier hombre.

María no alcanza a contestarle. Su madre acaba de ingresar con paso rápido en la habitación con los ojos llenos de lágrimas.

¡Ha muerto Pedro Sánchez Garzón! —anuncia entre sollozos.

María corre a abrazar a su madre. Sabe cuánto lo había querido. Polonia hace lo mismo, pero por dentro siente un gran alivio. El hombre había cumplido su promesa y nada había comentado sobre sus dichos.

—¿Cómo está Dionisia? —pregunta María.

—Pedro murió en sus brazos. Con él se encuentra en estos momentos. Vayamos a acompañarla.

❧ ❧

El encuentro con Dionisia es sumamente triste. La muchacha solloza junto al cadáver de su padre sin soltar su mano. La capilla ardiente se ha dispuesto en sus habitaciones. Varias lloronas cumplen con su cometido, mientras un grupo de empaquetadas señoras reza el rosario a su vera. Impresiona la cantidad de clérigos que se han presentado. No es para menos. Las donaciones que el capitán Sánchez Garzón hiciera a la iglesia son por todos conocidas.

Doña Francisca de Rojas, doña Dionisia Garzón y doña María de Guzmán Coronado se abrazan. La primera ha perdido un amigo, la segunda un padre, y María un protector.

Lo entierran en la catedral, amortajado con el hábito de la Orden de San Francisco.

Luego del entierro, en la casa del extinto se da lectura a su testamento. Además de su hija Dionisia se encuentran presentes varios sacerdotes que acompañan al nuevo obispo del Río de la Plata, don Cristóbal de la Mancha y Velazco. Todos esperan que los haya recordado en su última voluntad.

Solemnemente, el escribano da lectura a sus mandas. Sánchez Garzón deja una gran fortuna. Dionisia, su hija, hereda un importante patrimonio consistente en tierras y bienes muebles. Ha dejado a la Compañía de Jesús la casa en la que vivía, junto con otra que queda por la misma calle, más abajo. Las lega a fin de que las mismas sean vendidas y se reparta su valor entre los pobres. El resto de su hacienda lo ha dejado a distintas obras pías.

El obispo se levanta de su asiento sin ocultar su enfado.

—¿Por qué a la Compañía de Jesús? —pregunta al clérigo Sosa y Escobar, que se encuentra a su lado.

Éste no sabe que responderle.

—Es incomprensible —interviene el deán Montero de Espinosa, que actúa como secretario del prelado—. Debierais ser vos, Ilustrísima, quien se ocupe del destino de los fondos que se recauden.

—No os preocupéis, que esto no quedará así —dice el mitrado al tiempo que se levanta para retirarse.

❧ ❧

En las tertulias de Buenos Aires se comenta que el obispo Cristóbal de la Mancha y Velazco es un vanidoso sin límites. Dicen que se complace viviendo con holgura y que se deleita con la esencia del buen gusto. También opinan que está dotado de una gran inteligencia y pone muy en alto el concepto de su investidura, amén de tener un fuerte carácter.

El Río de la Plata también tiene un nuevo gobernador. Es el maestre de campo don Jacinto de Lariz. Ostenta el caballerato de Santiago y ha peleado en Flandes y en Italia. En los salones porteños se lo critica. Dicen que es un petulante y que sólo tiene respeto por él mismo.

❧ ❧

María conversa en sus aposentos con "El Innominado".

—Querido, es necesario que me autorices a quebrar mi juramento solamente con mi madre y mi hermana.

Saben que tengo un amante y pretenden saber de quién se trata. A modo de disparate, y entre otros nombres, han pronunciado el tuyo.

—No, mi adorada. Es imposible. Deja que conjeturen. De mí es de quien menos sospecharán. Además, te pido que te mantengas firme en la posición de que con nadie tienes amores.

—Debo comunicárselo —contesta ella—. Si bien la servidumbre no conoce tu identidad, está al tanto de que recibo una visita por las noches. Mi madre es muy inquisitiva. Estoy segura de que debe haber averiguado algo.

—Continúa negando —dice él con firmeza.

—No puedo —contesta ella con aflicción.

—Tu respuesta es incomprensible —afirma él clavándole su profunda mirada.

—Mucho me conoce mi madre. Sin que nada le dijera, supo que estoy esperando un hijo.

—¡Qué dices! Espero que no sean ciertas tus palabras.

—No os miento —contesta dirigiéndose a él con mayor respeto—. Voy a ser madre.

—Desde ya te digo que ocultarás tu maternidad. —Su tono es solemne—. Si es necesario, no saldrás de esta casa hasta después del parto. Además, en cuanto des a luz a nuestra criatura, la entregaré para que sea educada por alguien de mi confianza en el mayor secreto.

María trata de contener el llanto, pero no puede. Sabe que así debe ser, pero le cuesta aceptarlo. Por otro lado, tiene miedo de la reacción de "El Innominado".

Él se acerca y la abraza.

—Mucho te quiero, María. No te preocupes, siempre estarás bajo mi amparo y no dudes de que lo mismo sucederá con nuestro hijo. Respecto a revelar mi nombre a tu madre y hermana, te pido que me contestes con sinceridad. ¿Crees que si ellas juran por lo que consideran más sagrado, jamás revelarán mi identidad?

—Señor, así será.

—Adelante entonces. Comunícales quién será el padre de su nieto y sobrino, mas no olvides decirles que jamás será reconocido por mí.

Dicho esto, la besa dulcemente. A pesar de su tristeza, ella se siente protegida.

Al día siguiente, María se reúne con su madre y su hermana. Después de que ambas juran por Dios no revelar la identidad de su próximo vástago y, además doña Francisca de Rojas lo hace por sus hijas y doña Dionisia Garzón por su futura familia, les confiesa el nombre de su amante. Quedan pasmadas al escucharlo. Las dos coinciden en afirmar que, aunque no lo hubieran jurado, tampoco se atreverían a mencionarlo.

❧ ❧

Las relaciones entre el obispo de la Mancha y Velazco y don Jacinto de Lariz no pueden ser peores. El prelado ha enviado un escrito a la Real Audiencia informando sobre la soberbia del gobernador. En ese documento lo acusa, entre otras cosas, de no ser puntual para asistir a misa, motivo por el cual permanentemente debe atrasarla.

Por otro lado, el obispo se ha adjudicado las casas que el capitán Sánchez Garzón había dejado a la Compañía de Jesús. Pero no lo ha hecho para venderlas y distribuir la ganancia entre los pobres. En la casa principal ha establecido el primer Seminario Eclesiástico de Buenos Aires.

El escándalo que produjo esta medida fue de grandes proporciones. Los comentarios en la ciudad están divididos. Muchos dicen que lo hizo guiado por buenos propósitos.

Otros opinan que sólo ha sido una maniobra que demuestra su arrogancia.

Furioso, el gobernador don Jacinto de Lariz exigió al obispo el desalojo de la casa para que se cumpliera la voluntad del testador. Como no obtuvo respuesta favorable asumió las responsabilidades que le cabían como Justicia Mayor y ordenó a sus tropas que expulsaran a los seminaristas. La orden se ha cumplido. No sólo han sacado por la fuerza a los estudiantes, sino sus bártulos han sido arrojados a la calle.

Después, hizo entrega de la propiedad a la Compañía de Jesús.

Fray Cristóbal de la Mancha y Velazco no tardó en reaccionar. Haciendo uso de su poder, excomulgó al gobernador.

Los conflictos entre el poder civil y el eclesiástico continúan siendo moneda corriente en el Río de la Plata.

❧ ❧

Son las seis de la tarde del día de la Presentación de Nuestra Señora.

Doña María de Guzmán Coronado, tendida en su lecho, sufre los dolores del parto. Varios meses habían transcurrido sin que saliera de su morada. Las únicas personas que la visitaron durante ese período fueron su madre y su hermana. En este momento se encuentran a su lado en compañía de "El Innominado", que ha exigido que ninguna otra persona la asista. Ante la preocupación de doña Francisca de Rojas, que habría querido contar con la asistencia de un médico con experiencia, él ha dicho que entiende de esos menesteres.

Todo está listo. Doña Francisca ya ha presenciado otros alumbramientos y sabe cómo debe actuar. Entre los tres ayudan a nacer a la niña. Es el padre quien corta el cordón

211

umbilical. Luego de auxiliar a María, limpian a la recién nacida y la ponen en el regazo de su madre.

Dos horas más tarde, "El Innominado" dice a María:

—Querida, llegó el momento en que debes despedirte de nuestra hija. La llevaré a la casa de quienes ya te he comentado.

Ella se abraza a la pequeña. Entre sollozos, unos minutos después se la entrega. Dionisia y doña Francisca besan a la niña y se dedican a consolar a la madre.

"El Innominado" toma en sus brazos a la pequeña y abandona la habitación.

—Regresaré lo más rápido posible —dice antes de atravesar la puerta.

Después de envolver a la niña en la capa, monta a caballo y, al galope, se dirige al Barrio Recio. Se detiene ante una casa importante y se apea de su cabalgadura. Está cubierto por el negro y largo manto con capucha que acostumbra usar para ocultar su identidad. La pequeña está envuelta entre sus pliegues.

—Luis de Villegas —grita desde el zaguán—. Salid. Necesito hablaros.

Villegas, el dueño de casa, es un arquitecto que tiempo atrás colaborara con Dávila en la reconstrucción del fuerte. En esos momentos, estaba reunido con su mujer, un pariente y el capitán Juan de Borda.

—¿Qué significan esos gritos? —dice doña María de Peralta.

—No te preocupes, mujer, saldré a ver de que se trata.

—Es noche cerrada. Que te acompañe un esclavo.

En compañía de un negro, Villegas se acerca al lugar de donde proviene el llamado. Una gruesa voz se deja oír desde las sombras.

—Acercáos, Luis de Villegas. Necesito hablar con vos.

—¿Qué deseáis a estas horas? ¿Quién sois?

—Eso lo sabréis en cuanto os aproximéis.

Villegas obedece. No tarda en reconocer al personaje que se esconde tras la capa.

—Señor, ¿en qué puedo serviros? —pregunta, con una reverencia.

—Sois persona de mi confianza. Necesito de vuestro auxilio. —Levanta su manto y deja ver a la pequeña, que comienza a llorar.

—Esta niña es mi hija, la hube de doña María de Guzmán Coronado. Comprenderéis que no puedo tenerla a mi lado. Jurad en este momento que ni vos ni nadie de vuestra familia revelará mi secreto.

—Lo juro por Dios —contesta con nerviosismo Villegas.

—Sostened a esta belleza.

—No entiendo que es lo que pretendéis —replica Villegas, sorprendido al verse de pronto con la niña en los brazos.

"El Innominado" toma una escarcela que cuelga de la montura de su caballo y se la entrega.

—Contiene una buena cantidad de doblones de oro. Es para vos.

—¿Queréis dejar a la niña en esta casa?

—Es lo que pretendo. La cuidaréis bien y le tendréis cariño. Os aseguro que por sus gastos no debéis preocuparos. Personalmente me ocuparé de que sean cubiertos. Además os brindaré otras ventajas.

—¡Pero debo consultarlo con mi mujer!

—No hay tiempo para eso, debéis tomar la decisión como jefe de familia.

Luis de Villegas era un hombre conocido por su bonhomía y por su religiosidad.

—Dios me ampare —contesta—. Será tratada como si fuera mi hija. ¿Mas cómo se alimentará esta recién nacida?

—También eso está resuelto. A través de un tercero, he comprado a vuestro nombre una negra de cría con su hijo. No tardarán más de una hora en llegar a esta casa. Dicen que tiene mucha leche. Ella la alimentará.

—¿Vendréis alguna vez a visitarla?

—No creo que eso sea posible por el momento. De todos modos, a vos os veré seguido y me daréis noticias.

—Así será.

—Ahora, debo pediros otro favor —dice "El Innominado"—. Sé que vive con vosotros el presbítero Pascual de Fuentes, vuestro pariente. ¿Se encuentra ahora en la casa?

—Sí, está con nosotros.

—En cuanto ingreséis haced que todos juren que no divulgarán mi nombre. Luego de ello pedid al presbítero que la bautice inmediatamente. Debe llamarse María de Guzmán.

Con estas últimas palabras monta nuevamente en su caballo y parte a la carrera.

❧ ❧

"No quise procrearte, pero quisiera que estuvieras conmigo. Sólo minutos nos vimos aunque viviste largos meses en mi vientre. Una parte de mí se va contigo. Ruego a Dios no haberte transmitido los miedos que me consumieron durante la preñez. Eres hija de un poderoso dignatario y de una madre rica. Sin embargo, estás destinada a vivir como una huérfana. Nunca sabrás quién fue tu padre. Probablemente jamás te vea, pero me ocuparé de que a mi muerte compartas mis bienes con tus hermanos."

21

La suave brisa que viene del río contribuye que María se sienta mejor. Sentada en los fondos de su casa juega con sus dos hijas. Durante varias semanas estuvo postrada en el lecho. Luego de los sucesos del pasado día de la Presentación de Nuestra Señora, su estado físico se malogró. La auxilió el médico don Alonso Garro de Aréchaga. Doña Francisca de Rojas tuvo que confesar al galeno que la enferma había dado a luz a una hembra sin atención médica, aunque no le informó dónde se encontraba la niña y tampoco le dijo el nombre de su padre.

La altísima fiebre que soportó hizo desvariar a María. Su madre estaba muy asustada. Llegó a pensar que si sobrevivía, de todos modos perdería la razón. Las alucinaciones eran siempre las mismas. A los gritos pedía que aplastaran unos blancos y gordos gusanos que le arrebataban a su niña. Otras veces se enderezaba de golpe, cubierta de sudor, y con los ojos llenos de lágrimas rogaba que no permitiesen que se quebrara un ombú, porque de sus adentros escaparía el caballero de las sombras.

Gracias a Dios comienza a reponerse. La sopa de tortuga, que toma varias veces durante cada jornada, ha logrado maravillas, a tal punto que doña Francisca de Rojas ha regresado a su casa.

Durante el transcurso de la enfermedad, "El Innominado" no se hizo presente. Las últimas noches, sintiéndose mejor, María ha ordenado a sus esclavos que no pongan el cerrojo a la puerta de entrada. Espera su visita.

❧ ❧

Con sigiloso paso, alguien se acerca a las habitaciones de doña María. Ella sabe de quién se trata.

—Amada mía —dice "El Innominado" al cruzar la puerta—. No sabes cuánto te he echado de menos y lo que he sufrido por tu enfermedad.

Ella permanece en silencio. Él se acerca y la besa en las mejillas.

—Antes de que prosigas, debemos conversar —advierte María.

—Estoy dispuesto a escucharte, pero antes déjame decirte que nuestra hija se encuentra muy saludable y se le ha impuesto tu nombre.

—Ruego a Dios que esté bien. Más adelante iré a visitarla. ¿Crees que los Villegas lo permitirán?

—Desde luego, están al tanto de que eres su madre. Puedes ir cuantas veces quieras. Eso sí, ten presente que nadie debe sospechar de tus actos.

—Descuida, no es mi intención visitarla con frecuencia. Sólo me interesa saber que está en buenas manos —dice con seriedad—. Sobre nosotros es que deseo platicar. He sido muy feliz durante el tiempo que duraron nuestras relaciones, pero te aseguro que no soportaría vivir otro dolor igual al que he sentido con la pérdida de mi niña. Sólo ella queda entre nosotros. No deseo verte más en esta casa.

—No puedes hacerme esto, me hieres —replica él, afligido—. Recapacita. Te amo con toda mi alma.

—Es mi última palabra. Te aseguro que siento por ti verdadero aprecio. Llegaste a mi vida en el momento en que más te necesitaba. No puedo dejar de agradecerte por la forma en que has colmado mi deseo, y por tu ayuda para el acrecentamiento de mis arcas. Nunca te olvidaré. Pero tampoco a nuestra hija.

—A pesar del dolor que me produce, me reconfortan tus honrados sentimientos. No sé qué será de mí sin tu presencia. —Está sinceramente acongojado.

—Importantes ocupaciones llenarán tu tiempo. Serios problemas aquejan al Río de la Plata. Continuaremos viéndonos en los actos públicos. Nadie notará que se ha producido un cambio. Frente a los demás nos trataremos tan seriamente como lo hemos hecho hasta ahora.

—María, siempre contarás conmigo. No dudes en pedir mi auxilio cuando lo necesites. Jamás te olvidaré. El amor que por ti siento me acompañará hasta la tumba.

Tras un último abrazo, "El Innominado" se calza su capa y vuelca la capucha sobre su cabeza. Apesadumbrado, atraviesa los salones hasta llegar a la calle. Monta su caballo y sale al galope. Su negra figura se pierde camino a la Plaza Mayor.

❧ ❧

Avanzan los esclavos en dirección al Barrio Recio portando la silla de manos en la que trasladan a su ama.

Se detienen al llegar a la casa del arquitecto Luis de Villegas. Ayudan a descender a su señora, que se encamina sola hacia la puerta de entrada.

Una negra la recibe.

—Anuncia a tus amos que se encuentra presente doña María de Guzmán Coronado.

Doña María de Peralta ha salido a su encuentro.

—Me alegro de conoceros, doña María. Mi marido ya ha sido avisado. Pasad y tomad asiento en el estrado —invita la dueña de casa.

—Gracias. Ansiaba venir a conoceros. He sabido que llevamos el mismo nombre —dice María, mientras la sigue.

—Así es, pero a mí me dicen Marica. ¿Queréis que os sirvan unos mates?

—¿De qué se trata? Algo he oído sobre esa bebida, pero aún no la he probado.

—Es una infusión que se prepara con yerba que viene del Paraguay. Tomarlo resulta un rito encantador, además de ser saludable. Se está imponiendo en la ciudad la moda de gustarlo.

Dos esclavas se acercan portando un pequeño recipiente de plata que deja ver algo marrón entre su labrado.

—La aljaba de plata encierra una calabaza curada al sol —dice doña Marica—. En ella se deposita la yerba, a la que se agrega el agua muy caliente. Se sorbe con esa bombilla. Probad con cuidado, para que no os queméis.

Doña María hace caso de las indicaciones. Su gusto le parece sorprendentemente agradable.

Ahora, Luis de Villegas se une a ellas. Sube al estrado y hace una reverencia a la visita.

—Señora, estoy feliz de recibiros. Supongo que deseáis ver a la niña.

—Es mi intención, sí, pero también quería conoceros. Veo que la pequeña ha encontrado un buen hogar.

Un momento después, la negra que la cría trae a la niña en sus brazos. María la recibe. En silencio, la contempla durante algunos instantes. Tiene una adorable cara, enmarcada por rubio pelo, y sus ojos son del color de la miel. La besa con ternura y vuelve a ponerla en brazos de la nodriza.

Durante su corta visita ha anunciado a los Villegas que su madre, doña Francisca de Rojas, visitará a la niña con periodicidad. Después de agradecerles su bondad, se retira.

De regreso a su casa, piensa en que poco verá a su hija. No sería bueno para ninguna de las dos.

❧ ❧

Las relaciones entre el obispo y el gobernador no han mejorado. A pesar de que la Real Audiencia ordenó a este último que debía mantener buena correspondencia con el prelado, esto no sucede. Lo han intimado a que respete los horarios de misa y trate con consideración a los miembros del Cabildo, pero las actitudes asumidas por don Jacinto de Lariz, su mal trato con los vecinos y su permanente desacato de las leyes, hacen que en la ciudad nadie dude de que al Río de la Plata lo gobierna un demente. Por otro lado, el Consejo de Indias ha dictaminado que no puede fundarse un Seminario sin autorización real. La excomunión de Lariz fue levantada. El poder civil y el eclesiástico han medido sus fuerzas, y el resultado ha sido un empate. No obstante, hoy la población considera necesaria la dureza del obispo para frenar la locura y el despotismo del gobernador.

Pese a todo, la ciudad tiene un motivo para festejar. Una buena noticia permite olvidar los problemas internos. España ha firmado un tratado de paz con Holanda. Se acabaron las amenazas constantes de un ataque por parte de esos piratas.

❧ ❧

Doña Dionisia Garzón contraerá matrimonio en los próximos días. Ha pedido su mano el capitán Cristóbal Pérez Morán. Doña Francisca de Rojas no cabe en sí de felicidad. Su futuro yerno pertenece a una de las familias encumbradas de la gobernación. Posee un buen caudal, y por ser hombre muy respetado se vislumbra para él un futuro promisorio en el manejo de la ciudad. Desde luego que doña Dionisia aporta una dote importante.

Junto con su madre, han ido a visitar a María, que las ha mandado llamar para entregar el regalo de casamiento a su hermana.

—No te imaginas cuán feliz me siento por ti —dice María—. Aunque nunca me lo has dicho, siempre supuse que temías que mi especial modo de vida te perjudicara a la hora de encontrar un buen marido. Como ves, la sociedad sólo me juzga a mí.

—María, no digas eso. Eres aún muy joven. También tú puedes encontrar alguien que te quiera de veras.

—No lo creo —contesta sonriendo—. Deberá tener una fortuna mucho mayor que la mía. No me gusta que nadie se entrometa en mis negocios.

—Tu independencia paga el precio de la soledad —acota su madre.

María abre el cofre que tiene delante de ella. Toma varios hilos de excelentes perlas, y las pasa a su hermana.

—Éste es mi presente para ti —dice.

Dionisia las mira asombrada. Doña Francisca se acerca y las toma en sus manos.

—No conocía esta preciosura —dice poniéndolas a la luz—. Su oriente es espléndido.

—Las he adquirido no hace mucho al capitán de un barco. No las he usado porque estaban destinadas a Dionisia.

—Sabes que no entiendo de alhajas como tú —replica la joven—, pero te aseguro que me fascinan.

—Espero que las luzcas en tu boda. Aún recuerdo que un adorno parecido resaltaba en el cuello de Isabelita de Tapia el día de su casamiento.

La conversación es interrumpida por una esclava que anuncia que el capitán Juan Doblado de Solís quiere ver a la señora.

—Que pase a mi escritorio. No sé de quién se trata —comenta, intrigada.

—Estás alejada de los chismes —dice su madre—. Parece que este caballero es sumamente rico. Es juez de difuntos.

—¡Por Dios!, qué feo suena. ¿Que pretenderá de mí? Por ahora, estoy viva —exclama riendo.

—Desconozco lo que se traerá entre manos, pero corre el rumor de que es el amante de tu amiga Polonia.

—¡Qué dices! —María está auténticamente sorprendida—. Nada me ha comentado. Aunque en realidad no me extraña. Hace ya largo tiempo que no la veo.

—Atiende a ese caballero, que nosotras te esperamos —dice Dionisia, intrigada.

María se encamina hacia la habitación que usa como escritorio. El capitán Doblado de Solís hace una reverencia cuando ella ingresa en el recinto.

—¿A qué debo vuestra visita, capitán? Tomad asiento, por favor.

—Señora, estoy al tanto de que poseéis un diamante acorazonado del que habla toda la ciudad. Desearía comprarlo.

María lo mira atónita.

—Ese diamante no está en venta, y tampoco ninguna de mis alhajas —contesta, tratando de mantener la calma.

—Doña María, fijad vos el precio. Quiero regalarlo a una persona que mucho lo estima.

—Señor —replica ella poniéndose de pie—. Informad a la dama que tanto lo aprecia que esa joya nunca saldrá de mis manos. Disculpadme, pero otras visitas me esperan.

Contrariado, el capitán se retira sin abrir la boca.

María, indignada, vuelve con su madre y Dionisia y les relata lo sucedido.

—Es notoria la envidia que Polonia siente por ti —dice doña Francisca—. Pareciera que en todo quiere imitarte, mas no cuenta con tu belleza y menos con tu inteligencia.

—Dios la ayude —responde doña María.

El matrimonio de doña Dionisia Garzón con el capitán Cristóbal Pérez Morán se celebró con toda pompa en la catedral. Estuvieron presentes los miembros de las más distinguidas familias de Buenos Aires. Son los mismos que ahora concurren a la casa de doña Francisca de Rojas para festejarlo.

Doña María de Guzmán Coronado circula por los salones. La gente está apretada. Ella había propuesto a su hermana que la fiesta se celebrara en su casa, que es mucho más espaciosa. Desde luego Dionisia no aceptó. Sabía que la mayoría de sus invitados no habría querido asistir.

María conversa en los distintos corrillos, en general con los caballeros. Con ellos se lleva bien y le gusta sentirse adulada. Sin embargo, poco duran esas charlas. Siempre alguna señora se acerca a tomar del brazo a su marido y dar por terminada bruscamente la plática.

Ha venido acompañada de sus hijas, doña Ana de Herrera y Velazco y doña Juana de la Cueva, pero las niñas han sido acaparadas por las familias de sus padres, que no cesan de mimarlas y ponderar sus elegantes arreglos.

Está sola en uno de los patios, sumida en sus pensamientos, cuando ve aparecer a doña Polonia de Cáceres y Ulloa.

—María, al fin te encuentro. Están todos tan apretados que resulta difícil encontrar a alguien —comenta. Y con fingida simpatía agrega—: Como siempre eres la más admirada de la fiesta.

—Tú también luces muy bien, Polonia. Tus vestidos son riquísimos, y tu escote es insinuante. ¿A qué se debe ese cambio? —pregunta, esperando que se sincere.

—No dudo de que debes estar al tanto del porqué de mi alegría. Me he convertido en la amante del capitán Doblado de Solís.

—Ignoraba que así fuera —contesta María, con simulado asombro—. Entonces, fuiste tú quien lo envió a mi casa a pedirme que le vendiera este diamante —dice, enseñando su mano.

—Supe que te fue a ver para ello, mas no creas que fui yo quien se lo pidió.

—Me imagino que ha de ser como tú dices. Pero te aclaro lo mismo que le dije a tu capitán. Ninguna de mis alhajas está en venta. Además quiero darte un consejo. Las cosas son hoy más serias en la ciudad. No se toleran los escándalos. Recuerda que don Lucas de Sosa y Escobar es vicario de Buenos Aires. Este cura puede llevar a los tribunales eclesiásticos cualquier asunto amoroso que le parezca inconveniente. No alardees de tu romance.

—Agradezco tus comentarios, pero no los necesito —replica Polonia, furiosa—. A propósito, cuéntame a qué se debe el que hayas estado recluida en los últimos tiempos —agrega con insidia.

—He estado muy enferma. No te enteraste de ello porque dejaste de visitarme. Ahora entiendo el motivo. Pero ya ves, estoy curada y dispuesta a continuar con la educación de mis hijas y el manejo de mis negocios. Discúlpame, voy a buscar a las niñas para retirarme.

Giró con gracia sobre sus talones e ingresó en la casa. Polonia la miró alejarse y sintió que el resentimiento la invadía. Aunque quisiera, jamás lograría tener ni su porte ni su distinción.

Capítulo
22

María se dedica exclusivamente a sus negocios. Recibe en su casa a importantes personajes, pero solamente trata con ellos asuntos referentes a transacciones comerciales. Su fortuna sigue aumentando. Antes de romper sus relaciones amorosas con "El Innominado", consiguió por su intermedio una vaquería. Es una licencia para cazar el ganado cimarrón que pasta en tierras sin dueño. La demanda de cueros ha ido en aumento, y con la hacienda que posee en su estancia no le alcanza para satisfacerla. Una vez conseguido el permiso, reclutó gente experta en el manejo del caballo y el cuchillo. Eran verdaderas cacerías las que se llevaban a cabo en esas tierras. El encargado de su estancia de Arrecifes se ocupa personalmente de estos riesgosos menesteres y es él quien contrata a la gente, pero sólo a ella rinde cuentas.

A fin de evitar las trabas que impone la corona para el comercio exterior, al igual que la mayoría de los ricos porteños, vende parte de su producción a través del contrabando. Los barcos cargan los cueros en embarcaderos clandestinos. Ahora, María quiere comprar una estancia sobre la costa del río a fin de evitar los intermediarios.

Sus dos hijas van creciendo y ella se ocupa personalmente de su educación. Aprenden a leer y escribir. Si bien espera que formen buenas familias, considera importante que estén preparadas para manejar sus propios intereses. Pone especial atención en la instrucción religiosa de las niñas que, desde luego, ignoran su vida disipada. Jamás ha cometido escándalo público y se interesa en que las pequeñas adquieran buenos principios.

Hoy ha decidido emprender un viaje a su estancia. Se propone permanecer allí unos días para estar al tanto de su manejo. Confía en su administrador pero quiere demostrarle que lo vigila.

Las carretas están listas para partir. María se despide de sus hijas, que quedan a cargo de su abuela. Doña Francisca no está muy de acuerdo con su partida, pero aceptó quedarse en la casa con sus nietas hasta que ella regrese.

❧ ❧

La travesía no ha sido fácil, y María está agotada. Le han anunciado que se acerca a sus tierras. La marcha de los bueyes no se detiene. Dormida se encuentra en la improvisada cama, cuando de repente un terrible crujido la despierta. Su cabeza golpea contra un arco del carro. Todos gritan a su alrededor. Escucha la voz de su administrador.

—Doña María. ¿Os habéis hecho daño? —pregunta el hombre, afligido.

—¿Qué ha sucedido? ¿Acaso la tierra se ha quebrado? —pregunta ella a su vez, al tiempo que comienza a reaccionar.

—No, señora. Se ha desprendido una rueda de la carreta. Os ayudaré a descender y trasladaremos vuestras pertenencias a otra. Sólo nos demoraremos un poco.

Aprovecha para caminar por el campo. Llena sus pulmones de aire puro mientras aspira los agradables olores de la tierra.

Un jinete se acerca a la carrera mientras ella se encamina hacia la caravana.

—¿Quién puede ser en este desierto? —pregunta a su administrador.

—Estamos cruzando la estancia de los Gutiérrez de Humanes. Debe ser uno de los hombres que trabajan en ella.

El corcel que se acerca es espléndido. Quien lo cabalga debe de ser alguien importante. Ahora, María ve más claramente al jinete y comprende que no se equivocó: es un distinguido personaje.

El hombre se apea del caballo y acercándose a doña María se presenta.

—Señora —dice haciendo una gentil reverencia—. Soy el capitán Diego Gutiérrez de Humanes, vuestro vecino. Estaba al tanto de que os encaminabais a vuestra estancia. Permitidme acompañaros.

—Acepto con placer vuestra compañía. Podremos conversar sobre estas tierras durante el resto del trayecto.

—En realidad esta estancia pertenece a mi madre. Sólo he venido a controlar.

El administrador deja gente a cargo del arreglo de la carreta y la caravana continúa la marcha. Uno de los hombres de la escolta monta el caballo del capitán, que se ha sentado al lado de María.

—Me parece que no me recordáis, aunque nos hemos visto varias veces.

—Estáis equivocado, os conozco perfectamente. También a vuestra mujer, doña Leonor de Carvajal.

—Últimamente os vi en el casamiento de vuestra hermana Dionisia. Pero todavía recuerdo la admiración que despertasteis en mí el día en que os conocí. Fue en la casa de juegos donde se desarrolló aquella famosa partida de truques.

—Ahora que lo mencionáis, os recuerdo. Todavía rememoro con una mezcla de alegría y tristeza aquella reunión —dice con tono melancólico.

El capitán se da cuenta de que es necesario desviar la conversación hacia otro tema.

—Sé que vuestros negocios son fructíferos, doña María. Vuestra belleza, y la habilidad con que manejáis esos menesteres, hacen de vos una mujer más que admirable. No lo digo por adularos, realmente os felicito.

Ella agradece sus palabras. Durante el resto del trayecto hablan sólo de negocios.

❧ ❧

Han llegado al casco de la estancia. La casa principal consta de una sola planta y es de tamaño regular. La circunda un caserío en el que viven los hombres que allí trabajan, en compañía de sus familias.

Frente a la puerta principal, se yergue un gigantesco ombú. Su imagen despierta en María una sensación de pánico. No puede borrar de su mente la visión del árbol caído en lo de Cipriana Abrojo.

El saludo amistoso de Calixta Retama, la mujer del encargado, la vuelve a la realidad.

—Enorme gustazo de conocerla, doña María —dice la mujer, mientras ensaya algo parecido a una reverencia—. ¡Ay, señora! Como verá no me salen estas cortesías de la ciudad. —Se acerca a ella y le planta un beso en la mejilla.

—El gusto es mío. Me han dicho que maneja muy bien los arreglos de la casa y que se ocupa de las viandas de todo el personal.

—Así es, señora, espero que le gusten. Ya está preparado un buen guiso de liebre para que lo pruebe.

—¿Os quedaréis a yantar conmigo? —pregunta María al capitán Gutiérrez de Humanes.

—Me sentiré honrado. Además hay un poco de conveniencia en mi aceptación. Son famosos en estos pagos los manjares que prepara Calixta Retama.

Las confidencias mutuas dan un tono de intimidad a la velada. El capitán se ve tan confiable, que María termina por contarle la historia de su vida. Desde luego, en ningún momento menciona su relación con "El innominado", ni a la hija que ha tenido con él.

El capitán la escucha atentamente. Sus comentarios son siempre agradables. Terminada la sobremesa, ella lo acompaña hasta la puerta. Antes de montar, él promete que regresará al día siguiente.

Doña María se retira al cuarto que le han preparado para dormir. Pide que la despierten cuando despunte el alba. Quiere salir a recorrer las tierras y ver de cerca su hacienda. Ése es el motivo de su presencia en la estancia.

Tal como había dispuesto, al día siguiente, en un pequeño carro que conduce su administrador, inspecciona el campo. Varios hombres a caballo los escoltan. María no sale de su asombro al ver la destreza con que manejan a los animales.

Cumplida la tarea, regresan a la casa, donde la esperan unas sabrosas viandas. El aire del campo ha despertado su apetito y con gusto las devora.

Se recuesta un rato y, más tarde, sale a caminar tratando de evitar la cercanía del ombú. Cuando escucha el galopar de un caballo se acerca a la casa. El capitán Diego Gutiérrez de Humanes ya está allí, esperándola.

Un momento después pasan al aposento que cumple las funciones de salón de recibo. Una de las esclavas que la han acompañado desde Buenos Aires ofrece cebarles mate. María se ha aficionado a la infusión desde que la probara en casa de los Villegas.

—Encantado —dice el capitán.

Después de dos horas de una animada charla que en ningún momento va más allá de los límites de la corrección, don Diego se retira.

❧ ❧

Han pasado varios días desde que María llegó a la estancia. Durante ese lapso, ha cumplido rigurosamente con la rutina de recorrer el campo. El capitán, por su parte, no ha dejado de presentarse ni un solo día, siempre antes de la caída de la tarde. Ha nacido entre ellos una cordial relación.

Hoy, Calixta Retama se ha sentado a conversar con María en la galería. La divierte esta mujer que siempre tiene algún gracioso cuento para relatar.

—Doña María —pregunta Calixta—. ¿Qué opina del vecino que a diario viene a visitarnos?

—Es muy agradable. Da gusto conversar con él.

—¿Le gusta? —pregunta Calixta con tono dicharachero.

—¡Por favor, mujer! ¡Qué dices! Se trata de un hombre casado.

—¿Y eso qué tiene que ver? Es un hombre muy guapo. ¡Y es tan atento con la señora!

—Qué disparates dices —replica María riendo—. Es cierto que es muy atento, pero también mantiene la distancia. Es una persona muy seria, igual que todos los suyos. Tiene el empaque que corresponde a quien pertenece a una familia de clase.

—Ay, señora. Apuesto a que en cualquier momento se destapa. Ahora me voy a trabajar a la cocina. Además debe estar por aparecer ese caballero.

—Me parece bien —aprueba María, que no puede evitar la risa que le provocan aquellos comentarios.

❧ ❧

Antes de dirigirse a la cocina, Calixta Retama se encamina hacia el ombú y le arranca unas hojas. También recoge unos yuyos que están protegidos por unas maderas. Los deposita dentro de un mortero y los muele. Después, los seca rápidamente junto al fuego y regresa a la casa.

Ya en la cocina, toma el recipiente en el que guarda la yerba y le agrega su preparación. Con sus manos se ocupa de la mixtura; mientras, con una expresión jocosa en los labios, piensa: "Nunca me han fallado estos yuyos. Despiertan la pasión de cualquiera. El efecto es bien rápido."

❧ ❧

Una de las negras alcanza a doña María el mate. Cuando la señora termina y se lo pasa, vuelve a cebarlo y lo pasa al capitán.

—Tiene un gusto diferente —dice María—. Sabe un poco más amargo.

—También yo lo siento diferente. Pero me gusta... —acota el capitán.

—Lo preparé como siempre —dice la esclava, asustada.

—No te preocupes. Está muy rico —la tranquiliza María—. Continúa cebando.

La conversación se prolonga largo rato; mientras, siguen tomando mate.

De pronto, María siente que algo extraño sucede. Trata de prestar atención a las palabras de don Diego, pero su mente está obnubilada por un deseo súbito.

Él, por su parte, experimenta sentimientos parecidos. No puede quitar la mirada de sus pechos.

—Retírate, Catalina —ordena María a la esclava—. Hemos tomado ya muchos mates. ¿No os parece, capitán?

—Estoy de acuerdo —contesta él tratando de contener el ímpetu que lo arrastra hacia ella.

Han quedado solos en la sala. Doña María se da aire con su abanico.

—No sé qué me pasa, pero siento mucho calor.

—A mí me sucede lo mismo —replica él mientras se le acerca.

Han quedado frente a frente. No pueden contenerse. Las piernas del capitán tiemblan. Fingiendo un tropiezo, se sujeta a ella como para evitar la caída y roza sus pechos. Ella apoya su mano sobre la de él y lo alienta a que los acaricie.

Se besan apasionadamente. Doña María lo guía hasta el cuarto de dormir.

Él se queda allí toda la noche. No han asomado aún los primeros rayos de sol cuando vuelven a hacer el amor.

❧ ❧

La escena se repite durante el transcurso de los días siguientes. No logran controlarse. También el mate se repite antes de reposar juntos.

—María —anuncia Diego una mañana—. Debo regresar a Buenos Aires. Me quedaré allí poco tiempo y regresaré cuanto antes. Nunca ha sido tan larga mi estadía en la estancia.

—He escrito a mi madre diciéndole que permaneceré una temporada más larga en estas tierras para arreglar algunos asuntos. Te esperaré.

❧ ❧

Viajó el capitán Gutiérrez de Humanes a la ciudad y regresó prontamente.

Ahora, han pasado más de dos meses desde su arribo a Arrecifes. María sabe que debe regresar a Buenos Aires, pero le cuesta tomar la determinación.

Una tarde, mientras toma el fresco en las proximidades de la casa, escucha que se acerca don Diego en su cabalgadura.

—María —dice él antes de desmontar—. Es necesario que hablemos.

Apeándose, la toma cariñosamente del brazo y le propone caminar.

—No podemos continuar con esto. La pasión me quema, pero mi mujer sospecha de mis permanentes viajes a la estancia. Además, he sido nombrado teniente de gobernador de la ciudad de Santa Fe y debo hacerme cargo del gobierno cuanto antes.

—También yo debo regresar. He abandonado mis negocios. No es sencillo manejarlos desde aquí —responde María.

—Te echaré de menos. Lamento que lo nuestro haya terminado.

—A medias, Diego. Estoy esperando un hijo tuyo.

El capitán se queda sin palabras. Le cuesta reponerse de la sorpresa.

—Reconoceré a nuestro hijo —dice por fin—. Debo enfrentar esta situación con mi mujer. Quiera Dios que me comprenda.

—No es necesario que lo reconozcas. Puedo bastarme a mí misma.

—No, María, no dudo de que soy el padre de esa criatura, y como tal me responsabilizaré por ella.

María asiente en silencio. Ya no hay nada más que puedan decirse.

Todavía perplejo, y hondamente preocupado, Diego se marcha de inmediato.

Al día siguiente, María emprende el regreso a Buenos Aires.

❧ ❧

Doña María encontró orden en su casa y se deleitó con la presencia de sus dos hijas. A pocos días de su vuelta, aún no comprende cómo pudo dejarse llevar así por la pasión. Ningún otro sentimiento la mueve hacia el capitán Diego Gutiérrez de Humanes.

Lo mismo ha sucedido con él. Le ha contado lo acontecido a su mujer, y doña Leonor de Carvajal lo ha perdonado.

❧ ❧

Otra vez enfrascada en sus negocios, María casi no ha salido de su casa en varios meses.

Pocos días antes del alumbramiento recibe una carta muy formal del capitán Gutiérrez de Humanes en la que le comunica que viaja a Buenos Aires para hablar con ella.

❧ ❧

Con la experta ayuda del médico don Alonso Garro de Aréchaga, María ha dado a luz otra niña. El estado de ambas es excelente.

Doña Francisca de Rojas sufre por los errores de su hija, y doña Dionisia está indignada. Sus dos hijas no entienden la llegada de esta pequeña.

Una tarde, tres días después del nacimiento, una de las esclavas anuncia la llegada del capitán Gutiérrez de Humanes. María ordena que lo hagan pasar al salón. Se acicala y se dirige a recibirlo.

—¿Cómo estáis, señora? —dice él haciendo una reverencia.

—¿A qué se debe ese trato tan solemne? —pregunta ella a su vez.

—Ningún otro modo cabe, doña María. Es serio lo que debo deciros.

Ella lo mira con desconcierto. Lo invita a tomar asiento dirigiéndose a él con la misma formalidad.

—¿Os habéis enterado de que mi hija se encuentra bien? Mandé que os informaran.

—Perdón, señora, debierais decir nuestra hija. Sí, sé que está bien, y me alegro de que así sea. Respecto a ello debemos conversar. A propuesta de mi mujer os ofrezco que la niña, a quien desde ya reconozco como mía y que quiero que lleve vuestro nombre, se críe en mi casa junto con mis otros hijos.

—¡Estáis desvariando! Nunca permitiré que la separen de mi lado —replica María, indignada.

—Esperaba esa respuesta —dice él—. Pero voy a deciros algo que espero que no toméis como una amenaza.

—¡Hablad! ¿De qué se trata? —pregunta con furia pero dignamente.

—Apruebo que nuestra hija sea criada por vos. Mas no lo aceptaré si no os comportáis con seriedad de ahora en adelante. Os aclaro que ante el primer acto de escándalo que cometáis, la reclamaré.

—Eso no sucederá. Espero que os retiréis ya mismo.

—No sin antes conocer a mi hija. Además, he llamado un cura para que la bautice. Sólo después me retiraré. Sabed que vendré a visitarla cuando me encuentre en esta ciudad.

Doña María se pone de pie. A los gritos llama a Catalina y le ordena que presente la niña a su padre.

—Avisadme cuando llegue el cura —dice mientras se dirige a sus habitaciones.

La pequeña fue bautizada como doña María Gutiérrez de Humanes.

❧ ❧

"¡María! No podía negarme. Si nadie sabe que tengo otra hija que también lleva mi nombre. Sigo pariendo aunque no lo desee. ¿Cómo pudo este hombre despertar en mí una pasión? Es la maldición de Cipriana Abrojo. Su horrible recuerdo me acompañaba en la estancia cuando veía el ombú. A partir de hoy sólo me dedicaré a mis negocios. No quiero más hombres en mi vida. Nunca la separará su padre de mi lado."

Dos años han transcurrido desde que doña María de Guzmán Coronado diera a luz a su última niña. Nada ha cambiado en su vida. Continúa dedicándose a sus habituales negocios y a la educación de sus hijas.

Por esos días, un escándalo ha sacudido a Buenos Aires. Sus protagonistas: doña Polonia de Cáceres y Ulloa y el capitán Juan Doblado de Solís. Sus ilícitas relaciones se han convertido en el comentario obligado de la ciudad. Durante meses, y sin recato alguno, doña Polonia se dedicó a pavonearse y exhibirse. Con poca vergüenza y mucha desenvoltura, ostentaba provocativos vestidos, y así ataviada concurría a la casa del capitán, donde pasaba días y noches enteras. Más de una comadre había tomado nota de sus actos, y varios vecinos presentaron al cura y vicario don Lucas de Sosa y Escobar una denuncia en contra de los amantes.

Finalmente, el vicario había abierto un proceso basado en la necesidad de escarmentar a los acusados que, con osadía, hacían alarde de su trato ilícito con poco temor de Dios y daño de su conciencia. En su transcurso, pidió que se les aplicara pena y castigo para ejemplo de la población.

Varios testigos declararon en contra de los inculpados. A pesar de que el capitán Doblado de Solís, que seguía siendo juez de difuntos, manifestó que hacía tiempo que había puesto fin a sus relaciones con doña Polonia, ambos fueron condenados a pagar una importante suma de dinero, de la cual la mitad se destinaría a la Santa Cruzada y el resto sería aplicado para gastos de justicia y obras pías.

Los acusados apelaron la sentencia, pero amenazados con la excomunión, pagaron la multa y se comprometieron a terminar sus relaciones.

María ha seguido con atención y no poca inquietud las alternativas del proceso. Todos en la ciudad conocen la amistad que la une desde hace años con Polonia.

Una tarde, pocos días después de terminado el juicio, María escucha desde su escritorio la voz destemplada de su madre.

—María... María... ¿Dónde te has metido?

María sale al encuentro de doña Francisca, que se desgañita en el salón.

—¿Qué sucede? ¿Por qué tanto alboroto?

—Me he enterado de que Polonia y su juez de difuntos han pagado la multa para evitar la excomunión. ¡Qué escándalo! —exclama doña Francisca.

—Ven, sentémonos —invita María, tratando de tranquilizarla—. La pobre Polonia no hizo caso a mis recomendaciones. Ahora, que acepte las consecuencias. Ya ha tenido un hijo de ese capitán y dicen que espera otro.

—María —dice doña Francisca, perpleja—. No puedo creer que la consideres; ha demostrado ser una mala amiga contigo. ¿Olvidas que dijo que no entendía por qué la juzgaban a ella y no a ti, si tu vida no es precisamente santurrona?

—Estoy al tanto. Pero recuerda que no consiguió que nadie atestiguara en mi contra. A pesar de los amantes que he tenido, siempre he guardado las formas.

—Agradezco al cielo que pases por un período de tranquilidad. Te ruego que no te veas envuelta en otra aventura. Puede ser terrible.

—No te preocupes, madre. No tengo ninguna intención de embarcarme en otro disparate. Aunque quisiera, no tengo tiempo para ello.

—A veces me preocupa que tengas que vivir sin un hombre a tu lado. ¿Acaso no lo necesitas? —pregunta doña Francisca con auténtica preocupación.

—Sinceramente, no. El éxito de mis empresas reemplaza cualquier otra pasión —contesta María poniéndose de pie—. Aguárdame un momento. Debo dar algunas instrucciones y regreso.

Mientras se encamina hacia sus habitaciones piensa con nostalgia: "¡Si supieras, madre, cuánto extraño la presencia de un hombre en mi lecho!"

❧ ❧

La afición de María por las joyas no ha cambiado. Continúa invirtiendo parte de su fortuna en ellas y pocas veces se opone a adquirir un buen aderezo. Su frenesí es conocido en el puerto. Los capitanes de los barcos que arriban a Buenos Aires solicitan ser recibidos por ella para ofrecerle distintas piezas de orfebrería y magníficas telas, a las que tampoco se resiste.

Como tantas otras veces, una mañana la negra Catalina le anuncia que un comerciante extranjero desea verla para enseñarle su mercancía. María ordena que lo hagan pasar a su escritorio.

Al ingresar ve a un hombre joven que no viste a la usanza española. Una rubia y cuidada melena cae sobre sus hombros. Su capa adamascada es corta, y sus jubones muy apretados. El sombrero que porta en la mano está adornado con largas plumas de colores.

Tras dedicarle una florida reverencia en varios tiempos, el hombre se presenta.

—*Signora*, soy Antonio Di Bulacio —dice en un español italianizado—. Los que me hablaron de vuestra belleza no pudieron describirla. ¡*Donna* María, sois magnífica!

—Mucho agradezco vuestras palabras, señor. Sentáos frente a mi escritorio —invita, señalándole una silla.

El mercader se encamina hacia ella; antes de sentarse, apoya una rodilla en el suelo y tomando su mano la besa.

—Disculpad, *signora*, mi arrebato —dice mirándola con admiración—. No pude contenerme.

Ella no retira su mano. Está impresionada con la gallardía de este mozo que se muestra tan apasionado.

—Por favor, caballero, comportáos. Os ruego que toméis asiento. Contadme de dónde sois y qué tenéis para ofrecerme.

—Soy de Florencia. Mi familia tiene varias generaciones de joyeros. Sus trabajos son considerados en todo el mundo, y durante mucho tiempo sólo trabajaron para los Médici. Permitidme que os enseñe algunas piezas. Me han dicho que vuestro gusto es soberbio.

María se entusiasma con este personaje que habla de una forma disparatada, pero graciosa. Por otro lado se siente atraída hacia este mozalbete que, aunque se nota que tiene pocos años, se maneja como un hombre experimentado.

—Desplegad aquí vuestros petates —indica, mientras una gran sonrisa ilumina su cara.

—*Signora*, por favor —dice el mercader tapándose la suya con las manos—, si volvéis a sonreír así no podré venderos lo que traigo. Me sentiré obligado a regalaros todo. Tened compasión de este Antonio. Me matarán cuando regrese a Firenze sin la mercancía ni su estipendio.

—Por favor, caballero, mostradme lo que traéis —pide ella entre risas—. Espero que lo que me ofrezcáis esté a la altura de vuestras lisonjas.

Sin dejar de mirarla a los ojos, el florentino desdobla sobre el escritorio unos ricos cueros que, por la forma en que están trabajados, parecen de seda. Contienen regias alhajas. Perlas y rubíes se destacan en exquisitos zarcillos, brazaletes, sortijas y gargantillas. Relucen las gemas en originales engarces que combinan el oro con la plata.

Absorta, María no puede dejar de admirarlos. Uno a uno se prueba los distintos aderezos, al tiempo que Antonio Di Bulacio, deslumbrado, lanza una exclamación tras otra.

—No sé con cuál de ellas quedarme —duda María—. Todas son estupendas.

—Elegid con paciencia, *signora*, para vos tengo todo el tiempo del mundo.

Largo rato tarda en decidirse. Por fin, elige unos zarcillos de rubíes y perlas que se combinan con un brazalete, y también un rosario de coral y plata.

—Seguramente os compraré otras cosas —dice mientras le hace entrega del pago—. ¿Cuánto tiempo os quedaréis en Buenos Aires?

—Acabo de arribar, regia *donna* —responde él con voz melosa—. Me quedaré una semana y luego continuaré mi viaje hasta llegar a Lima.

—Pasad a verme a vuestro regreso entonces —pide ella con infinita gracia. La apostura y la forma de desenvolverse de ese mozo la han impresionado.

El florentino comienza a enrollar sus cueros. Antes de cerrar el último, toma de él una gruesa cadena de oro de la que pende un medallón artísticamente trabajado.

—Bella *signora*, dejadme que os pruebe esta maravilla —dice con tono dulzón.

—Realmente es muy lindo. Pasádmelo —pide María extendiendo la mano.

—Contempladlo mientras yo lo coloco en vuestro cuello —sugiere él, mientras le alcanza un espejo de plata.

Después, le levanta el pelo con un movimiento suave para proceder a colgárselo. Intencionadamente, roza la piel de María y, fingiendo que trata de cerrarlo, demora con disimulo la operación.

—Este broche es complicado —se lamenta el florentino sin mucha convicción.

—Dejadme que os ayude —replica ella. Apoya el espejo y se lleva las manos a la nuca.

Se superponen a las de él. Ella no las retira. Astutamente, el mercader hace un rápido movimiento y, con suavidad, le prodiga caricias en la cabeza.

Doña María se siente transportada por unos instantes, al cabo de los cuales reacciona.

—Soltadme, señor, puedo arreglármelas sola —afirma, turbada.

—Bellísima *signora*, os ruego que dejéis que esta pieza luzca en vuestro escote hasta mañana. Pasaré a veros. Estoy seguro de que os quedaréis con ella.

—Os complaceré —responde aturdida. Sólo sabe que desea que aquel hombre se retire cuanto antes. No quiere cometer una insensatez.

Tras recoger sus mercancías, Di Bulacio se despide con una extravagante reverencia.

María pasa el resto del día absorbida por sus obligaciones. Al llegar la noche, se dirige a sus aposentos.

Se desviste sin pedir ayuda a sus esclavas. No puede borrar de su mente al florentino.

De pie, desnuda frente al importante espejo veneciano, se contempla. La imagen que le devuelve su luna la reconforta y piensa: "He superado los treinta años", piensa, "y aún mi cuerpo sigue siendo atractivo."

Sin apartar la vista del espejo, admira su propia figura y se acaricia. Su fantasía vuela libremente. "A pesar de los años que le llevo, ese joyero se siente atraído por mí", se dice. "Necesito un hombre apasionado que no me comprometa. Mi cuerpo lo reclama."

Se acuesta desnuda sobre las sábanas de Ruán y se duerme estrechando el medallón que colocara en su cuello el extranjero. Sueña con él toda la noche.

La mañana siguiente la dedica a trabajar en su escritorio. Trata de concentrarse en una nueva operación de contrabando, mas no logra abstraerse de sus sueños. Sin probar bocado, se dirige a sus habitaciones. Allí recibirá al florentino.

Una hora más tarde, la negra Catalina le anuncia que el joven acaba de llegar.

—¿Lo hago pasar a su escritorio, mi ama? —pregunta.

—No, guíalo hasta este aposento. Quiero probarme sus joyas frente al espejo. A propósito, que nadie me moleste. Mantén a las niñas alejadas de este cuarto.

La esclava acompaña a Di Bulacio hasta la habitación. Después, cierra la puerta.

Doña María lo mira ansiosa. "¿Me encontrará sensual?", piensa.

El joyero corre hacia ella. Hincándose, llenó sus manos de besos.

—*Signora*. No es posible que puedas estar más bella que en el día de ayer. ¡Si hasta entonces no había visto una *donna* tan sublime!

Ella se encamina hacia el gran espejo y solicita su ayuda:

—Por favor, caballero, debéis disculparme por recibiros aquí. Estaba admirando el medallón. Aún no he podido desprenderlo. Necesito de vuestro auxilio.

Sin esperar respuesta, cierra los ojos y lleva su cabeza hacia adelante. Di Bulacio se ubica a sus espaldas y repite el ritual del día anterior: aparta el pelo y deja la nuca al descubierto. Mientras simula destrabar el broche, vuelve a prodigarle suaves caricias. Ella se lo permite. Ahora, el florentino reemplaza las manos por sus labios. María suspira de placer.

❧ ❧

Los siguientes cinco días, el joven joyero visitó a María en sus habitaciones. En sus brazos ella se sintió rejuvenecer.

Hoy se ha presentado para despedirse.

—María —dice con el mismo tono dulzón de siempre—. Voy a echarte de menos, pero debo marchar a Lima. Me están aguardando para partir.

—También a mí me harás falta. Pero sabíamos que lo nuestro sería fugaz. Como verás, aún no he logrado desprender el broche de esta cadena.

—No seré yo quien lo desprenda, belleza mía. Esa cadena os recordará siempre a este florentino, que tuvo el privilegio de compartir su fuego con la más sensual de las mujeres.

El modo en que la besó antes de retirarse haría que jamás lo olvidara.

❧ ❧

Aterrada, María se contempla en el espejo. Su cintura aumenta de tamaño día a día y no puede disimular el crecimiento de su vientre. En cuanto al responsable, Antonio Di Bulacio, han pasado varios meses desde que partiera hacia el Perú. No ha vuelto a verlo.

"¿Cómo puede sucederme esto? Con la cantidad de mujeres que desean tener hijos y no lo logran...", se dice. "Nunca pensé en que quedaría embarazada de ese apasionado joyero."

Como en las otras ocasiones, no ha podido disimular su estado ante su madre. Doña Francisca está desesperada.

244

Teme por lo que pueda suceder. Esta vez la sociedad no la perdonará. Seguramente más de una comadre debe de estar al tanto. Los parloteos entre esclavos se trasmiten a sus amos.

Los golpes en la puerta y el bajo tono de voz que emplea Catalina la hacen volver a la realidad.

—Ay, mi ama, don Diego Gutiérrez de Humanes dice que quiere veros. No trae cara de buenos amigos.

—Haz que pase al salón y se ubique en el estrado —ordena, intranquila—. Dile que me estoy vistiendo. Convídalo con lo que quiera.

Insegura, busca qué vestidos ponerse. Él no debe notar su preñez. Se pone el guardainfante debajo de sus faldellines. Con ese armazón parece más gruesa. No sirve. Se prueba otras ropas y con todas le sucede lo mismo. Opta por echarse sobre los hombros una ancha capa carmesí. No es lo apropiado, pero con ella podrá cubrirse.

Se encamina hacia el salón. Al verla ingresar, el capitán Gutiérrez de Humanes baja del estrado y va a su encuentro.

—¿Cómo os halláis, doña María? —saluda con una corta reverencia—. Debo hablaros seriamente.

—Estoy muy bien, aunque con un poco de frío —contesta ella, sujetando nerviosamente su manto—. Pasemos al estrado. Tomad asiento y conversemos. ¿Se encuentra bien vuestra familia? Supongo que habéis venido a ver a nuestra María...

—Os responderé, señora —contesta él, fríamente—. Ante todo me preocupa veros tan abrigada en una tarde cálida como la de hoy. Mi familia está saludable, y respecto a ver a la pequeña María, es cierto, lo deseo, pero antes debo aclarar ciertas cosas con vos. Recordaréis que una vez os dije que no permitiría que criarais a mi hija si dabais notas de escándalo. Eso ha sucedido y vengo a reclamar su tenencia.

Doña María ha quedado estupefacta. No reacciona inmediatamente a su comentario, pero está segura de que no permitirá que la alejen de su adorable hijita.

—No comprendo vuestras palabras, capitán. No he dado motivos de desvergüenza. Aclarad lo que decís. Me ofendéis.

—Me han llegado informes de que esperáis otro hijo. ¿Acaso no es ese motivo suficiente?

—No es verdad —replica ella con vehemencia.

—Al veros así cubierta he comprobado que las murmuraciones son ciertas. Seguramente también es verdad que ni siquiera sabéis quién es el padre.

—Os equivocáis —replica alterada—. Lo sé perfectamente.

De inmediato reconoce su error y prorrumpe en llanto.

—Me alegra que sepáis de quién se trata. Pero mi hija no seguirá viviendo con vos bajo este techo.

—No podréis quitármela. No dejaré que se vaya de mi lado.

—Puedo, señora. Y lo haré. Vuestros actos son escandalosos.

—No es así —grita María recuperando su compostura—. Tendré otro hijo, pero no he cometido escándalo público. Nadie me ha visto cometer actos indecentes.

—Señora —dice él pausadamente—, si no permitís en forma amigable que María viva conmigo, llevaré el asunto al tribunal civil y al eclesiástico. Os garantizo que lleváis las de perder.

María tiene importantes amigos en el poder, pero sabe que ninguno —y menos "El Innominado"—, la apoyará en estas circunstancias. Además, Gutiérrez de Humanes es teniente de gobernador. Está desesperada.

—No podéis llevarla a vivir a Santa Fe —replica con calma, tratando de apaciguar los ánimos.

—Vuelvo a avencindarme aquí —afirma don Diego—. Regreso en los próximos días. Mi familia ya está instalada en la ciudad. El gobernador me ha ofrecido ser su teniente en Buenos Aires, aunque no se si aceptaré su propuesta.

—Os ruego que recapacitéis. Dejadla conmigo. Soy una buena madre.

—No, señora, vuestra conducta no es digna de una dama de calidad.

—¿Cuándo pretendéis llevarla con vos? —pregunta con furia.

—Ya mismo. Mañana enviaré por sus pertenencias. Si no lo aceptáis, al salir de esta casa me dirigiré a las autoridades para levantaros un proceso.

—¿Permitiréis que me visite en esta casa? Mucho la quiero aunque vos creáis que poco me importa.

—Podréis verla, pero después de que deis a luz a vuestro próximo hijo. Quiero que se acostumbre a mi mujer y a sus hermanos.

—No puedo creer lo que decís. ¿Cómo podéis ser tan inhumano?

—No lo soy, señora. Comprobaréis con el tiempo que sólo me mueven sentimientos de cariño hacia mi hija. Pero como os he dicho, si queréis plantearé el caso ante la justicia.

—Está bien —concede ella, altaneramente—. Volved en unas horas a buscarla.

—No habéis comprendido mis palabras. No saldré de esta casa sin la pequeña.

Doña María se pone de pie y, conteniendo el llanto, se dirige a la habitación en la que duerme la niña. Se acerca a su pequeña cama y se queda contemplándola mientras enternecidas lágrimas caen de sus ojos. No sólo ella la extrañará. Deberá explicarlo a sus hijas mayores, que se deleitan con las gracias de María y su inseguro caminar.

La toma en sus brazos y sin pedir ayuda la traslada hasta el salón.

—Tratad de que no se despierte —dice, entregándosela.

Con enorme devoción, la besa en la frente.

❧ ❧

María se dirige a escuchar la misa del domingo en la catedral. La acompañan sus dos hijas mayores y la negra Catalina. Cubre su cara con un rebozo para disimular la hinchazón. Ha pasado toda la noche llorando.

Finalizado el servicio religioso se encamina hacia la salida. Apura su paso. No quiere ver a nadie.

Acaba de salir del templo cuando nota que la toman del brazo. Es una dama, también cubierta por un rebozo.

—Doña María —dice con voz tranquila la mujer—. Soy doña Leonor de Carvajal. Quiero hablaros.

María ordena a la esclava que lleve con urgencia las niñas a la casa.

—Las alcanzaré enseguida —asegura.

Las dos señoras avanzan juntas hasta la plaza para alejarse del gentío.

Es la mujer del capitán Diego Gutiérrez de Humanes quien habla primero.

—Sé que pasáis por una situación desesperada. Quiero tranquilizaros. También yo soy madre. Sabed que cuidaré amorosamente de vuestra hija. Todavía no comprendo lo sucedido. ¡Pero sucedió! A pesar de que mi marido no quiere que veáis a la pequeña María por un tiempo, sin que él se entere, me ocuparé de que la lleven a vuestra casa. Dios os acompañe.

Doña María no sabe qué decir. Por un lado siente odio y vergüenza, mas por el otro no puede dejar de admirar a esa magnífica mujer.

—Doña Leonor. No sabéis cuánto os lo agradezco —dice mientras la abraza.

Enseguida se separan. Sola y triste, aunque reconfortada, camina los pasos que la separan de su casa.

Capítulo

24

Doña Francisca de Rojas ha visitado a los Villegas y recién llega a casa de María. El esclavo que le abre la puerta le informa que su ama se encuentra en las habitaciones de atrás.

—No me anuncies. Iré directamente hacia allí —dice sonriendo.

La puerta del cuarto está abierta. María acuna en sus brazos a su último vástago, que ha sido bautizado con el nombre de Antonio de Guzmán. La acompañan sus dos hijas mayores.

—Éste es un lindo cuadro de familia —dice doña Francisca al ingresar.

—Despacio, madre, que puedes despertar a Antonio —advierte doña María.

—Por Dios, cómo crece este niño —replica doña Francisca en voz baja—. Si es así antes de cumplir un año, no quiero pensar en las proporciones que tendrá cuando sea un hombre. —Y con una gran sonrisa agrega—: Te traigo buenas noticias. Estuve en lo de Villegas.

María llama a la negra Catalina y le entrega al niño. Pide a Anita y Juana que también se queden un rato con su hermano. Ella y su madre se dirigen a sus habitaciones.

—Cuéntame. ¿Como está María?

—Cada día más linda. Y se desenvuelve como si fuera mayor... ¡Qué buena gente son los Villegas! La tratan como si fuera de ellos, y sus hijas mayores la adoran.

—No sabes cuán feliz me haces con tus novedades. También hoy estuvo la otra María. Es un sueño. La vieras jugar con el pequeño... Y cuánto la mimaban sus hermanas...

—Cómo has cambiado. Nunca dedicaste tanto tiempo a tus hijos.

—Tienes razón, pero recién hoy mis negocios están encaminados y puedo entregarme a mi familia. ¿Hay novedades en la ciudad?

—Una muy importante. Dicen que la corona ha designado un reemplazante para el gobernador Jacinto de Lariz. Ese hombre es un loco. Lo espera un complicado juicio de residencia. Sus querellas con el obispo no han cesado.

—Pero tiene actos a su favor. La autorización que dio para el traslado de la ciudad de Santa Fe después de que fuera diezmada por los indios, es uno de ellos. Y ha brindado un fuerte apoyo a los vecinos, sobre todo considerando que hasta el momento no han tenido auxilio por parte de la Real Hacienda.

—Pero ahora está organizando una excursión a las reducciones jesuíticas porque insiste en que allí hay minas de oro y tesoros escondidos —replica doña Francisca.

—Qué absurdo —acota María—. Ese asunto fue bien investigado por Dávila. Allí no existe más que hierro.

—Veremos qué sucede —dice doña Francisca.

❧ ❧

Han transcurrido más de dos años desde aquella conversación y el reemplazante del gobernador no ha arribado. Los conflictos locales no se han apaciguado.

María lleva una vida tranquila. Administra sus cuantiosos bienes y no ha vuelto a complicarse sentimentalmente. Doña Ana de Herrera y Velazco y doña Juana de la Cueva, sus hijas mayores, frecuentan asiduamente las casas de sus familias paternas. La tranquiliza saber que gozan de su cariño. En cuanto a Antonio, su hijo menor, el niño es muy mimado por su abuela y a pesar del disgusto que tuvo su hermana Dionisia cuando éste nació, tanto ella como su marido lo colman de cariño.

En los últimos tiempos María no se ha sentido bien. Lucha contra su desgano y contra una terrible tos que no la abandona. Don Alonso Garro de Aréchaga la visita habitualmente, aunque hasta el momento, a pesar de la cantidad de remedios y curas que le administra, no ha notado mejoría.

Como todos los días, hoy María se encuentra trabajando en sus papeles. Se siente peor que de costumbre. Está alarmada. Casi no tiene fuerzas y le cuesta respirar.

Intenta ponerse de pie y llamar a alguna de sus esclavas para que la auxilie pero, casi ahogada, no puede emitir sonido. Entonces, trata de llegar a la puerta; antes de lograrlo pierde el sentido y cae sobre los mosaicos.

Un momento después, cuando la negra Catalina golpea la puerta del escritorio con la intención de preguntar a su ama si necesita algo, nadie responde. La negra intuye que algo está mal y decide entrar.

—Mi ama querida —grita hincándose a su lado—. ¡Está muerta!

María, que se está recuperando, escucha nítidamente sus palabras.

—Catalina, estoy viva —susurra—. Llévame hasta mi lecho y no comentes con nadie este suceso.

—Pero, amita, será mejor que nos auxilie un negro y llamemos al médico.

—No, ya me estoy recomponiendo. —Y con un tono de voz más audible ordena—: Ayúdame. Y te repito que esto debe quedar entre nosotras.

Lentamente, logra ponerse de pie. Apoyándose en Catalina, se encamina a su aposento. La negra la ayuda a recostarse.

—Ya mismito le alcanzo agua —dice la esclava, preocupada.

Doña María ve aproximarse su fin. Nunca pensó que sería tan rápido. Quiere dejar arreglados sus asuntos de negocios para que sus hijos, que serán los únicos herederos, no tengan problemas.

Catalina ha regresado y ayuda a su ama beber el agua a pequeños sorbos.

Ella siente que le vuelven las fuerzas; aunque debilitada, pide:

—Alcánzame el cofre de mis alhajas.

—¿Cuál de ellos, señora? —pregunta la esclava.

—Por favor, Catalina, el pequeño. Es el único que guardo en este cuarto.

La negra se lo alcanza.

—Ahora déjame sola —ordena—.Cuando me reponga saldré a caminar. No quiero que nadie me acompañe.

❧ ❧

Vestida como una mujer del pueblo y cubierta por un negro rebozo María se encamina hacia el Barrio Recio. Detiene su paso al llegar a una pulpería y observa el lugar. Con techo de cañas y paredes de adobe, el lugar es oscuro a pesar del brillante sol de ese mediodía. Varias mesas y toscas sillas de madera del Paraguay ocupan el interior. Los concurrentes no tienen buen aspecto. Indios y mulatos toman chicha y aguardiente, mientras que otros, españoles rústicos en apariencia, juegan a los naipes y beben vino en ordinarios cubiletes.

"Es peor de lo que había imaginado", se dice a sí misma doña María. "Qué diferencia con las pulperías de Santo Domingo y San Francisco. Ésas son mejor frecuentadas, pero aquí nadie me reconocerá. Espero que sea cierto que puedo confiar en el pulpero."

Detrás del mostrador, atendiendo a los parroquianos, se encuentra un andaluz no muy joven de aspecto bravucón y jactancioso. María se aproxima y le pregunta si es el dueño del lugar.

—Para servirla. Me imagino que vendrá por los nuevos jabones y las telas que he recibido —dice, al tiempo que se da la vuelta para buscar la mercadería ofrecida.

—No, señor. Es a vos a quien vengo a ver.

El suave y educado tono de voz de María lo sorprende. No es común que una dama asista a la pulpería.

—Decidme entonces, señora.

—¿Vuestro nombre es Pepe Truhanes? —pregunta, para confirmar si es la persona con quien debe tratar.

—Sí, señora —contesta el hombre, intrigado—. Os repito, ¿en qué puedo seros útil?

—Me habló de vos el capitán de un barco mercante llamado Gil Pérez. Me dijo que fuisteis aprendiz de joyero en España y que os gusta y conocéis el oficio. Quiero tratar con vos un negocio.

—Es como vos decís, señora. Pasad al cuarto de atrás para poder conversar tranquilos.

Llama a un ayudante y le pide que tome su lugar. Luego, conduce a María a una habitación maloliente. Se sientan a una mesa.

—Necesito que me prestéis un importante servicio que os será bien recompensado —dice doña María.

Pepe Truhanes la mira absorto mientras ella saca de su faltriquera un anillo de oro en el que se destaca un enorme brillante en forma de corazón.

—Señora, esto es una maravilla. ¿Deseáis venderlo? —Y con con cara compungida agrega—: Nunca podría comprarlo.

—No son ésas mis intenciones —advierte doña María—. Siendo vos conocedor del oficio de joyero, quiero preguntaros si podéis separar esta piedra de su engarce.

—Desde luego que puedo hacerlo —asegura el hombre con arrogancia—. Tengo todos los instrumentos que para ello se necesitan, a pesar de que como notará la señora, no es a la joyería a lo que me dedico ahora.

—Pagaré el precio que vos fijéis —dice ella con mucha seguridad.

Truhanes se queda pensativo. Acostumbrado al regateo, pide una alta cifra.

—Os doblaré esa cantidad si mañana temprano tenéis listo el trabajo —replica María.

Los ojos del pulpero parecen salirse de sus órbitas.

—Acepto vuestra propuesta —dice entusiasmado.

En ese momento, un ataque de tos conmociona a doña María.

—Disculpadme —dice con voz entrecortada—. Esto me sucede a menudo. Pasaré temprano a retirarlo.

—Yo mismo os lo alcanzaré a vuestra casa —dice el pulpero, compadeciéndose de ella—. Estaré allí a primera hora. Sé dónde queda. Perdonadme, pero os he reconocido. Todos saben en Buenos Aires quién es la dueña de esta joya.

—Está bien. Pero nadie debe saber jamás que os he encargado este trabajo —replica ella—. Sólo a mí entregaréis la piedra y su engarce. Gil Pérez me dijo que puedo confiar en vos.

—No lo dudéis, señora. Puedo parecer un bellaco, pero sé respetar el secreto de una dama. Os veré justo cuando despunte el alba, para que nadie se entere.

María agradece la gentileza, y Truhanes la acompaña hasta la puerta.

María se siente débil. Ansía llegar a su casa. No puede cruzar la calle porque en ese momento avanzan por ella una cantidad de carretas y una tropilla de caballos.

De repente, oye una voz desagradable a sus espaldas.

—A vos yo te conozco. Sos la ramera ricachona.

Asustada, no quiere mirar para atrás. Pero tampoco puede adelantarse. Vahos alcohólicos acompañan la segunda frase:

—¿No querís que hagamos otro arreglito para tu vida?

Ahora, cree reconocer la voz de esa mujer ebria. Con las pocas fuerzas que aún le quedan, apura su paso y comienza a atravesar la barrera de carros y animales. Una risa endemoniada se hace oír a sus espaldas. La borracha la sigue.

María trata de correr. Las carcajadas son cada vez más sonoras. Siente que la toman del brazo. Las carretas continúan circulando. Forcejea con todo el vigor que le queda y, sin volverse, logra empujar a su atacante.

El monstruoso grito es ahogado por los ruidos del crujir de las carretas y los cascos de los caballos. Logra atravesar la calle y recién en ese momento mira hacia atrás. La escena la impresiona. La mujer está muerta debajo de la rueda de un carro. Una mano parece desprendida del cadáver. Las negras uñas son como garfios, y en el dedo índice brilla un rubí de mediano tamaño. Ya no le quedan dudas. La muerta es Cipriana Abrojo.

María llega a su casa casi sin aliento. Catalina está esperándola en la puerta. La pobre negra está desesperada.

—Amita, debe descansar —dice cariñosamente—. No se la ve nada bien. Déjeme que la ayude a meterse en la cama.

—No, mi fiel Catalina. Acompáñame hasta el escritorio.

Llega hasta allí apoyada en su esclava. La palidez de su rostro refleja su dolor.

—Déjame sola por un rato y regresa después para ayudarme —pide mientras se sienta ante su mesa de trabajo.

—Me quedaré detrás de la puerta —contesta la negra, intranquila—. Prométame que me llamará si se siente mal.

—Te lo prometo. Vete, por favor.

Toma papel y pluma y comienza a redactar una esquela. Anota los nombres de todos sus hijos. Después, la dobla y la deja a un costado. Comienza a escribir una carta. Sus ojos están llenos de lágrimas. Cuando termina, esconde los escritos en su rebozo y llama a Catalina. Le pide que la acompañe hasta sus aposentos. Antes de meterse en la cama, guarda los dos papeles en el cofre de sus alhajas.

—Señora, déjeme llamar al médico —ruega Catalina.

—Mañana. Ahora corre las cortinas para que no entre luz y vuelve a mi lado por si te necesito. Antes avisa a mis niñas que no me siento bien, y que no quiero ser molestada. Diles que las quiero mucho pero deseo dormir.

A pesar de su agotamiento, no puede conciliar el sueño hasta la noche. La imagen de la bruja debajo del carro está fija en su mente.

Duerme unas pocas horas, al cabo de las cuales se despierta bañada en sudor. Tiene mucha fiebre y casi no puede respirar. Catalina está sentada a su lado. Los ojos de la negra fulguran a la luz de un candil. Está mirando con profunda tristeza a su ama. "Aún no ha salido el sol", piensa María.

Sobreponiéndose al dolor, le hace una seña imperceptible a la negra para que se acerque.

—Ve a la puerta y espera a un hombre que preguntará por mí. Lo haces pasar al escritorio y vienes a buscarme.

—No puedo dejarla sola, amita.

—Cumple con lo que te digo. No me hagas hablar más. Te suplico que nadie sepa de su presencia en esta casa.

Con temor de abandonarla, la negra finalmente obedece.

Ya comienzan a aparecer los primeros rayos del sol. El galope de un caballo indica a Catalina que un jinete se acerca. Pronto confirma que no se ha equivocado. El jinete acaba de sofrenar a su caballo frente a ella.

—Avisa a tu ama que la quiere ver un amigo —dice el hombre mientras se apea.

La esclava no pregunta su nombre. Sabe que ese hombre no puede ser amigo de su dueña, pero está segura de que se trata de la persona a quien ella espera.

❧ ❧

María se levanta con dificultad apoyándose en Catalina, que echa sobre sus hombros una capa y la acompaña hasta su escritorio. Antes de salir de la alcoba, María toma del cofre de sus alhajas un pequeño saco y la carta que escribiera el día anterior.

Su aspecto es terrible. Pepe Truhanes se asusta al verla entrar. Ella ordena a Catalina que salga por unos instantes.

—Señora, estáis muy mal. Aquí tengo lo que me pidierais —dice el pulpero poniendo en sus manos el anillo y el diamante por separado.

—Poco me queda por deciros, buen señor —musita, con las pocas fuerzas que le quedan, y le entrega el saco que contiene monedas de oro—. Contadlo.

—No, señora. Este pulpero sabe cuándo trata con una persona honrada. Permitid que un bruto os bese la mano. Siempre me habéis deslumbrado. Solía veros en las corridas de toros. Y no temáis. Nadie sabrá que alguna vez os he visto.

Ella casi no puede hablar pero se vale para agradecer el gesto a Pepe Truhanes.

Él mismo abre la puerta y hace entrar a Catalina.

—Atended a vuestra ama, que yo conozco la salida —dice, y, sin más trámite, se marcha.

—Espera todavía afuera —ordena María a su esclava—. Yo te avisaré cuándo quiero que me auxilies.

Sola frente a su escritorio abre la carta, la retiene en sus manos, y luego la besa. La envuelve dentro de tres grandes papeles que va plegando. Escribe algo en el frente y derritiendo lacre con una vela le impone su sello personal. Luego, con voz débil y apagada, llama a Catalina.

Asustada, la negra la acompaña hasta su cuarto. Una vez allí, María le pide que la conduzca hasta la mesa donde está su cofre. Lo abre, y deposita en él el anillo.

—Ahora llévame hasta mi lecho e inmediatamente llama a mis dos hijas y al médico. Haz que avisen a mi madre, también.

La esclava obedece. Ya sola, María esconde la carta bajo el almohadón tapizado en damasco sobre el que apoya su cabeza.

❧ ❧

Doña Ana de Herrera y Velazco y doña Juana de la Cueva ingresan juntas en el cuarto. Asustadas, se sientan en la cama de la enferma.

—¿Qué te sucede, madre? —dicen las jóvenes al unísono.

—Tienes una fiebre altísima y estás temblando —agrega angustiada Anita, la mayor.

María hace esfuerzos por hablar.

—Siento mucho frío —contesta débilmente—. Que enciendan los braseros.

—Pero, madre... No te va a hacer bien. Afuera hace calor.

Ella la mira resignada. Anita ordena a Catalina que se ocupe de cumplir el pedido de su madre.

—Cuando llegue el médico decidirá si deben apagarse —afirma.

Con un hilo de voz, doña María se dirige a sus hijas.

—No creo que pueda superar este trance —dice con una forzada sonrisa—. Debéis acostumbraros a esa idea. Sabed que recibiréis un importante patrimonio. Las familias de vuestros padres deberán administrarlo hasta que seáis mayores.

—No digas eso, madre —replica Juana lloriqueando.

—Debo decirlo. Mucho os he querido y os quiero. Seguramente oiréis terribles historias mías. No las creáis todas. Defendedme hasta donde podáis y jamás intentéis imitar mi forma de vida. Si esto sucediera habré fallado en vuestra educación. Rogad a Dios por mí, que necesitaré de vuestras oraciones. El cielo escucha a las almas puras. Protejéos entre los hermanos a pesar de tener distintos padres y pensad en formar familias cristianas. Recordad siempre las palabras de una pecadora arrepentida, vuestra madre.

Las hermanas lloran en silencio mientras le prodigan caricias.

—No te cambiaríamos por otra —dice Juana—. No hables más, que te quedarás sin aliento.

Doña Francisca entra como una tromba y se acerca al lecho.

—Está por llegar el médico, hijita. Verás que vas a mejorar.

María escucha la voz de su madre y pide a sus hijas y a Catalina que la dejen a solas con ella. Así lo hacen.

—Debo pedirte que te ocupes de que mis hijas sean educadas por las familias de sus padres, y que del pequeño Antonio se encargue mi hermana Dionisia —dice María con esfuerzo.

—Pueden quedar a mi cargo —replica doña Francisca ofendida—. ¿Acaso piensas que no puedo enseñarlos?

—No es eso, sólo que prefiero que se integren a familias bien constituidas. Es por su bien que te lo pido.

—Cumpliré tu voluntad —replica, molesta. Sabe que no es éste momento para recriminaciones. Conversará con ella cuando se sienta mejor.

El médico don Alonso Garro de Aréchaga hace su entrada sin anunciarse.

—A ver cómo está esa enferma —dice en tono simpático para levantar su ánimo. Sin embargo, no duda de que su estado es muy grave.

—Con fiebre —interviene doña Francisca, que todavía se encuentra molesta—. No sé quién ha encendido los braseros. Daré orden de que los apaguen.

—No, por favor —gime María.

—Señora, esperaré a revisarla y después lo resolveremos —dictamina don Alonso.

El médico permanece a su lado largo rato. El pulso de María es cada vez más débil. Don Alonso besa su mano y se despide. Antes de partir, anunció a doña Francisca que nada queda por hacer.

El final es inminente. Doña Francisca reza el rosario a su lado. Han anunciado la llegada del cura don Lucas de Sosa y Escobar, que ingresa ahora en la habitación precedido de dos monaguillos.

A pedido de María, que parece haber recuperado sus fuerzas al ver al sacerdote, todos abandonan la alcoba.

—Alejáos —indica pausadamente don Lucas a los dos acólitos—. Debo escuchar la confesión de esta señora.

Las palabras pronunciadas por María demuestran un sincero arrepentimiento. Cuando don Lucas está por darle la absolución ella le pide que aguarde.

—¿Qué sucede, doña María? ¡Vuestros pecados os son perdonados!

—Necesito pediros algo bajo secreto de confesión —contesta ella haciendo esfuerzos para tomar la esquela que ocultara debajo de una de las almohadas—. Os ruego que esta carta llegue a su destinatario. Solamente en vos puedo confiar.

El cura lee en el frente a quién está dirigida y la esconde en una de sus mangas.

—Tranquilizáos, señora. Me ocuparé de que la reciba.

Dicho esto la absuelve, le administra los Santos Óleos y la bendice nuevamente antes de atravesar la puerta.

Inmediatamente, ingresa doña Francisca seguida por las esclavas.

María pide que llamen a un escribano para redactar su testamento. Mientras aguardan su llegada, rezan. Se encuentran presentes Anita, Juana y Dionisia, que acaba de llegar.

A pesar de que María ha perdido el sentido, todos están asombrados de la sonrisa que se dibuja en su rostro.

Sin embargo, su respiración es cada vez más entrecortada. Un momento después, sin cambiar la expresión, exhala su último suspiro.

La sonrisa no sólo no se ha borrado de su cara, sino que parece más amplia.

¡Ha muerto doña María de Guzmán Coronado!

Capítulo

25

El escribano no llegó a tiempo. María ha muerto sin testar.

Sólo sollozos se escuchan en la casa. Los esclavos también lloran a su ama. Negros crespones cuelgan de las rejas y de la puerta principal. Anita y Juana no se separan del lecho de su madre, rodeado ahora por cuatro grandes cirios. A sus espaldas han colocado el cuadro con la imagen de Nuestra Señora de la Limpia Concepción, y entre sus pálidas manos brilla un crucifijo de oro.

Comienza a llegar la gente para acompañar a los deudos.

Pascuala, una de las negras que acompañó a su ama secándole la frente hasta el final, se acerca a doña Francisca con la cara todavía bañada en lágrimas y le informa que se encuentra presente el alcalde de Buenos Aires, Fernando Nuño del Águila.

—Dile que pase a esta habitación. Es aquí donde se ha dispuesto la capilla ardiente —contesta doña Francisca.

—Ya se lo he dicho, pero dice que quiere veros en el salón —alega la esclava.

Doña Francisca busca con la mirada a su yerno, el capitán Cristóbal Pérez Morán, y le pide que la acompañe a recibir a ese alto personaje.

Cuando ingresan en el salón, quedan sorprendidos por la cantidad de gente que acompaña al alcalde. Éste le hace una reverencia.

—Señora —dice—. Ante todo deseo expresaros mis condolencias. Pero no es ésa la misión que me trae hasta aquí.

—Hablad, señor. ¿De qué se trata?

—Me presento en esta casa no sólo como alcalde de la ciudad, sino también en mi carácter de comisario general. Nos hemos enterado de que vuestra hija murió sin hacer testamento ni memoria alguna. Y sabiendo que deja algunos hijos menores como herederos, se debe hacer inventario y tomar razón de todos sus bienes.

—Considero que éste no es el momento —replica doña Francisca—. Será cuando vos lo dispongáis, pero después de que sea enterrada. Además, mi hija me ha designado como su albacea conjuntamente con don Cristóbal Pérez Morán, a quien conocéis.

—¿Está eso escrito en algún lado? Enseñádmelo —responde el alcalde, dubitativo.

—No tuvo tiempo de escribirlo pero me lo comunicó antes de morir, al igual que las disposiciones para su entierro —miente doña Francisca.

—Lamentablemente las palabras carecen de valor, señora. Ahora mismo mi gente comenzará a hacer el inventario. Pero antes de ello debo tomaros una declaración.

Doña Francisca no puede disimular su enojo. Mira a su yerno esperando que se oponga, pero Pérez Morán admite sin reservas que es lo que corresponde.

El alcalde toma un crucifijo y hace jurar a doña Francisca que dirá la verdad. Después, le hace la primera pregunta, mientras un escribiente levanta un acta.

—Informad, señora, cuántos hijos deja como herederos doña María de Guzmán Coronado.

Doña Francisca comienza a enumerarlos.

—El primero es don Domingo Esteban Dávila, que lo tuvo con el gobernador del Río de la Plata don Pedro Esteban Dávila, quien se lo llevó con él a España cuando dejó estas tierras. La segunda es doña Ana de Herrera y Velazco, que la hubo de don Alonso de Herrera y Guzmán siendo por él reconocida como tal. Tercera es doña Juana de la Cueva, hija de don Juan Hernando de la Cueva, la cual también fue reconocida. Cuarta es doña María Gutiérrez de Humanes que vive actualmente con su padre, el capitán Diego Gutiérrez de Humanes, por quien fue reconocida. El quinto y último es Antonio de Guzmán, que lo hubo de un comerciante extranjero.

—Doña Francisca —anuncia con seriedad el alcalde—. Recordad que estáis bajo juramento. De buena fuente estoy informado de que doña María tuvo seis hijos.

Doña Francisca se queda helada.

—No sé de qué me habláis.

Fernando Nuño del Águila indica al escribiente que no tome notas hasta que le dé nuevo aviso.

—Señora, lo sé a través de don Alonso Garro de Aréchaga, a quien tomaré declaración después de la vuestra, al igual que lo haré con doña Dionisia Garzón.

—Es verdad. Tuvo otra hija. Se llama doña María de Guzmán —admite compungida doña Francisca—.Por la importancia de su padre, y por haberlo jurado, debo guardar el secreto. Sé que esta viva. Pero tampoco puedo informaros dónde se encuentra.

El alcalde ordena a su escribiente que tome nota y pregunta al capitán Pérez Morán si él conoce el paradero de la niña. Su respuesta es negativa. Indignado, mira a su suegra y aclara que nadie hasta ese momento lo había puesto al tanto de que existía otra hija de su cuñada.

Fernando Nuño del Águila ordena a los diez hombres que lo secundan que comiencen a hacer el inventario de los bienes de la casa. Por ser hombre de su confianza, designa en ese momento depositario de los mismos a don Cristóbal Pérez Morán.

Lo primero en inventariarse fueron los esclavos. Ocho de ellos se presentaron y dijeron su nombre y nación.

El alcalde y sus hombres trabajaron hasta tarde. Por ser tantos los bienes, no pudieron concluir con la tarea e informaron que regresarían al día siguiente. Antes de retirarse el alcalde tomó declaración a doña Dionisia Garzón, quien enumeró los seis hijos de su hermana. Como su madre, también dijo que no sabía dónde se encontraba doña María de Guzmán y que no podía mencionar el nombre del padre por haberlo jurado y ser un personaje de mucho respeto.

El alcalde comunicó al capitán Pérez Morán que llevaría varios días de arduo trabajo terminar el inventario de todos los bienes, la revisión de los papeles y las escrituras de la finada. Después, se despidió anunciando que regresaría a la mañana siguiente.

❧ ❧

Acompañado de sus auxiliares, y tal como lo anunciara, el alcalde se ha hecho presente en la casa a primera hora. Revisan papeles y siguen inventariando todos los bienes que allí existen. El cuarto del tesoro será abierto luego de las exequias.

Mientras esto sucede, el cuerpo de María es amortajado y puesto en su ataúd. Las honras fúnebres se celebrarán a mediodía en la catedral, donde será enterrada.

❧ ❧

El templo está colmado. La misa cantada de cuerpo presente es concelebrada por cuatro sacerdotes. En todas las iglesias de Buenos Aires se rezan misas por su alma. Su familia las ha encargado, al igual que otras cuarenta que se oficiarán todos los días a partir de hoy. El costo es alto, pero la fortuna que ha dejado doña María lo permite.

Las hijas mayores están acompañadas por sus familias paternas.

Finalizada la ceremonia y el entierro en la catedral, regresan a la casa materna. Las recibe Fernando Nuño del Águila.

—Jóvenes señoras —dice el alcalde amablemente—. Debo pediros que os preparéis. Yo mismo os acompañaré a las casas de vuestras familias paternas donde quedaréis hasta vuestra mayoría de edad.

Las muchachas se dirigen a sus respectivos cuartos. Deben preparar lo que llevarán con ellas.

Sin decir palabra, Doña Francisca mira con furia a Fernando Nuño del Águila.

—En cuanto a vos, señora —dice el alcalde—, en caso de que lo aceptéis, dejaremos al pequeño Antonio de Guzmán a vuestro cuidado. Esta casa permanecerá cerrada hasta tanto finalice el inventario.

—Acepto —contesta doña Francisca más tranquila.

❧ ❧

El alcalde se presenta primeramente en casa de don Felipe de Herrera y Guzmán, quien lo recibe en compañía de su mujer.

Se les pregunta si doña Ana de Herrera y Velazco ha sido reconocida por su hermano don Alonso. Ellos contestan afirmativamente y entonces se les consulta si aceptan que la joven quede depositada en su casa. Desde luego, aceptan con alegría. Doña Isabelita de Tapia abraza a doña Anita. Todo queda registrado en el acta que firman los presentes y ante testigos.

El mismo procedimiento se aplica en la casa del capitán Francisco de Acosta Alberguería, donde es recibido por él y por su mujer, doña Isabel de la Cueva. Ellos afirman que doña Juana ha sido reconocida por su hermano, don Juan de la Cueva y aceptan hacerse cargo de su sobrina.

Cumplida su primera misión, Fernando Nuño del Águila regresa a la casa que fuera de doña María. Quiere estar presente cuando se proceda al inventario de los objetos que se encuentran en el cuarto del tesoro, del cual tiene la llave.

Don Cristóbal Pérez Morán asiste a la apertura de ese cuarto y a la descripción de la cantidad de oro y plata que allí se encuentra depositada, como así también de otros lujosos ornamentos. Los cofres que contienen joyas también son abiertos e inventariados. Todos están deslumbrados.

Después, pasan a la alcoba de la extinta y abren un pequeño joyero que contiene las alhajas que usaba a diario. El alcalde toma un papel que se encuentra en su interior y da lectura al mismo. En él doña María había consignado, junto a los nombres de sus seis hijos, los de sus respectivos padres, salvo en el caso de su quinta hija, doña María de Guzmán. No puede mencionar a su padre, dice, por haberlo jurado.

—¿Quién podrá ser este importante personaje? —pregunta del Águila a Pérez Morán.

—Os aseguro que no sé de quién se trata. Intenté que mi mujer me lo dijera, pero ni siquiera a mí puede revelármelo.

—Bueno —replica el alcalde—. No nos preocuparemos por saber de quién se trata, pero sí debemos ubicar a esa niña, que heredará un importante patrimonio.

A fin de que intervenga en representación de los hijos de doña María en su juicio sucesorio se ha designado como Defensor de Menores, a Pedro Sánchez Rendón.

Conjuntamente con el alcalde, han colocado a censo y rentas todo el caudal de monedas en oro y plata, y se han asegurado de que fueran importantes vecinos quienes tomaran esos préstamos contra hipotecas.

El resto de los bienes, salvo algunas alhajas que serán tasadas y luego distribuidas entre sus hijas, se rematarán en almoneda. El defensor de menores ha informado que sospecha que se esconden bienes de la difunta, por lo que el alcalde ha decidido tomar declaración a los esclavos antes de que sean entregados para la subasta.

❧ ❧

Fernando Nuño del Águila y Pedro Sánchez Rendón están indignados. Juntos se dirigen hacia la casa de doña Francisca de Rojas. Los acompaña un escribiente para levantar un acta.

—¿A qué debo el honor de vuestra visita, caballeros? —pregunta doña Francisca al verlos ingresar en su salón.

—Nada bueno nos trae por aquí —contesta el alcalde sin ocultar su cólera—. Estamos enterados por las declaraciones de los esclavos de doña María que la noche de su velorio os llevásteis bienes de la casa. No podéis negarlo. Declararéis bajo juramento los bienes de los que os apropiasteis.

Doña Francisca está asustada. Es cierto que lo hizo, pero en ese momento no imaginó que fuera algo tan serio.

—Quería tener algunos recuerdos de mi hija —responde con dignidad.

Le toman juramento   lla entrega los bienes de los que se había apropiado: un rosario de coral y plata, un cintillo de oro y rubíes, una mesa pequeña, y varios artículos del uso personal de doña María.

—Señora —dicen las autoridades—. No os acusaremos por esto, pero debéis informarnos dónde se encuentra depositada vuestra nieta doña María de Guzmán, y además declararéis qué ha sucedido con el famoso diamante acorazonado que perteneciera a vuestra hija. Sólo el anillo de oro que lo portaba fue encontrado.

—Os aseguro que nada sé sobre su paradero. ¡Mi hija lo usó hasta su muerte!

—No fue hallado entre sus pertenencias —replica el alcalde—. El defensor de menores me hizo notar su falta.

Doña Francisca llora amargamente.

—Nada sé sobre el diamante. Debéis creerme. Sí puedo deciros que mi nieta está a cargo del arquitecto Luis de Villegas y de su mujer doña Marica de Peralta.

—Doña Francisca, antes de retirarnos os informamos que el niño Antonio de Guzmán abandonará vuestra casa. Quedará a cargo de doña Dionisia Garzón y su marido.

Sumamente dolorida, la anciana acepta la decisión. Siente que la han tratado sin respeto.

❧ ❧

Las autoridades se dirigieron de inmediato a la casa del arquitecto Luis de Villegas, quien no se encontraba allí cuando ellos llegaron, por lo que fueron recibidos por su mujer. Antes de que le tomaran declaración, ella juró sobre un crucifijo decir la verdad. Relató exactamente cómo habían sido los hechos ocurridos años atrás durante la noche en que se celebraba la fiesta de la Presentación de Nuestra Señora y comunicó que no podía mencionar quién era el padre de la niña, por haberlo jurado, y por ser aquél, persona de gran renombre. Agregó que le constaba que era la hija de doña María de Guzmán Coronado por habérselo dicho ella personalmente en las visitas que efectuara a su casa y también por boca de doña Francisca de Rojas.

Del mismo tenor fue la declaración que prestó Luis de Villegas cuando llegó a su casa. Añadió a los dichos de su mujer que también se encontraban presentes ese día el capitán Juan de Borda y el presbítero Pascual de Fuentes, quien había bautizado a la recién llegada.

Las autoridades pidieron conocer a la pequeña que, un momento después, apareció en el salón de la mano de doña Marica.

Encantados quedaron al ver a una linda niña rubicunda, de ojos claros y bien compuesta que hizo una formal reverencia ante ellos.

—¿Sois doña María de Guzmán? —preguntó el alcalde.

—Sí, señor —contestó la pequeña.

—¿Os sentís feliz en esta casa?

—Sí, señor —respondió nuevamente al tiempo que apoyaba su cabeza sobre la mano de doña Marica.

Antes de partir, confirmaron a Luis de Villegas que la niña era una de las herederas de doña María de Guzmán Coronado y que quedaba a su cargo definitivamente.

Desde allí partieron a tomar declaraciones al capitán Juan de Borda y al presbítero Pascual de Fuentes. Todo quedaba registrado en actas.

Los testigos referidos relataron los mismos sucesos e informaron que, a pesar de conocer quién era el padre de la niña no podían dar sus datos por tratarse de un importante personaje, y por haberlo jurado.

—¿De quién puede tratarse? —preguntó intrigado el defensor de menores al alcalde cuando hubieron terminado todos los trámites.

—Después de estas declaraciones, será mejor por el bien de todos que lo ignoremos. ¡Me temo que esta niña es una hija sacrílega! Como quiera que sea, lo importante es que ya sabemos quiénes son los herederos. Sólo nos queda por investigar lo sucedido con el diamante acorazonado.

❧ ❧

La pesquisa comenzó al día siguiente.

Nuevamente se tomó declaración a los esclavos, que conocían el movimiento de la casa y hasta el momento habían brindado buena información.

Todos declararon que habían visto a su ama usar ese diamante hasta su muerte. A raíz de sus dichos pudieron enterarse de que un esclavo de la casa no había sido inventariado porque se encontraba en poder de doña Dionisia Garzón.

Las negras Pascuala y Catalina informaron que doña Tomasa de Espíndola, que fuera amiga de su señora, podría agregar más datos sobre la joya que buscaban.

Con los nuevos datos aportados por los esclavos, la situación se complicaba. Así pues, una comitiva encabezada por el alcalde se presenta en la casa del capitán Cristóbal Pérez Morán. Son recibidos por él y por su mujer, doña Dionisia Garzón.

—¿En qué puedo ayudaros? —pregunta el capitán.

—Ingrato es el motivo de nuestra presencia. Nos hemos enterado de que un esclavo de doña María, llamado Juan, de nación Angola, se encuentra en vuestro poder y no fue declarado entre los bienes de vuestra hermana.

—No es así, señores —replica airadamente Pérez Morán—. Ese esclavo le fue cedido a mi mujer por doña María antes de su muerte.

—Entonces, mostradme la escritura de cesión.

—No existe tal escritura —interviene Dionisia, enfurecida—. No tuvo tiempo de otorgarla.

—Debiérais haberlo comunicado —sentencia el alcalde—. Lo entregaréis ahora mismo, al igual que a vuestro sobrino Antonio de Guzmán, a quien se depositará en la casa del arquitecto Luis de Villegas que ya lo ha aceptado. En cuanto a vos, capitán Pérez Morán, os comunicamos que queda revocado vuestro nombramiento de tenedor de los bienes de doña María de Guzmán Coronado.

La investigación continúa. Doña Tomasa de Espíndola declara que a pesar de que algunas personas habían querido comprar el diamante a doña María, le consta que ella no lo había vendido.

—Siempre decía que representaba el símbolo de su amor por don Pedro Esteban Dávila —asevera—. Consultad con doña Polonia de Cáceres y Ulloa. Quizás ella pueda aportar más datos.

Las autoridades agradecen su declaración y parten inmediatamente hacia la casa de doña Polonia.

La mujer, que había tenido dos hijos ilegítimos con el capitán Juan Doblado de Solís, contraía matrimonio al día siguiente con el capitán Juan Bautista Alemán de Santamarina.

Recibe al alcalde y al defensor de menores y, luego de jurar, declara que aunque había dejado de ver a doña María un tiempo antes de su muerte, le consta que nunca quiso deshacerse del diamante, por haberse negado a venderlo al juez de difuntos Juan Doblado de Solís y al deán don Pedro Montero de Espinosa, de quien recibió varias ofertas.

Después de que doña Polonia firma la declaración, los funcionarios se retiran.

—Casi diría que es una suerte que el deán esté muerto —dice del Águila al defensor de menores—. No sólo fue el secretario del obispo sino también de la Santa Cruzada. Tampoco investigaremos más sobre este asunto. No es conveniente en estos momentos en que continúa la lucha entre el poder eclesiástico y el gobernador.

Capítulo

26

La casa en la que viviera doña María de Guzmán Coronado está atestada de gente.

Durante varios días el pregonero de la ciudad se ha dedicado exclusivamente a anunciar por las calles la fecha y el lugar en que se llevaría a cabo el remate en almoneda de los bienes dejados por doña María.

Son muchos los que quieren adquirir alguna de las que fueran sus magníficas pertenencias. En cuanto a los esclavos ya fueron rematados con anterioridad.

Es así como importantes vecinos se convierten en los nuevos propietarios de los lujosos muebles, la silla de manos, tapices, objetos de plata y alhajas, y también de la casa, la estancia de Arrecifes y la chacra del Pago de la Matanza.

El resultado del remate fue muy productivo.

Ahora, el nuevo tenedor de los bienes de doña María es el secretario Cristóbal de Loyola. Junto con el alcalde y el defensor de menores se ocupan de invertir lo producido por estas ventas en otros censos e hipotecas.

Por otra parte, han designado contadores para que se ocupen de la partición de los bienes entre los seis herederos.

Su dictamen, presentado en el juicio sucesorio, ha sido aprobado.

Don Felipe de Herrera y Guzmán ha sido citado por el juzgado; allí se le informa de la importante suma que ha heredado su sobrina. Lo han nombrado su tutor, ya que su hermano don Alonso vive en Santiago del Estero. Para garantizar que entregará esos bienes a doña Ana de Herrera y Velazco a su mayoría de edad, o al tiempo de su matrimonio, ha ofrecido como fianza bienes propios y de su mujer doña Isabel de Tapia.

Lo mismo sucede con doña Isabel de la Cueva, que hipoteca sus bienes como garantía de la entrega a su tiempo del caudal que corresponde a su sobrina doña Juana de la Cueva.

El siguiente en concurrir al juzgado es el capitán Diego Gutiérrez de Humanes. Anoticiado de lo mismo que los demás, garantiza con sus bienes y los de su mujer, doña Leonor de Carvajal, no sólo mantener sino acrecentar el patrimonio de su hija doña María Gutiérrez de Humanes.

El arquitecto Luis de Villegas ha sido designado administrador de las herencias de los menores doña María y Antonio de Guzmán. Hipoteca sus bienes como aval y presenta la fianza de dos ricos vecinos.

El defensor de menores, junto con el alcalde, administrarán los bienes adjudicados a don Domingo Esteban Dávila. A pesar de las comunicaciones que le fueran remitidas a España a este heredero, no han conseguido que las responda a fin de que designe un apoderado para que se presente a la sucesión.

Esta situación, y la desafortunada búsqueda del diamante, afectan el ánimo de ambos magistrados. Pero ya se han resignado. El misterio rodeó a doña María de Guzmán Coronado en su vida, y continúa tras su muerte.

❧ ❧

Quien no ha podido superar los hechos acaecidos después de la muerte de María es doña Francisca de Rojas. Sólo se siente apoyada por su hija Dionisia. Sus nietos, que según ella dice han sido absorbidos por las familias de sus padres y los Villegas, la ignoran.

Está llena de resentimiento hacia ellos y hacia su hija muerta.

Aunque recuerda a María en sus oraciones, no consigue perdonarla. Piensa que debía haberla designado como albacea y tutora de sus hijos.

Lo cierto es que ha enfermado, y ahora espera con ansiedad al escribano para redactar su testamento.

Una de sus viejas esclavas le anuncia su llegada y acompaña al notario hasta su lecho.

El hombre saca su clásico tintero de cuerno y una buena provisión de plumas de ganso y se dispone a transcribir ante testigos la última voluntad de doña Francisca de Rojas.

Ella comienza diciendo que se encuentra postrada por una enfermedad y se encomienda a Dios, a la Santísima Virgen y a varios santos de su devoción.

El escribano registra una por una sus palabras.

—Declaro que he sido casada de acuerdo a como lo manda la Santa Iglesia Católica Apostólica y Romana con Antón García Caro —dice con firmeza.

A continuación enumera sus bienes. Luego declara:

—Designo por mi única y universal heredera a mi hija legítima doña Dionisia Garzón.

El notario levanta su vista. "Todo Buenos Aires sabe que esa señora es la hija natural que tuvo con el capitán Pedro Sánchez Garzón", piensa. "Indiscutiblemente, quiere esconder tal origen."

A pesar de ello, y atento a la convicción con que se expresa la testadora, lo registra.

Doña Francisca termina sus mandas pidiendo ser enterrada con cruz alta en la catedral, donde se le debe rezar una misa de réquiem cantada para el descanso de su alma.

El acta es firmada por ella y por los testigos que asisten al acto.

Doña Francisca está mortificada pero no demuestra arrepentimiento. No sólo no hizo mención de su hija mayor en el testamento, sino que ha desheredado a sus nietos.

"Ellos son mucho más ricos que yo", medita con amargura. "En cuanto a María para qué debía mencionarla si sólo llenó mi vida de pesares."

Una aguda punzada en su pecho la sacude. Grita. Siente que se está muriendo.

La vieja esclava entra corriendo en la habitación para auxiliarla, pero sólo llega a escuchar sus últimas palabras:

—María, hija, quiero encontrarte en el cielo.

Capítulo

27

La diafanidad del firmamento permite que los fuertes rayos de sol escalden la adusta pero encantadora campiña castellana.

Fray Serapio de la Piedad la recorre montado en su jamelgo. Se dirige hacia el castillo de la Marquesa de las Navas y Condesa del Risco.

Viene desde Toledo, y trae una carta dirigida a don Domingo Esteban Dávila, que vive allí con su tía.

La entrega reviste suma urgencia, ya que fue enviada por un importante cura de Buenos Aires al Arzobispo de Toledo con atentos pedidos y recomendaciones.

El gordo fraile está tan agotado que agradece al cielo cuando divisa el severo castillo. Desea entregar prontamente esa misiva para después dirigirse a la ciudad de Ávila, que está a su vera.

Se relame pensando en el exquisito mazapán que allí preparan, y se entusiasma con la idea de visitar la pila en la que fuera bautizada Santa Teresa, a quien admira.

Cuando llega, golpea la maciza puerta de acceso. Un sirviente elegantemente vestido lo recibe.

—¿En qué puedo ayudaros? ¿Queréis pasar a alimentaros? —pregunta el criado con cortesía.

—Os lo agradezco —contesta Fray Serapio—. No es ésa mi intención. Traigo una carta para don Domingo Esteban

Dávila que desde el Río de la Plata fuera enviada al Arzobispo de Toledo.

—En estos momentos don Domingo Esteban se encuentra con su preceptor tomando una clase. No puedo interrumpirlo, pero yo mismo se la entregaré —dice el criado.

—Debo asegurarme de que llegue a sus manos —insiste el fraile, intranquilo.

—Descontad que así será. No os preocupéis. ¿Deseáis pasar a beber agua fresca?

—No puedo, pero nuevamente os lo agradezco. Continuaré mi camino. Dios os bendiga.

Cuando don Domingo Esteban se dirige a sus habitaciones, el sirviente le entrega la carta y le explica su procedencia.

El joven se sienta ante su escritorio y rompe los sellos que la cierran. Una piedra brillante, más grande que la uña de un pulgar, cae sobre la mesa. Asombrado, la toma delicadamente entre el pulgar y el índice de su mano izquierda. La observa con atención. No sabe de qué se trata, pero intuye que es algo valioso. Después, la encierra en su mano con un movimiento enérgico, y, con la otra mano, despliega la carta y la lee.

"Hijo mío. No es un fantasma quien te envía estas líneas. Soy tu madre. Quiero que sepas que el dolor más grande de mi vida fue el que sentí en el momento en que te dejé partir. Por tu bien acepté ese sacrificio. Rita te habrá contado de mí, y espero que también lo haya hecho tu padre, a quien mucho quise. Las difíciles circunstancias que vivimos en ese tiempo nos obligaron a tomar tal decisión. No culpes a Pedro Esteban por haberte ocultado que estaba viva. Fui yo quien se lo exigió. Cuando recibas este mensaje ya no estaré en este mundo. Me encuentro muy enferma. Espero resistir unas horas más para entregar esta carta a una persona de mi confianza. Quisiera que conserves este diamante en forma de corazón que tu padre me regaló cuando tú naciste. Es nuestro símbolo. Dejo en la ciudad de la Trinidad, Puerto de Santa María de los Buenos Aires, un importante patrimonio que heredarás junto con mis otros cinco hijos, que nacieron después de tu partida. Preséntate en el juicio sucesorio, pero por favor no menciones que te envié el diamante. Es mi voluntad que sea para ti. Ruego a Dios que puedas perdonarme. Te abraza, doña María de Guzmán Coronado."

Don Domingo Esteban contempla la piedra, que ahora brilla en su mano abierta. Lo sorprende saber que su madre no murió cuando él era un niño. Poco le han hablado de ella. La pobre negra Rita murió cuando él cumplió seis años. Aún recuerda sus gracias y sus mimos. Ella solía decirle que su madre era una dama muy admirada.

Coloca la piedra dentro de un pequeño cofre. Ha decidido que no reclamará lo que pudiera corresponderle de aquella herencia. Acerca la carta a la llama de una vela y le prende fuego. Antes de cerrar el cofre, reflexiona y mira detenidamente la gema. "Este diamante es el símbolo perfecto de mi madre. Aunque irradia mucho brillo, sólo es un frío corazón de piedra."

Epílogo

El expediente sucesorio de doña María de Guzmán Coronado permaneció abierto hasta el año 1662. En ese tiempo, los alcaldes de turno citaron a los herederos y a sus tutores, y les comunicaron que habiendo transcurrido diez años desde la muerte de su madre y no habiéndose presentado hasta ese momento a reclamar su parte el hijo mayor, don Domingo Esteban Dávila, habían decidido distribuir entre los restantes cinco hijos el haber sucesorio que a él correspondía. Pese a las numerosas citaciones que se le hicieran, don Domingo nunca respondió.

A fin de garantizar que, en la eventualidad de que dicho ausente se presentara o nombrase algún apoderado para reclamar la transferencia de la parte que le fuera adjudicada, exigieron a los demás herederos que firmaran un compromiso para que, llegado el caso, le hicieran entrega de la suma que recibían. También otorgaron una fianza.

Y así culmina la historia de la fortuna que doña María adquiriera en forma *non sancta*.

La ambición, el ansia de poder y la riqueza marcaron su vida. El arrepentimiento llegó antes de su muerte, y sus recomendaciones finales fueron cumplidas.

Tres de sus hijas contrajeron matrimonio con destacados caballeros criollos y constituyeron formales familias que han llegado hasta nuestros días.

- Don Domingo Esteban Dávila: Ignoró la muerte de su madre y nunca reclamó su herencia. Sus hermanos jamás pudieron conocerlo. Nada se supo de su vida.
- Doña Ana de Herrera y Velazco: Fue criada cariñosamente por sus tíos. Cuatro años después de la muerte de su madre enfermó gravemente, y creyendo que llegaba su fin, redactó un testamento ante escribano mediante el cual designó como único heredero a su padre, don Alonso de Herrera y Guzmán. Pudo recuperarse. En 1662 contrajo matrimonio con el Alférez Alonso de Medina y Ocampo, quien era pariente de su tía política doña Isabel de Tapia. Tuvieron seis hijos.
- Doña Juana de la Cueva: Vivió con sus tíos, y en el año 1664 se casó con Martín de Chavarría, con quien tuvo hijos.
- Doña María Gutiérrez de Humanes: Continuó viviendo con su padre y su mujer, doña Leonor de Carvajal, hasta que contrajo matrimonio con el capitán Juan Ávalos de Mendoza. Al enviudar de éste se casó con Baltasar Pabón y de la Torre. De ambos matrimonios tuvo descendientes.
- Doña María de Guzmán: La hija de "El Innominado". Nunca supo quién era su padre. Los Villegas fueron su familia. Dedicó su vida a hacer el bien, y al morir en el año 1705 nombró heredero de sus bienes a su sobrino José de Medina y Ocampo, con quien vivía por ese tiempo.
- Fray Antonio de Guzmán: Quedó a cargo de los Villegas hasta el año 1662 en que su hermana, doña Ana de Herrera y Velazco, contrajo matrimonio y lo llevó a vivir con ella. Siguió la carrera de las armas y la abandonó para seguir el llamado de Dios. Fue fraile franciscano.